U0128090

文學研究叢書·古典文學叢刊

金元文學研究論集

方滿錦　著

自序

　　年青時代的我，非常酷愛中國文化，尤其是文學與醫道，更是我研讀的對象，此種濃烈興趣，數十年來，至今未減。在二〇〇三年秋，為了專注於歧黃之道，我辭任十餘年的校長職務，懸壺香江，眨眼間已十一年。在這十一年中，我的生活甚為忙碌，既要診病，也要教學，嘗講課於香港理工大學、香港中文大學專業進修學院、香港公開大學。雖在百忙中，我仍努力不懈，潛心鑽研學術，往往撰文至深宵，現檢視研究成果，得論文二十多篇，可分兩個專題出版成書，其一是《金元文學研究論集》，其二是《先秦諸子與中和思想研究》，這兩本書可說是近年的讀書心得點滴。

　　今年適逢是我和太太紅寶石婚之年，先行出版《金元文學研究論集》一書，以作紀念，並藉此感激吾妻長期陪伴我共同奮鬥，使我在平淡的生活中得到溫馨和充實。多年辛勞的她，一身二職，除執教鞭外，也要持家務，並使家中成員無論長幼，都享有愉快的家庭生活，更讚賞長女寧兒、幼女靜兒在我未暇盡力管教下，亦能自律自愛，完成學業，服務社會。

　　本書篇末所附載的〈讀伍百年先生《逸廬詩詞文集鈔》手稿〉一文，伍老先生乃筆者的太岳丈。我在弱冠之年，嘗游其門習醫學文，刊錄此文，亦具紀念意義。

方海鋒 謹序

二〇一四年七月十九日

目次

元好問〈論詩三十首〉的師承探析

一 前言

　　清代曾國藩（1811-1872）編選的《十八家詩鈔》，元好問（1190-1257）榜上有名，位列第十八，是魏晉迄金，最後一位詩家。元好問的詩，高古沈鬱，縱橫慷慨，集唐宋諸家之長。郝經〈遺山先生墓銘〉評其詩「上薄風雅，中規李杜，粹然一出於正，直配蘇黃氏」[1]。徐世隆《遺山文集》〈序〉云：「遺山詩祖李杜，律切精深，而有豪放邁往之氣；文宗韓歐，正大明達而無奇纖晦澀之語；樂府則清雄頓挫，閑婉瀏亮，體制最備，又能用俗為雅，變故作新，得前輩不傳之妙。東坡、稼軒而下，不論也。」[2]施國祁《元遺山詩集箋注》例言云：「遺山先生詩文大家，傑出金季，為一代後勁，上接杜韓，揖歐蘇，下開虞宋，其精光浩氣，有決不可磨滅者。」[3]以上諸家所言，得知好問詩「中規李杜」、「詩祖李杜」、「文宗韓歐」、「上接杜韓，揖歐蘇」。

　　元好問的詩學成就，除受前賢影響外，其家學及師承的薰陶教育，乃最原始的根源，本文旨在探析其詩論與師承關係，而詩論的取材則以〈論詩三十首〉為主。

1　姚奠中編：《元好問全集》（太原市：山西人民出版社，1990年），下冊，卷50，〈陵川集本遺山先生墓銘〉，頁432。
2　姚奠中編：《元好問全集》（太原市：山西人民出版社，1990年），下冊，卷50，徐世隆：《遺山文集》〈序〉，頁414。
3　〔清〕施國祁注：《元遺山詩集箋注》（北京市：人民文學出版社，1988年），頁21。

二 家學薰陶

　　元好問出身於詩人世家，其遠祖元次山（719-772）乃唐代名詩人，祖父元滋善，官至儒林郎，父親元德明「未嘗一日不飲酒賦詩」，所作之詩，「不事雕飾，清美圓熟，無山林枯槁之氣」，著有《東巖集》[4]。元德明對於黃山谷詩及杜甫詩甚有研究，元好問〈杜詩學引〉記其事說：

> 先東巖君有言，近世惟山谷最知子美，以為今人讀杜詩，至謂草木蟲魚皆有比興，如試世間商度隱語然者，此最學者之病，山谷之不注杜詩，試取《大雅堂記》讀之，則知此公注杜詩已竟，可為知者道，難為俗人言也。乙酉之夏，自京師還，閒居嵩山，因錄先君子所教與聞之師友之閒者為一書，名曰《杜詩學》。[5]

故此，好問詩宗老杜，是有其因由的。元德明的詩，頗受時人推許，如：

> 楊之美詩：彼美元夫子，學道如觀瀾。
> 　　　　　孔孟澤有餘，曾顏膏未殘。[6]

4　〔清〕郭元釪：《全金詩》（臺北市：新興書局發行，1968 年，清康熙五十年原刻本），卷 43，頁 637。

5　姚奠中編：《元好問全集》（太原市：山西人民出版社，1990 年），下冊，卷 36，〈杜詩學引〉，頁 24。

6　〔清〕郭元釪：《全金詩》（臺北市：新興書局發行，1968 年，清康熙五十年原刻本），卷 43，頁 638。

　　林顯卿詩：文章變古名新體，孝弟傳家守舊規。[7]
　　雷希顏詩：詩句妙九州，孝友化一川。[8]

「孔孟澤有餘」、「孝弟傳家守舊規」、「孝友化一川」，可知元好問乃書香世代，詩禮傳家之後。時賢王渥慕元德明有子繼承志業，贈詩句「至今文采餘，虎子仍斑斑」[9]。《全金詩》載：「先生捐館後十年，好問避兵南渡，遊道日廣，世始知有元東巖之詩。」[10]元德明的詩名，是因好問之名而顯。《全金詩》又載錄元好古之〈讀裕之弟詩稿有鶯聲柳巷深，漫題三詩其後〉：

　　傳家詩學在諸郎，剖腹留書死敢忘。（原註：先生臨終有剖腹留書之語）背上錦囊三箭在，直須千古說穿楊。[11]

上詩顯示元德明以詩傳家，對諸兒期望殷切，臨終前有剖腹留詩之語。

　　元德明共有三子一女，以好問的成就最大。好問排行第三，有二兄一妹，長兄好古，次兄好謙，四妹嚴（為女冠）皆有詩名，與時人

7　〔清〕郭元釪：《全金詩》（臺北市：新興書局發行，1968 年，清康熙五十年原刻本），卷 43，頁 638。

8　〔清〕郭元釪：《全金詩》（臺北市：新興書局發行，1968 年，清康熙五十年原刻本），卷 43，頁 638。

9　〔清〕郭元釪：《全金詩》（臺北市：新興書局發行，1968 年，清康熙五十年原刻本），卷 43，頁 638。

10　〔清〕郭元釪：《全金詩》（臺北市：新興書局發行，1968 年，清康熙五十年原刻本），卷 43，頁 638。

11　〔清〕郭元釪：《全金詩》（臺北市：新興書局發行，1968 年，清康熙五十年原刻本），卷 43，頁 646。

常有詩作往還，如田紫芝有〈夜雨寄元敏之昆弟〉詩：「對床曾有詩來否，為問韋家好弟兄」[12]，王萬鍾有〈元氏桂軒為敏之賦〉：「棠棣一家同映秀，詞林百世繼餘芳，閒花野草空無數，撩盡人間獨擅場」[13]。好問之四妹嚴詩才敏捷，據《全金詩》載：

> 元好問之妹為女冠，文而艷，張平章當揆，欲娶之，使人屬好問，好問辭以可否在妹，妹以為可則可，張喜，遂往訪，至，則方補承塵，輟而迎之，張詢近日所作，應聲答之云云，張悚然而出。

元嚴之詩〈答張平章〉云：

> 補天手段暫詩張，不許纖塵落畫堂，寄語新來雙燕子，移巢別處覓雕梁。[14]

元好問之妹，婉拒張氏登門娶婚，詩句得體大方，請不速之客「移巢別處」，可謂才比道蘊。這顯示出元氏家庭成員，不論男女，都幼承家學，詩書滿腹。

元好問家學淵源，深得父兄師友沾溉，其〈鳩水集引〉云：

---

12 〔清〕郭元釪：《全金詩》（臺北市：新興書局發行，1968 年，清康熙五十年原刻本），卷 334，頁 516。

13 〔清〕郭元釪：《全金詩》（臺北市：新興書局發行，1968 年，清康熙五十年原刻本），卷 334，頁 516-517。

14 〔清〕郭元釪：《全金詩》（臺北市：新興書局發行，1968 年，清康熙五十年原刻本），卷 62，頁 906。

文章雖出於真積之力，然非父兄淵源，師友講習，國家教養，能卓然自立者，鮮矣。[15]

綜觀上引文獻，元好問乃詩禮傳家之後，治學及處世講求道統，故其論詩觀點，亦以「正體」、「正傳」為標榜，故此，其論詩觀旨在匡時濟世，捍衛正統。

三　元好問的師承

元好問幼受庭訓，隨名師遊，〈論詩三十首〉乃其詩論代表作，其創作動機及內容，頗受師長輩影響，茲析論如下：

（一）王中立

王中立（生卒年不詳），字湯臣，《全金詩》列其人入異人類，小傳云：「岢嵐人，博學強記，問無不知，少日治易，有聲場屋間……家豪於財，賓客日滿門……其自奉則日食淡湯餅一杯而已……李屏山許為辨博中第一流人。」[16]。其人「談吐高潤，詩筆字畫皆超絕」，並且滿腦子神仙思想，詩云：

天地之間一古儒，醉來不記醉中書。旁人錯比神仙字；只恐神仙字不如。[17]

---

15 姚奠中編：《元好問全集》（太原市：山西人民出版社，1990 年），下冊，卷 36，〈杜詩學引〉，頁 36。

16 〔清〕郭元釪：《全金詩》（臺北市：新興書局發行，1968 年，清康熙五十年原刻本），卷 53，頁 777。

17 〔清〕郭元釪：《全金詩》（臺北市：新興書局發行，1968 年，清康熙五十年原刻本），卷 53，頁 777。

王中立又以古儒自居，生平作詩甚多，有「醉酒舞嫌天地窄，詩情狂壓海山平」之句，閒日「好作擘窠大字，往往瞑目為之，筆意縱放，勢若飛動，閑閑公甚愛之」[18]，閑閑公即趙秉文也。

　　元好問七歲時，已獲王中立讚賞，據郝經〈遺山墓銘〉云：「先生七歲能詩，太原王湯臣稱為神童。」[19]好問曾向王中立執弟子禮，其追憶學詩經歷說：

> 予嘗從先生學，問作詩究竟當如何？先生舉少游春雨詩云：「有情芍藥含春淚，無力薔薇臥曉枝」，此詩非不工，若以退之「芭蕉葉大梔子肥」之句校之，則春雨為婦人語矣。破卻功夫，何至學婦人？[20]

「何至學婦人」這些教訓，元好問刻骨銘心，並遵師命，從不學女郎詩，雖事隔二十一年，仍然未忘師囑，〈論詩三十首〉其二十四，也重提舊事說：

> 有情芍藥含春淚，無力薔薇臥曉枝。拈出退之山石句，始知渠是女郎詩。[21]

---

18 〔清〕郭元釪：《全金詩》（臺北市：新興書局發行，1968 年，清康熙五十年原刻本），卷 53，頁 777。

19 〔清〕郭元釪：《全金詩》（臺北市：新興書局發行，1968 年，清康熙五十年原刻本），卷 53，頁 777。

20 〔清〕郭元釪：《全金詩》（臺北市：新興書局發行，1968 年，清康熙五十年原刻本），卷 53，頁 777。

21 姚奠中編：《元好問全集》（太原市：山西人民出版社，1990 年），上冊，卷 11，頁 339。

　　可見王中立的片言教訓，卻影響好問一生，同時，也顯示出童年的元好問，其學習態度，相當認真，時刻不忘師訓，及長，成就果然非凡。王中立〈題裕之樂府後〉有「常恨小山無後身，元郎樂府更清新」之句，[22]給好問的樂府詩予以清新自然的評價，吻合了好問崇尚天然的論詩主張。

（二）路鐸

　　路鐸（？-1213），字宣叔，冀州名宦，有詩名，尚名節，其人「剛正，歷官臺諫，有古直臣之風」[23]，任景州刺使時，有「十二訓皆勸人為善，遍諭州郡使知之」。[24]《全金詩》載其行誼云：

> 路鐸字宣叔，與弟鈞和叔，父子俱有重名。而宣叔文最奇，尤長於詩，精緻溫潤，自成一家，任臺諫，有古直之風。貞祐初，出為孟州防禦使，城陷，投沁水死，有虛舟居士集，得之鄉人劉庭幹家。[25]

元好問年十一隨叔父元格官冀州，因聰穎過人，受賞於詩人路鐸，並蒙授以詩文之道。郝經〈遺山墓銘〉云：「從叔父官冀州，學士路宣叔

---

22 〔清〕郭元釪：《全金詩》（臺北市：新興書局發行，1968 年，清康熙五十年原刻本），第 2 冊，卷 53，頁 778。

23 〔元〕脫脫等撰：《金史》（北京市：中華書局，1975 年），第 7 冊，列傳第 38〈路鐸傳〉，頁 2208。

24 〔元〕脫脫等撰：《金史》（北京市：中華書局，1975 年），第 7 冊，列傳第 38〈路鐸傳〉，頁 2208。

25 〔清〕郭元釪：《全金詩》（臺北市：新興書局發行，1968 年，清康熙五十年原刻本），第 1 冊，卷 25，頁 410。

賞其俊爽，教之為文」[26]。好問除學詩外，路鐸的「古直臣之風」，以
及在城陷，投水殉節的壯烈行為，給他做了人格典範。故此，元好問
卑視諂媚與虛偽，痛惡文行不一的士人。在〈論詩三十首〉中，他舉
潘岳為批判對象，詩云：

> 其六
> 心畫心聲總失真，文章寧復見為人。
> 高情千古閒居賦，爭信安仁拜路塵。

按：潘岳（247-300），又名潘安，字安仁，西晉文學家，《晉書》〈潘
岳傳〉載：「岳性輕躁，趨世利，與石崇等諂事賈謐，每候其出，與崇
輒望塵而拜。構愍懷之文，岳之辭也。」[27]其〈閒居賦〉文辭淡泊，高
情千古，雖有「拙者可以絕意乎寵榮之事，……庶浮雲之志，築室種
樹，逍遙自得」[28]等語，文字表現淡薄自甘，但其人實質諂媚勢利，攀
附權貴賈謐，每候賈出，作出拜路塵之舉，令人齒冷。

〈論詩三十首〉其六專論人品，對於人品的論述，元好問在其〈詩
文自警〉中強調「人品凡劣，雖有好功夫，絕無好文章」[29]。其好友李
治在《遺山集》〈序〉中也引用其言論，文曰：

---

26 姚奠中編：《元好問全集》（太原市：山西人民出版社，1990 年），下冊，卷 50，〈陵
　　川集本遺山先生墓銘〉，頁 432。

27 〔唐〕房玄齡等撰：《晉書》（北京市：中華書局，1974 年），第 5 冊，卷 55，列傳
　　第 25〈潘岳傳〉，頁 1504。

28 〔唐〕房玄齡等撰：《晉書》（北京市：中華書局，1974 年），第 5 冊，卷 55，列傳
　　第 25〈潘岳傳〉，頁 1504。

29 姚奠中編：《元好問全集》（太原市：山西人民出版社，1990 年），上冊，卷 54，〈詩
　　文自警〉，頁 506。

君（指元好問）嘗言：「人品實居才學器識之上。」吾因君言亦嘗謂，天下之事皆有品，繪事、圍棋，技之末也，或一著之奇，一筆之妙，固有終身北面而不能寸進者。彼非志之不篤，習之不專也，直其品不同耳。如君之品，今代其人？[30]

元好問指出「人品實居才學器識之上」，而路鐸有「古直臣之風」的人品，及「城陷，投沁水死」的殉節操守，是傳統的士人風範。元氏深受感動，故此，在〈論詩三十首〉其六，針對士人的文與行，蓋受路鐸人品所影響而作。

（三）郝天挺

郝天挺（1161-1217），字晉卿，陵川人，家世儒，有詩名，厭於名場，不就舉業，為人有崖岸，耿耿自信。[31]郝氏高風亮節，《金史》〈隱逸傳〉載其人事蹟，有「寧落魄困窮，終不一至豪富之門」[32]之語。

元好問年十四五，其叔父元格調任陵川（山西），好問隨行，師事郝天挺。郝天挺授以作詩之道，而不授以科舉科目，元好問在〈郝先生墓銘〉透露說：

先生嘗教之曰：「學者，貴其有受學之器，器者何？慈與孝也。今汝有志矣，器如之何？」……丈夫子處世，不能飢寒，雖一小事，亦不可立，況名節乎？汝試以吾言求之。先生工於詩，

---

30 姚奠中編：《元好問全集》（太原市：山西人民出版社，1990 年），下冊，卷 50，〈陵川集本遺山先生墓銘〉，頁 413。

31 《翰苑英華中州集》〈郝天挺小傳〉收入《四部叢刊（集部）》，第 4 冊，卷 9，頁 5。

32 〔元〕脫脫等撰：《金史》（北京市：中華書局，1975 年），第 8 冊，卷 65，〈隱逸傳〉，頁 2750。

嘗命某屬和。或言：「今之子欲就舉，詩非所急，得無徒費日
力乎？」先生曰：「君自不知，所以教之作詩，正欲渠不為舉
子耳。」蓋先生惠後學類如此，不特於某然也。[33]

從上引文中，可以窺見郝天挺非常重視人格教育，特別提出「慈與
孝」、「名節」、「正欲渠不為舉子」等問題訓示好問。讀書不為功名這
種教育思想，相信在當時的科場爭奪戰中，實是一當頭棒喝，另一方
面，也是一種空谷傳音，好像暮鼓晨鐘一樣，發人深省。

郝天挺說的「慈與孝」，元好問予以繽繹為「厚仁倫，美教化」的
論詩觀念，其〈楊叔能小亨集引〉載：

由心而成，由誠而言，由言而詩也。三者相為一，情動於中而
形於言，言發乎邇而見乎遠。同氣相應，同氣相求，雖小夫，
賤婦、孤臣孽子之感諷，皆可以厚仁倫，美教化。[34]

「名節」與「讀書不為功名」，元好問融會此二語神韻，予以進一
步發揮，其〈論詩三十首〉說：

其十四

出處殊塗聽所安，山林何得賤衣冠。

華歆一擲金隨重，大是渠儂被眼謾。

---

33 姚奠中編：《元好問全集》（太原市：山西人民出版社，1990 年），上冊，卷 23，〈郝
　先生墓銘〉，頁 585。
34 姚奠中編：《元好問全集》（太原市：山西人民出版社，1990 年），下冊，卷 36，〈楊
　叔能小亨集引〉，頁 38。

這首詩論「出」與「處」的價值觀，使人聯想到郝天挺其人「不立崖岸」，「寧落魄困窮，終不一至豪富之門」，而華歆慕名利的行為，世人共知。元好問有感於郝天挺不慕功名的志趣，相對華歆而言，確是大相徑庭。

（四）趙秉文

趙秉文（1159-1232），字周臣，晚號閑閑老人，年廿七歲登進士第，先後共仕五朝，官至六卿，掌文壇盟主地位凡三十年，著有《滏水集》傳世。元好問〈趙閑閑真贊〉說：

> 周旋於正廣、道宗、平叔之間，而獨能紹聖學之絕業，斂避於蔡無可，党竹溪之後，而竟推為斯文之主盟……人知為五朝之老臣，不知為中國之元氣。……公之道德文章，師表一世。……[35]

趙秉文的「道德文章，師表一世」，可謂推崇備至。郝經（1223-1275）〈題閑閑畫象〉更稱道說：「金源一代一坡仙，金鑾玉堂三十年。泰山北斗斯文權，道有師法學有淵。」[36]劉祁也說他「詩專法唐人，魁然一時文士領袖」[37]。

趙秉文掌文柄，承道統，時人奉為「正傳之宗」。元好問撰文指出：

---

35 姚奠中編：《元好問全集》（太原市：山西人民出版社，1990 年），下冊，卷 38，〈趙閑閑真贊〉，頁 70。

36 〔元〕郝經：《陵川集》，收入《四庫全書》（上海市：上海古籍出版社，1987 年），集部，別集類，第 1192 冊，卷 10，〈閑閑畫象〉，頁 105。

37 〔金〕劉祁：《歸潛志》，（北京市：中華書局，1983 年），卷 1，頁 5。

> 國初文士，如宇文大學、蔡丞相、吳深州之等，不可不謂之豪
> 傑之士，然皆宋儒，難以國朝文派論之。故斷自正甫為正傳之
> 宗，党竹谿次之，禮部閑閑公又次之。自蕭戶部真卿倡此論，
> 天下迄今無異議云。[38]

趙秉文繼承道統，力主「文章之正」，其〈翰林學士承旨文獻党公神道碑〉云：

> ……漢之文章，溫醇深厚，如折枯縶以為明堂之楹，駕駻驥以
> 遵五達之衢；不憂傾覆，使人曉然知治道所歸。韓文公之文，
> 汪洋大肆，如長江大河，渾浩運轉，不見涯涘，使人愕然不敢
> 睨視。歐陽公之文，如春風和氣，鼓舞動盪，了無痕蹟，使讀
> 之亹亹不厭。凡此皆文章之正也。[39]

趙秉文認為「漢之文章」、「韓文公之文」、「歐陽公之文」，「皆文章之正」。時金室南渡，詩風不振，元好問慨嘆說：「五言以來，六朝之謝、陶、唐之陳子昂、韋應物、柳子厚，最為近風雅，自餘多以雜體為之，詩之亡久矣。雜體愈備，則去風雅愈遠，其理然也。……夫詩至於子瞻，而且有不能近古之恨。」[40]詩道沉淪，「詩風不振」、「詩之亡久矣」、引致「雜體愈備，則去風雅愈遠」，趙秉文為文壇之主，與時賢李屏山力振頹風，劉祁《歸潛志》說：

---

38 《翰苑英華中州集》〈蔡珪小傳〉收入《四部叢刊（集部）》，第 1 冊，頁 16。

39 〔清〕吳重熹輯：《九金人集》（臺北市：成文出版社，1967 年），第 1 冊，《滏水文集》，卷 11，〈翰林學士承旨文獻党公碑〉，頁 211。

40 姚奠中編：《元好問全集》（太原市：山西人民出版社，1990 年），下冊，卷 36，〈東坡詩雅引〉，頁 25。

南渡後（1214），文風一變，文多學奇古，詩多學風雅，由趙閑閑，李屏山倡之。[41]

為了糾正詩壇歪風，扶持大雅，趙秉文提出治學態度說：

> 故為文當師六經……為詩當師三百篇，離騷、文選、古詩十九首，下及李杜。……至於詩人之意，當以明王道，輔教化為主。六經，吾師也。[42]

「師六經」，習百家，這些治學見解，好問領會有得，其〈杜詩學引〉說：「及讀之熟，求之深，含咀之久，則九經、百氏、古人之精華，所以膏潤其筆端者，猶可髣髴其餘韻也。」[43]對於趙秉文的治學態度，元好問十分敬佩，其〈閑閑公墓銘〉云：

> 若夫不溺於時俗，不汩於利祿，慨然以道德、仁義、性命、禍福之學自任，沈潛乎六經，從容乎百家，幼而壯，壯而老，怡然渙然，之死而後已者，惟我閑閑公一人。[44]

趙秉文的詩文心法，強調以意為主，其〈竹溪先生文集引〉說：

---

41 〔金〕劉祁：《歸潛志》（北京市：中華書局，1983 年），卷 8，頁 85。

42 〔清〕吳重熹輯：《九金人集》（臺北市：成文出版社，1967 年），第 1 冊，《滏水文集》，卷 11，〈李天益書〉，頁 272。

43 姚奠中編：《元好問全集》（太原市：山西人民出版社，1990 年），下冊，卷 36，〈杜詩學引〉，頁 24。

44 姚奠中編：《元好問全集》（太原市：山西人民出版社，1990 年），卷 17，〈閑閑公墓銘〉，頁 477-478。

> 文以意為主，辭以達意而已。古之人，不尚虛飾，因事遣辭，
> 形吾心之所欲言者耳。間有心之所不能言者，而能形之於文，
> 斯亦文之至乎！譬之水不動則平，及其石激淵洄，紛然而龍
> 翔，宛然而鳳蹙千變萬化，不可殫窮，此天下之至文也。亡宋
> 百餘年間，唯歐陽公之文，不為尖新艱難之語，而有從容閑雅
> 之態。豐而不餘一言，約而不失一辭。使人讀之者，亹亹不
> 厭，蓋非務奇之為尚，而其勢不得不然之為尚也。[45]

文中指出為文要「不尚虛飾」、「千變萬化」、「不為尖新艱難之語」，
這與好問〈論詩三十首〉所稱賞的「天然真淳」是相同的。如〈論詩
三十首〉其四說：「一語天然萬古新，豪華落盡見真淳。」；其五說：
「慷慨歌謠絕不傳，穹廬一曲本天然。」〈論詩三十首〉其十七云：「切
響浮聲巧發深，研磨雖苦果何心，浪翁水樂無宮徵，自是雲山韶濩
音。」而聲律則以天然天籟為貴。

元好問直言趙秉文五言似陶、阮，〈閑閑公墓銘〉指出「沉鬱頓
挫似阮嗣宗，真淳古淡似陶淵明」[46]。在〈論詩三十首〉中，元好問也
非常推崇陶、阮二人，其四云：「一語天然萬古新，豪華落盡見真淳。
南窗白日羲皇上，未害淵明是晉人。」又其五云：「縱橫詩筆見高情，
何物能澆塊壘平。老阮不狂誰會得，出門一笑大江橫。」陶詩「天然
真淳」、阮詩「縱橫詩筆」，為世推許。

元好問年二十五「登楊趙之門」[47]，年二十八，「以詩文見故禮部

---

45 〔清〕吳重憙輯：《九金人集》（臺北市：成文出版社，1967 年），第 1 冊，《閑閑
老人滏水文集》，卷 15，〈竹溪先生文集引〉，頁 248。

46 姚奠中編：《元好問全集》（太原市：山西人民出版社，1990 年），上冊，卷 17，〈閑
閑公墓銘〉，頁 480。

47 姚奠中編：《元好問全集》（太原市：山西人民出版社，1990 年），下冊，卷 39，〈答
聰上人書〉，頁 80。

閑閑公，公若為可教，為延譽諸公間。」[48]是年，遺山「為〈箕山〉、〈琴臺〉等詩，趙禮部見之，以為少陵以來，無此作也。以書招之，于是名震京師，目為元才子。」[49]〈箕山〉、〈琴臺〉[50]二詩，慷慨悲壯，風華奇崛，故趙秉文稱譽為「少陵以來無此作」，至於「等詩」，可能包括〈論詩三十首〉在內。故此，元好問成詩於年二十八的〈論詩三十首〉，其論詩觀點該含趙秉文的教益在內。

元好問深受趙秉文器重，繼承詩學道統為己志，以疏鑿手自任，分清涇渭，所以〈論詩三十首〉其一：「漢謠魏什久紛紜，正體無人與細論。誰是詩中疏鑿手，暫教涇渭各清渾。」詩中指出「正體」道衰，好問有志於成大業，充當「詩中疏鑿手」，可見其志非凡。

（五）王若虛

王若虛（1173-1243），字從之，藁城（今河北省藁城縣）人，「幼穎悟，若夙昔在文字間者」，博學強記，嘗學於其舅周昂及名士劉正甫[51]。王鶚介紹其行誼說：

> 先生性聰敏，早歲力學，以明經中乙科，自應奉文字，至為直學士，主文盟幾三十年，出入經傳手未嘗釋卷，為文不事雕

---

48 姚奠中編：《元好問全集》（太原市：山西人民出版社，1990年），上冊，卷38，〈趙閑閑真贊〉，頁70。

49 姚奠中編：《元好問全集》（太原市：山西人民出版社，1990年），上冊，卷50，郝經：《陵川集》〈遺山先生墓銘〉，頁433。

50 狄寶心：《元好問年譜新編》（北京市：中國文聯出版社，2000年），頁53載〈箕山〉、〈琴臺〉二詩及〈論詩三十首〉，成詩於年二十八。

51 姚奠中編：《元好問全集》（太原市：山西人民出版社，1990年），上冊，卷19，〈內翰王公墓表〉，頁514。

琢，唯求當理，尤不善四六。[52]

王若虛著有《滹南王先生文集》行世，內容以辨釋為主，舉凡經史子集都在其辨釋之列，其文集卷首提要說：「頗足破宋之拘攣……金元之間，學有根柢者，實無人出若虛右。」[53]可見其地位之高。元好問說他「詩不愛黃魯直，著論評之，凡數百條。世以劉子玄《史通》比之」[54]。

王若虛年二十四登進士第，登宦早，又較好問長十五歲，可以說是好問的長輩。王若虛「典貢舉二十年，門生半天下，而不立崖岸，雖小書生登其門，亦殷重之」[55]。好問嘗以晚輩身份向王若虛執經問難，其〈別王使君丈從之〉有句云：「別後殷勤更誰接？只應偏憶老門生。」[56]可見元、王二人交誼深厚。

王若虛擅於文學批評，其《滹南王先生文集》除載詩話三卷外，共收文學批評一百四十四則。王元二人在文學創作上有共同的理解，例如：

52 〔清〕郭元釪：《全金詩》（臺北市：新興書局發行，1968 年，清康熙五十年原刻本），第 1 冊，卷 19，金元鶚：〈滹南集引〉，頁 320。

53 〔清〕吳重憙輯：《九金人集》（臺北市：成文出版社，1967 年），第 1 冊，《滹南王先生文集》卷首提要，頁 335。

54 〔清〕郭元釪：《全金詩》（臺北市：新興書局發行，1968 年，清康熙五十年原刻本），第 1 冊，卷 19，〔金〕王鶚：〈滹南集引〉，頁 320。

55 姚奠中編：《元好問全集》（太原市：山西人民出版社，1990 年），上冊，卷 19，〈內翰王公墓表〉，頁 513。

56 姚奠中編：《元好問全集》（太原市：山西人民出版社，1990 年），上冊，卷 8，頁 234。

1 求真與自然

　　王若虛重視文藝創作要「真」，他說：「夫文章唯求真而已，須存古意何為哉？」[57]又說「〈歸去來辭〉本是一篇真率文字。……」[58]，又說：「〈醉翁亭記〉雖涉玩易，然條達迅快，如肺肝中流出，自是好文章。」[59]王若虛認為文章有真，才能有情，有情才能動人，「真」貴乎「自然」，二者可謂一體二面。白樂天詩尚自然，王若虛〈高思誠詠白堂記〉評白詩說：

> 樂天之詩，坦白平易，直以寫自然之趣，合乎天造，厭乎人意，而不為奇詭，以駭末俗之耳目。[60]

又說：

> 樂天之詩，情致曲盡，入人肝脾，隨物賦形，所在充滿，殆與元氣相侔。至長韻大篇，動輒數百千言，而順適愜意，句句如一，無爭張牽強之態。……樂天如柳春鶯，東野草根秋蟲，皆造化中一妙，何哉？哀樂之真，發乎情性，此詩之正理也。[61]

---

57 〔清〕吳重熹輯：《九金人集》（臺北市：成文出版社，1967 年），第 2 冊，《滹南王先生文集》，卷 334，〈文辨〉，頁 464。

58 〔清〕吳重熹輯：《九金人集》（臺北市：成文出版社，1967 年），第 2 冊，《滹南王先生文集》，卷 334，〈文辨〉，頁 465。

59 〔清〕吳重熹輯：《九金人集》（臺北市：成文出版社，1967 年），第 2 冊，《滹南王先生文集》，卷 36〈文辨〉，頁 471。

60 〔清〕吳重熹輯：《九金人集》（臺北市：成文出版社，1967 年），第 2 冊，《滹南王先生文集》，卷 43，〈高思誠詠白堂記〉，頁 500。

61 〔清〕吳重熹輯：《九金人集》（臺北市：成文出版社，1967 年），第 2 冊，《滹南王先生文集》，卷 38，〈詩話〉，頁 480。

　　王若虛重視文藝創作的「真」與「自然」，元好問也發出同樣的
吶喊，〈論詩三十首〉中指出：

其四

一語天然萬古新，豪華落盡見真淳。
南窗白日羲皇上，未害淵明是晉人。

其七

慷慨歌謠絕不傳，穹廬一曲本天然。
中州萬古英雄氣，也到陰山敕勒川。

其十五

筆底銀河落九天，何曾憔悴飯山前。
世間東抹西塗手，枉著書生待魯連。

其二十

謝客風容映古今，發源誰似柳州深？
朱絃一拂遺音在，卻是當年寂寞心。

以上詩篇，顯示出元好問非常重視詩歌的「真」與「自然」。他讚揚陶
詩真淳、敕勒歌慷慨、李白詩飄逸、謝詩風容、柳詩簡淡，都是以真
情真性流露於文字。元好問稱許他們的作品近風雅，合乎「正體」要
求。此外，元好問也要求作品內容寫實，其〈論詩三十首〉說：

其十一

眼處心生句自神，暗中摸索總非真。

　　畫圖臨出秦川景，親到長安有幾人？

2 反對雕琢

　　王若虛極之反對作品過度雕琢，其《滹南詩話》說：「雕琢太甚，則傷其全，經營過深，則失其本。」[62]就算是名家作品，如果雕琢嚴重，王若虛也毫不客氣予以駁斥，《滹南詩話》卷二載：「魯直欲為東坡之邁往而不能，於是高談句律，旁出樣度，務以自立而相抗，然不免居其下也，彼其勞亦甚哉！」[63]他再進一步批判說：

> 魯直論詩，有奪胎換骨，點鐵成金之喻，世以為名言，以予觀之，特剽竊之點者耳。魯直好勝，而恥其出于前人，故為此強辭，而私立名字。夫既已出于前人，縱復加工，要不足貴。[64]

王若虛猛烈評擊黃魯直詩「高談句律，旁出樣度」、「語徒雕刻」、「特剽竊之點者耳」、「縱復加工，要不足貴」，又批評「黃詩語徒雕刻，而殊無意味」[65]。元好問也反對詩的刻意雕琢，其〈論詩三十首〉說：

---

62 〔清〕吳重熹輯：《九金人集》（臺北市：成文出版社，1967 年），第 2 冊，《滹南王先生文集》，卷 38，〈詩話〉，頁 478。

63 〔清〕吳重熹輯：《九金人集》（臺北市：成文出版社，1967 年），第 2 冊，《滹南王先生文集》，卷 39，〈詩話〉，頁 483。

64 〔清〕吳重熹輯：《九金人集（臺北市：成文出版社，1967 年）》，第 2 冊，《滹南王先生文集》，卷 40，〈詩話〉，頁 486。

65 〔清〕吳重熹輯：《九金人集》（臺北市：成文出版社，1967 年），第 2 冊，《滹南王先生文集》，卷 40，〈詩話〉，頁 486。

其十八

東野窮愁死不休，高天厚地一詩囚。
江山萬古潮陽筆，合在元龍百尺樓。

其二十一

窘步相仍死不前，唱酬無復見前賢。
縱橫正有凌雲筆，俯仰隨人亦可憐。

其二十八

古雅難將子美親，精純全失義山真。
論詩寧下涪翁拜，未作江西社裏人。

其二十九

池塘春草謝家春，萬古千秋五字新。
傳語閉門陳正字，可憐無補廢精神。

在上舉論詩中，元好問批評作品苦吟及雕琢之弊，其批評的對象有孟
郊、次韻詩人、黃山谷、江西詩派及陳正字等。元好問與王若虛二人
在論詩方面，有些語調是相近的，例如王若虛有「東塗西抹鬥新妍，
時世梳妝亦可憐。」[66]之句，元好問〈論詩三十首〉其十五有「世間東
抹西塗手，枉著書生待魯連」之語。於此可見，元好問的〈論詩三十
首〉，有些論詩概念，得自王若虛。

---

66 〔清〕吳重熹輯：《九金人集》（臺北市：成文出版社，1967 年），第 2 冊，《滹南
　　王先生文集》，卷 45：「王子端云近來徒覺無佳思，縱有詩成似樂天，其小樂天甚
　　矣。予亦嘗和為四絕」，頁 510。

3 文無定法

王若虛提出文章創作無定法之論，其〈文辨〉說：「夫文章豈有
定法哉？意所至則為之，題意適然，殊無害也。」[67]王若虛除提出「文
無定法」的論點外，更深惡四六文，譴責四六文「駢儷浮辭」，「類俳
優之鄙」，「失體」[68]，元好問也表示認同，其〈論詩三十首〉說：

> 其二十三
> 曲學虛荒小說欺，俳諧怒罵喜討宜。
> 今人含笑古人拙，除卻雅言都不知。

4 黃山谷與江西詩派

在批評黃山谷與江西詩派的觀點上，王、元二人各有異同。王若
虛不滿黃山谷詩，劉祁說：「王翰林從之嘗論黃魯直，穿鑿太好異。」[69]
元好問也說王若虛「詩不愛黃魯直，著論評之，凡數百條」[70]，近人錢
鍾書甚至認為「古今來詆訶山谷最嚴厲者，莫如王從之。」[71]事實上，
王若虛評擊黃山谷殊為激烈，《滹南詩話》說：

> 山谷之詩，有奇而無妙，有斬絕而無橫放，鋪張學問以為富，

---

67 〔清〕吳重憙輯：《九金人集》（臺北市：成文出版社，1967 年），第 2 冊，《滹南
　　王先生文集》，卷 36，〈文辨〉，頁 472。

68 〔清〕吳重憙輯：《九金人集》（臺北市：成文出版社，1967 年），第 2 冊，《滹南
　　王先生文集》，卷 37，〈文辨〉，頁 475。

69 〔金〕劉祁：《歸潛志》（北京市：中華書局，1983 年），卷 9，頁 215。

70 姚奠中編：《元好問全集》（太原市：山西人民出版社，1990 年），上冊，卷 19，〈內
　　翰王公墓表〉，頁 515。

71 錢鍾書：《談藝錄》（香港：龍門書店，1965 年），頁 188。

點化陳腐以為新，如肺肝中流出者不足也。[72]

《滹南詩話》又說：

> 魯直于詩，或得一句而終無好對；得一聯而卒不能成篇；或偶
> 有得而未知可以贈誰？[73]

王若虛對黃山谷詩的成見，源自其舅父周德卿，《滹南詩話》有載：

> 吾舅兒時，便學工部，而終身不喜山谷也。若虛嘗乘閒問之，
> 則曰：魯直雄豪奇險，善為新樣……以為得法者，皆未能深見
> 耳。[74]

　　然而，元好問對於黃山谷詩的評價，則給予肯定的地位。同時，
把黃山谷與江西詩派劃出一條界線，他慨嘆說：「只知詩到蘇黃誰，滄
海橫流卻是誰？」（〈論詩三十首〉其二十二）這個評價跟王若虛的批
評截然不同。黃山谷為江西詩派師祖，王若虛除予以猛烈批評外，亦
大加撻伐江西詩派諸子，其《滹南王先生文集》卷三十七載：

> 揚雄之經，宋祁之史，江西諸子之詩，皆斯文之蠹也。散文至

---

72 〔清〕吳重憙輯：《九金人集》（臺北市：成文出版社，1967 年），第 2 冊，《滹南
　王先生文集》，卷 39，〈詩話〉，頁 483。

73 〔清〕吳重憙輯：《九金人集》（臺北市：成文出版社，1967 年），第 2 冊，《滹南
　王先生文集》，卷 40，〈詩話〉，頁 486。

74 〔清〕吳重憙輯：《九金人集》（臺北市：成文出版社，1967 年），第 2 冊，《滹南
　王先生文集》，卷 38，〈詩話〉，頁 478。

宋人始是真文字，詩則反是矣。[75]

「斯文之蠹」這麼重的批評，屬於痛責，簡直毫不留餘地，並引用其舅之言曰：

善乎吾舅周君之論也，曰：宋之文章至魯直，已是偏仄處，陳後山而後，不勝其弊矣。[76]

他又作詩譏諷江西詩派：

文章自得方為貴，衣砵相傳豈是真，已覺祖師低一著，紛紛嗣法更何人？[77]

這個批評，已把整個江西詩派，無論是祖師或其徒子徒孫，打成一派，來一個總譏諷。而元好問也十分反對江西詩派，在〈論詩三十首〉中亦表露無遺，他說：

其二十三

奇外無奇更出奇，一波纔動萬波隨。

只知詩到蘇黃盡，滄海橫流卻是誰？

---

[75] 〔清〕吳重憙輯：《九金人集》（臺北市：成文出版社，1967 年），第 2 冊，《滹南王先生文集》，卷 37，〈文辨〉，頁 478。

[76] 〔清〕吳重憙輯：《九金人集》（臺北市：成文出版社，1967 年），第 2 冊，《滹南王先生文集》，卷 39，〈詩話〉，頁 483。

[77] 〔清〕吳重憙輯：《九金人集》（臺北市：成文出版社，1967 年），第 2 冊，《滹南王先生文集》，卷 45，〈詩話〉，頁 510。

其二十六

金入洪鑪不厭煩，精神那計受纖塵？

蘇門果有忠臣在，肯放坡詩百態新。

其二十七

百年才覺古風迴，元祐諸人次第來。

諱學金陵猶有說，竟將何罪廢歐梅。

其二十八

古雅難將子美親，精純人失義山真，

論詩寧下涪翁拜，未作江西社裏人。

其二十九

池塘春草謝家春，萬古千秋五字新。

傳語閉門陳正字，可憐無補費精神。

在自題《中州集》後五首之二，更補充說：

> 陶謝風流到百家，半山老眼淨無花。北人不拾江西唾，未要曾
> 郎借齒牙。

　　元好問論評山谷與江西詩派，採取二種截然不同的態度，他對山谷詩成就未敢抹煞，但對江西派的「終身爭句律」作風，則認為違背「詩之正理」，故發出不拾江西唾之聲。

　　王若虛是金代著名的文學批評家。他是繼趙秉文後掌文柄的文壇盟主。他與趙秉文的文學理念可謂一脈相承，皆以提倡風雅，弘揚正

統文學為職志。《滹南王先生文集》一書，其內容以文學批評為主，共收一百四十四則論評，從漢迄宋，舉凡經史子集，都在評論之列，經他品評過的文學家有：揚雄、司馬遷、劉伶、陶潛、庾信、杜甫、孟郊、白居易、韓愈、皮日休、柳宗元、歐陽修、司馬光、宋祁、蘇軾、黃庭堅、陳師道及陳與義等。王若虛的文學成就以文學批評享負盛名，好問早年數度入京，學習其文學批評思維，促成創作〈論詩三十首〉，王若虛應是一個引起創作動機的關鍵人物。

四　小結

元好問是詩人世家之後，幼受家學薰陶，嗜讀儒書，並受名師栽培，如王中立、路鐸、郝天挺、趙秉文、王若虛等，都是當代鴻儒碩學。他們的道德文章啟迪了元好問的創作觀，故此，元好問的〈論詩三十首〉反映了金代部份學者的詩學觀。

在〈論詩三十首〉中，元好問否定山谷詩，顯然是受到前輩王若虛的影響，但對山谷的詩論，則持敬佩態度，故有「論詩寧下涪翁拜」之語，但對江西詩派，則卻而遠之。

元好問〈論詩三十首〉針對時弊，倡復古風，強調漢魏風骨，鄙棄背離道統的作品，並以疏鑿手自任，成為一代大家，在文學史上享有崇高地位。

—— 本文原刊於山西《忻州師範學院學報》（雙月刊）

2011 年第 1 期（2011 年 2 月），頁 14-19。

元好問〈論詩三十首〉之人物編次研究

一　前言

　　元好問的〈論詩三十首〉，是一篇洋洋大觀的論詩詩史。詩中涉及的時空上起曹魏，下迄北宋，更朝十四，歷時千載有餘，論及的人物有：曹植、劉楨、張華、潘岳、陸機、阮籍、劉琨、陶潛、謝靈運、沈佺期、宋之問、陳子昂、李白、杜甫、韓愈、柳宗元、劉禹錫、盧仝、孟郊、元稹、李商隱、溫庭筠、陸龜蒙、歐陽修、梅聖俞、蘇軾、黃庭堅、秦觀、陳無已，另附論的人物有：華歆、王敦、斛律金，前後合計三十二人。論述的內容，除有詩風、詩派、詩人、詩事外，還有詩品與人品，每詩各有要旨，首尾連貫，一氣呵成，是論詩中最享盛名的作品，在我國文學批評史上享有崇高地位。

　　〈論詩三十首〉內容廣泛，題材複雜，尤其是涉及的人物眾多，如何去貫串這些材料，實在不易。在結構上，元好問挑選歷代大家為組詩主要骨幹，在論述時，充份發揮字少意多的技巧，採納對比法或歸納法去論述同系詩人或異系詩人，故此一詩中，同時出現兩個或三個的異朝詩人，中間並加插論人品的問題，遂予人有一種亂不成章的感覺，誤為人物次序出錯。清人宗廷輔舉〈論討三十首〉其二十五為例，指出說「此詩應次〈東野〉（第十八首）一首之下」[1]，按：〈東野〉

---

[1]　郭紹虞：《元好問論詩三十首小箋》（北京市：人民文學出版社，1978年），頁77。

一首之下，是指〈論詩三十首〉其十九，其實不然，只要深入分析，
拋卻以時代配人的呆板觀念，就會理解其脈絡所在。為清楚瞭解〈論
詩三十首〉的人物序次問題，茲將其論詩所涉及的年代，劃分為：
一、曹魏至隋時期，二、初唐至晚唐時期，三、北宋時期，然後就詩
中人物序次的疑點進行剖釋和說明。

二 曹魏至隋時期

其一

漢謠魏什久紛紜，正體無人與細論。
誰是詩中疏鑿手，暫教涇渭各清渾。

其二

曹劉坐嘯虎生風，四海無人角兩雄。
可惜并州劉越石，不教橫槊建安中。

其三

鄴下風流在晉多，壯懷猶見缺壺歌。
風雲若恨張華少，溫李新聲奈爾何。
自注：鍾嶸評張華詩，恨其兒女情多，風雲氣少。

其四

一語天然萬古新，豪華落盡見真淳。
南窗白日羲皇上，未害淵明是晉人。
自注：柳子厚，晉之謝靈運；陶淵明，唐之白樂天。

其五

縱橫詩筆見高情，何物能澆塊壘平？

老阮不狂誰會得，出門一笑大江橫。

其六

心畫心聲總失真，文章寧復見為人！

高情千古〈閑居賦〉，爭信安仁拜路塵。

其七

慷慨歌謠絕不傳，穹廬一曲本天然。

中州萬古英雄氣，也到陰山敕勒川。

上述七首詩，其一是序言詩，其餘六首乃論曹魏至隋的詩人詩事。其六是論人而非論詩，宗廷輔《古今論詩絕句》評此詩「忽論人品」[2]，郭紹虞也說：「文章人品顯分兩途，固不能以言取人矣。」[3]其餘下的五首論詩中，最令人大惑不解的，是先論東晉詩人陶潛（見其四），後論曹魏正始詩人阮籍（見其五）。陶潛名次先於阮籍，這個異常安排，可從詩派及人品方面予以探討，答案自曉。

（一）天然派宗師──陶潛

元好問論詩，暗喻自己為詩中「疏鑿手」，分清涇渭，標榜正體。近人王禮卿解釋正體的內涵說：「正體中之為主有二：曰氣骨，曰天然。」又說：「氣骨一宗，以曹劉為主……天然一宗，以淵明為主。」[4]

---

2 郭紹虞：《元好問論詩三十首小箋》（北京市：人民文學出版社，1978 年），頁 62。

3 郭紹虞：《元好問論詩三十首小箋》（北京市：人民文學出版社，1978 年），頁 63。

4 王禮卿：《遺山論詩詮證》（臺北市：臺灣中華叢書編審委員會，1976 年），頁 5。

淵明的詩風地位，文獻所記不勝枚舉，摘錄如下：

1 南朝‧鍾嶸《詩品》云：

> 宋徵士陶潛詩，其原出於應璩，又協左思風力。文體省淨，殆
> 無長語；篤意真古，辭興婉愜；每觀其文，想其人德。至如歡
> 言酌春酒，日暮天無雲，風華清靡，豈直為田家語耶！古今隱
> 逸詩人之宗也。[5]

2 宋‧朱熹《朱子語錄》云：

> 晉宋間人物，雖曰尚清高，然個個要官職，這邊一面清談，那
> 邊一面招權納貨。陶淵明真個能不要，此所以高於晉宋人也。[6]

又《朱子語錄》〈答成之〉云：

> 若但以詩言之，則淵明所以為高，正在其超然自得，不費安排
> 處。[7]

3 宋‧楊時《龜山語錄》云：

> 淵明詩所不可及者，沖澹深粹，出於自然，若曾用力學，然後
> 知淵明詩非著力所能及也。[8]

4 宋‧嚴羽《滄浪詩話》云：

---

5 曹旭集注：《詩品集注》（上海市：上海古籍出版社，1996 年），頁 264。
6 〔宋〕黎靖德編：《朱子語錄》（北京市：中華書局，1986 年），第 3 冊，卷 34，頁
　874。
7 〔宋〕朱熹：《朱子語錄》，收入《文淵閣四庫全書》（上海市：上海古籍出版社，
　1987 年），集部八十四，別集類，頁 4a。
8 〔宋〕魏慶之：《詩人玉屑》卷 13 引《龜山語錄》（臺北市：世界書局，1971 年），
　頁 281。

淵明之詩，質而自然耳。[9]

5 清・沈德潛《說詩晬語》云：

陶淵明以名臣之後，際易代之時，欲言難言，時時寄托，不獨
〈詠荊柯〉一章也。六朝第一流人物，其詩有不獨步千古者
耶。[10]

6 清・方東樹《昭味詹言》引山谷之語云：

謝鮑諸人，鑪錘之巧，不遺餘力，有意於工拙也。淵明直寄焉
耳。[11]

7 朱太忙《陶淵明詩話》云：

黃山谷曰：淵明不為詩，寫其胸中之妙耳。[12]

以上名家文獻所載，淵明好評如潮，鍾嶸評他為「古今隱逸詩人
之宗」、朱熹評他「超然自得」、楊時評他「沖澹深粹，出於自然」、
嚴羽評他「質直自然」、沈德潛評他「千古獨步」、黃山谷評他「直寄」
及「寫胸中之妙」。淵明詩力主天然質直，為天然詩派的宗師，有隱逸
詩人之宗的美譽，是項殊榮，古今咸認。元好問也有五古稱譽淵明詩
具天然韻味，其〈繼愚軒和黨承旨雪詩四首〉之四云：

---

9 郭紹虞：《滄浪詩話校釋》（北京市：人民文學出版社，1961 年），頁 138。

10 朱太忙編著：《陶淵明詩話》（上海市：大達圖書供應出版，1923 年），頁 26。

11 〔清〕方東樹著，汪紹楹校點：《昭昧詹言》（北京市：人民文學出版社，1984 年），
卷 4，頁 100。

12 朱太忙編著：《陶淵明詩話》（上海市：大達圖書供應出版，1923 年），頁 6。

愚軒具詩眼，論文貴天然。頗怪今時人，雕鑴窮歲年。君看陶
集中，飲酒與歸田。此翁豈作詩，直寫胸中天。天然對雕飾，
真贋殊相懸。乃知時世妝，粉綠徒爭憐。枯淡足自樂，勿為虛
名牽。[13]

元好問除稱頌淵明「論文貴天然」、「直寫胸中天」的真性情外，
也欣賞其「枯淡足自樂，勿為虛名牽」的清高人格。有關淵明人品的
評價，史有定論，引證如下：

（二）淵明人品評價

1 宋‧蘇東坡《東坡題跋》云：

孔子不取微生高，孟子不取陵仲子，惡其不情也。陶淵明欲仕
則仕，不以求仕為嫌，欲隱則隱，不以去之為高，饑則扣門乞
食，飽則雞黍以迎客；古今賢之，貴其真也。[14]

2 宋‧陳模《懷古錄》卷上云：

蓋淵明人品素高，胸次灑落，信筆而成，不過寫胸中之妙耳！[15]

3 金‧趙秉文《東籬採菊圖》五古云：

淵明初出仕，跡留心已遠。雅志懷臨淵，高情邈雲漢。妖狐同

---

13 〔清〕施國祁注：《元遺山詩集箋注》（北京市：人民文學出版社，1989 年），頁
157。

14 〔明〕毛晉輯，〔宋〕蘇軾著：《東坡題跋》（《津逮秘書》本），卷 3，頁 26a、b。

15 北京大學、北京師範大學中文系編：《陶淵明研究資料匯編》（北京市：中華書局，
1962 年），頁 115。

畫昏，獨鶴惊夜半。平生忠義心，回作松菊伴。……[16]

4 元・吳澄〈陶淵明集補注序〉云：

> 予嘗謂楚之屈大夫，韓之張司徒，漢之諸葛丞相，晉之陶微
> 士，是四君子者，其制行也不同，其遭時也不同，而其心一
> 也。一者何？明君臣之義而已！[17]

以上諸家論評淵明的品格是「貴其真」、「人品崇高」、「平生忠義
心」、「四君子」，相對阮籍跟他相比，則望塵莫及矣！

（三）阮籍敗行

阮籍這位狂士，鍾嶸《詩品》評其「〈詠懷〉之作，可以陶性靈，
發幽思。言在耳目之內，情寄八荒之表，洋洋乎會於〈風雅〉，使人忘
其鄙近，自致遠大，頗多感慨之詞」[18]，但其人品則有污點，據《晉
書》〈阮籍傳〉載：

> 會帝讓九錫，公卿將勸進，便為其辭，籍沈醉忘作，使取之，
> 見籍方據案醉眠。使者以告，籍便書案，使寫之，無所改竄。[19]

阮籍所寫的文章名為〈為鄭沖勸晉王牋〉[20]，是一篇賣國附敵文字，為

---

16 〔清〕吳重憙輯：《九金人集》（臺北市：成文出版社，1967 年），第 1 冊，〔金〕
　　趙秉文：《閑閑老人滏水文集》，卷 5，頁 122。
17 《四庫全書存目叢書》（濟南市：齊魯書社，1997 年），集部二十一，別集類，頁
　　528b、529a。
18 曹旭：《詩品集注》（上海市：上海古籍出版社，1994 年），頁 123。
19 〔唐〕房玄齡等：《晉書》（北京市：中華書局，1974 年），卷 49，列傳第 19〈阮
　　籍傳〉，頁 1360-1361。
20 〔晉〕阮籍：《阮籍集》（上海市：上海古籍出版社，1978 年），頁 79-80。

世所恥，雖是酒醉之作，亦難辭其咎。此外，《晉書》〈阮籍傳〉亦載：

> 籍雖不拘禮教，然發言玄遠，口不臧否人物。性至孝。母終，
> 正與人圍棋，對者求止，籍留與決賭。既而飲酒二斗，舉聲一
> 號，吐血數升。及將葬，食一蒸豚，飲二斗酒，然後臨訣，直
> 言窮矣。舉聲一號，因又吐血數升，毀瘠骨立，殆至滅
> 性。……其外坦蕩而內淳至，皆此類也。[21]

阮籍行為怪異，「不拘禮教」的個人行為，若不傷害別人，猶可寬恕，
但若發展至罔顧親情，母終不急回省視，還「留與決賭」，則殊乖理性
而不足取。相對陶淵明的人品，卻古今稱頌，若從詩品或人品去論評
陶阮高下，則阮籍遠遜陶潛，此乃公認。

此外，淵明的「天然」與曹劉的「氣骨」相互呼應，二者均為正
體詩的兩主幹，故此，元好問先論陶後論阮，是可理解的。

陶阮並稱，始於何時，有待查考，唐白居易嘗以陶阮一詞入詩，
其〈和微之詩二十三首和新樓北園偶集，從孫公〉有句云：「嵇劉陶阮
徒，不足置齒牙。」由此可見，唐人已有陶阮並稱，元好問是否受此
影響，可作備考。

三　初唐至晚唐時期

其八

沈宋橫馳翰墨場，風流初不廢齊梁。

---

21 〔唐〕房玄齡等：《晉書》（北京市：中華書局，1974 年），卷 49，列傳第 19〈阮
籍傳〉，頁 1361。

論功若准平吳例，合著黃金鑄子昂。

其九

鬥靡誇多費覽觀，陸文尤恨冗於潘。
心聲只要傳心了，布穀瀾翻可是難。
自注：陸蕪而潘淨，語見《世說》。

其十

排比鋪張特一途，藩籬如此亦區區。
少陵自有連城璧，爭奈微之識碔砆。
自注：事見元稹〈子美墓誌〉。

其十一

眼處心生句自神，暗中摸索總非真。
畫圖臨出秦川景，親到長安有幾人。

其十二

望帝春心托杜鵑，佳人錦瑟怨華年。
詩家總愛西崑好，獨恨無人作鄭箋。

其十三

萬古文章有坦途，縱橫誰似玉川盧？
真書不入今人眼，兒輩從教鬼畫符。

其十四

出處殊途聽所安，山林何得賤衣冠？

華歆一擲金隨重,大是渠儂被眼謾。

其十五

筆底銀河落九天,何曾憔悴飯山前。
世間東塗西抹手,枉著書生待魯連。

其十六

切切秋蟲萬古情,燈前山鬼淚縱橫。
鑑湖春好無人賦,夾岸桃花錦浪生。

其十七

切響浮聲發巧深,研摩雖苦果何心。
浪翁水樂無宮徵,自是雲山韶濩音。

其十八

東野窮愁死不休,高天厚地一詩囚。
江山萬古潮陽筆,合在元龍百尺樓。

其十九

萬古幽人在澗阿,百年孤憤竟如何?
無人說與天隨子,春草輸贏較幾多!
自注:天隨子詩:「無多藥圃在南榮,合有新苗次第生。稚子
不知名品上,恐隨春草鬥輸贏。」

其二十

謝客風容映古今,發源誰似柳州深。

　　朱弦一拂遺音在，卻是當年寂寞心。

　　自注：柳子厚，宋之謝靈運。

　　元好問的〈論詩三十首〉，論述唐人的共十三首，即由第八首至第二十首。由於寫作技巧關係，元好問採用對比法去凸顯詩派或詩風，把一些異代詩人收納在同一首詩內，故予人有條理混亂之感，為方便觀察起見，茲表列如下：

詩次	人物	朝代	人物	朝代
八	沈佺期　宋之問	初唐	陳子昂	初唐
九	潘岳　陸機	西晉		
十	杜甫	盛唐	元稹	中唐
十一	杜甫	盛唐		
十二	李義山	晚唐	西崑派	北宋
十三	盧仝	中唐		
十四	華歆	魏		
十五	李白	盛唐	魯仲連	戰國
十六	李賀	中唐	李白	盛唐
十七	元次山	盛唐		
十八	孟郊	中唐	韓愈	中唐
十九	陸龜蒙	晚唐		
二十	謝靈運	南北朝	柳宗元	中唐

從表中所見，詩中人物的時代次序，排列得十分混亂。值得探討的問題有三：（一）潘陸之名為何置於唐？（二）華歆之名為何置於杜李之間？（三）元好問論唐人詩之組織結構如何？

（一）潘陸之名置於唐

　　〈論詩三十首〉其九的詩中兩位主角，陸機和潘岳，都是西晉人，但名字卻在陳子昂之後，到底是何解呢？考劉勰《文心雕龍》〈鎔裁篇〉

評陸機文章「綴辭尤繁」[22]。《世說新語》〈文學〉云:「潘文淺而淨,陸文深而蕪」,又云:「潘文爛若披錦,無處不善,陸文若排砂簡金,往往見寶。」[23]陸文的「排砂」已含「繁多」之意,清胡應麟《詩藪》也評陸機詩作「藻繪何繁」[24],「藻繪」是指用典繁富,詞藻華美,但鋪陳過度則繁雜冗贅,成為缺點。陸文繁冗,元好問也認同,在〈論詩三十首〉其九自注云:「陸蕪而潘淨,語見世說。」不過,陸文「繁冗」之失,潘岳也有類似缺點。潘岳善為哀文,情深,語冗繁,則為世公認,其「冗繁」之失,清人陳祚明也批評他「所嫌筆端繁冗,不能裁節,有遜樂府古詩含蓄不盡之妙也。」[25]清人黃子雲亦說:「安仁情深而語冗繁。」[26]

潘陸文章的弊端都在繁冗,而接著下一首論詩其十「排比鋪張特一途」,此詩謂潘陸二人所擅的「排比鋪張」詩法,杜甫亦是個中高手,故此元好問將潘陸與杜甫歸於同一類,以致陳子昂排名在潘陸之前。

元好問藉潘陸的繁冗文風,鍼勉唐人的長篇大論而內容空泛的詩作。宋劉克莊《後村詩話》前集卷一云:「唐初,王楊沈宋擅名,然不脫齊梁之體,獨陳拾遺首倡高雅沖澹之音,一掃六代之纖弱。」[27]但是,綺靡的詩風仍續存,當時唐初四傑推動排律的發展,相當成功,

---

22 范文瀾:《文心雕龍注》(下)(北京市:人民文學出版社,1958 年),卷 7,頁544。

23 〔南朝宋〕劉義慶:《世說新語》(上)(北京市:中華書局,1992 年),頁 167。

24 〔清〕胡應麟:《詩藪》(上海市:上海古籍出版社,1979 年),卷 2,頁 147。

25 〔清〕陳祚明評選:《采菽堂古詩選》,收入《續修四庫全書》(上海市:上海古籍出版社,2002 年),第 1591 冊,卷 11,〈潘岳〉,頁 55。

26 〔清〕黃子雲:《野鴻詩的》,頁 23,收入世楷堂:《昭代叢書》壬集。

27 《文淵閣四庫全書》(上海市:上海古籍出版社,1987 年),集部四二○,詩文評類,頁 305b、306a。

有關盛況，頗多文獻記載，引錄如下：

1 清・宋犖《漫堂說詩》云：

> 初唐王、楊、盧、駱倡為排律，陳、杜、沈、宋繼之、大約侍
> 從游宴應制之篇居多，所稱臺閣體也。雖風容色澤，競相誇
> 勝，未免數見不鮮。《品匯》以太白、摩詰揭為正宗，錢起、
> 劉長卿錄為接武，均之不愧當家。晚唐李義山刻意學杜，亦是
> 精麗。若夫渾涵汪洋，千匯萬狀，惟少陵一人而已。……後來
> 元白盡多長篇，去之霄壤。[28]

2 清・葉矯然《龍性堂詩話續集》云：

> 唐人排律，初推沈宋，而宋妙於沈者，以逸勝也。盛則右丞尤
> 在青蓮之上，亦以逸不可及。至杜公廣大神通，壓古軼今，
> 岑、高諸人無敢望其項背。武后時有鄭愔者，其人不必言，此
> 體卻工，似為杜公開山。[29]

3 清・沈德潛《唐詩別裁集》云：

> 五言長律，陳、杜、沈、宋、簡老為宗。

又云：

> 有氣象，有神力，開合變化，自中規矩，長律以少陵為主。

---

28 《續修四庫全書》（上海市：上海古籍出版社，1987 年），集部，詩文評類，第
1699 冊，頁 623。

29 郭紹虞編選，富壽蓀校點：《清詩話續編・龍性堂詩話》（上海市：上海古籍出版
社，1983 年），頁 1040。

元、白動成百韻，頹然自放矣。[30]

4 清‧潘承松〈杜詩偶評凡例〉云：

五言長律起於六韻，後漸次恢擴，至少陵而滔滔百韻矣。然句意不無重後，兼有重韻，雖少陵之才大如海，不能成連成璧也。[31]

5 清‧管世銘〈讀雪山房唐詩序例〉云：

李、杜二公，古今勁敵，獨七言律與五言長律，太白寥寥數篇而已，豈若少陵之「瓊琚玉佩，大放厥詞」哉！少陵長律，排比鋪張之內，陰施陽設，變動若神。元微之素工此體，故能識其奧窔而李遜杜，實在此處，元遺山以譏微之，亦好高而不察實也。[32]

又云：

柳子厚〈同劉二十八述舊言情八十韻〉，韻愈險而詞愈工，氣愈勝，最為長律中奇作，稱柳詩者，未有及之者也。劉夢得〈曆陽書事七十韻〉，亦足旗鼓相當。[33]

---

30 〔清〕沈德潛：《唐詩別裁集》（北京市：中華書局，1975 年），頁 234b。

31 〔清〕潘承松：《杜詩偶評凡例》，見附錄於《杜詩偶評》第 4 卷第 3 冊（清嘉慶八年官刊本）。

32 郭紹虞編選，富壽蓀校點：《清詩話續編‧讀雪山房唐詩序例》（上海市：上海古籍出版社，1983 年），頁 1559。

33 郭紹虞編選，富壽蓀校點：《清詩話續編‧讀雪山房唐詩序例》（上海市：上海古籍出版社，1983 年），頁 1559。

6 清·施補華《峴傭說詩》云：

> 五言長排必以少陵為大宗：岑參、王維篇篇尚窘，後來元、白
> 滔滔不絕，失之平滑，不足仿效也。[34]

7 清·朱庭珍《筱園詩話》云：

> 五排專宗老杜，參以義山，此外無可津涉。[35]

8 清·鍾秀《觀我生齋詩話》云：

> 五言排律，初唐如陳、杜、沈、宋、雄健渾深，至少陵則如玉
> 花八陣，已臻極致。他如元宗皇帝，王、楊諸子，燕、許二
> 公，王維、岑參之流，胥有佳構。要之，此體即可同律之兼收
> 初盛。後此，則劉卿尚見謹飾，元、白雖灑數十韻，終乏結構
> 之功。[36]

　　綜上所述，長篇排律在整個唐代詩壇發展得相當蓬勃，大小詩家
都樂此不疲。盛唐大詩人杜甫更是排律好手，無人匹敵。不過，大論
長篇的排律多數是文人逞才之作，意義不大，所以元好問說，「鬥靡誇
多費覽觀」就是這個原因。

　　其九這首詩嚴肅地批判「鬥靡誇多」的不良詩風，與下一首其十
「排比鋪張特一途」脈絡相連，亦可說是其十的開場白，所以翁方綱
《石洲詩話》云：「此首義與下一首論杜合觀之。」[37]宗廷輔《古今論

34 王夫子：《清詩話》（上海市：上海古籍出版社，1978 年），下冊，頁 998-999。

35 《續修四庫全書》（上海市：上海古籍出版社，2002 年），集部，詩文評類，第
　　1708 冊，頁 8。

36 陳伯海編：《唐詩論評類編》（濟南市：山東教育出版社，1993 年），頁 522。

37 郭紹虞編選，富壽蓀校點：《清詩話續編·石洲詩話》（上海市：上海古籍出版社，
　　1983 年），卷 7，頁 1497。

詩絕句》也說：「此則借論潘、陸，以箴宋人也。」[38]宗氏所指的宋人，如能涵蓋唐人，則更為貼意。潘陸文章長篇大論，鬥靡誇多，類似杜甫時期的詩壇歪風，元好問借潘陸二人以箴唐人，故此，潘陸二人的名字見於論唐人詩作中，就是這個原因。

（二）華歆之名置於杜、李之間

元好問〈論詩三十首〉在論述唐詩時，突插進一首（其十四）論述華歆其人，令人摸不著頭腦。清代學者如翁方綱、施國祁及查慎行等均沒有表示意見，僅得宗廷輔《古今論詩絕句》云：「山林台閣[39]，各是一體。宋人季方回撰《瀛奎律髓》，往往偏重江湖道學，意當時風氣，或有借以自重者，故喝破之。」[40]查氏之言，仍未談及華歆之名為何置於杜李之間。至於其他清代學者亦未見為此詩作出進一步回應，反之近代學者對此詩提出意見者，頗為踴躍，摘錄如下：

1 郭紹虞《元好問〈論詩三十首〉小箋》云：

　　是詩於山林臺閣不相偏重，語至公允。[41]

2 何三本〈元好問論詩絕句三十首箋證〉云：

　　其旨以處者為優，出者為劣。……好問此首論詩絕句，並非論詩，乃係論事者也。……好問此三十首絕句中，既標明「論詩

38 郭紹虞：《元好問論詩三十首小箋》（北京市：人民文學出版社，1978 年），頁 64。

39 李正民批評云：「『臺閣體』泛指官僚貴族的詩文風氣，是明朝以來的說法，其名稱始於明朝初年的『三楊』。這裏衛把臺閣體作為金代元好問詩論的對像，是不適當的。」見李正民：《元好問研究論略》（北京市：社會科學文獻出版社，1999 年），頁 265。

40 郭紹虞：《元好問論詩三十首小箋》（北京市：人民文學出版社，1978 年），頁 69。

41 郭紹虞：《元好問論詩三十首小箋》（北京市：人民文學出版社，1978 年），頁 69。

絕句」，然觀其三十首之所論，並非全為論詩，此「出處殊途
聽所安」一首，即非論詩，而純為論事，殊失論詩之題旨。[42]

3 陳湛銓〈元遺山論詩絕句講疏（上）〉云：

> 此謂隱逸者流之詩與仕宦中人之詩，只賦性不同，實各具佳
> 勝；山林江海之士，未可輕貶廊廟衣冠中人也。……遺山此論
> 是疾偽，非輕山林而重廊廟也。[43]

4 田鳳台〈元遺山論詩絕句評析〉云：

> 遺山之詩旨，以人品及詩作，不能以山林台閣論優劣也。[44]

5 續琨《元遺山研究》云：

> 遺山論詩，只求真淳自然，聽其所安，故對陶潛之田園沖淡，
> 謝柳之山水怡情，少陵之憂民，東坡之仕宦窮途，並在頌讚之
> 列，殊無隱仕貴賤之見……仕宦固不可賤隱逸，山林亦何可賤
> 衣冠。[45]

　　上述諸家所言，總離不開「山林臺閣」、「出」與「處」、「人品」
與「詩品」等方面，仍未論及或懷疑過這首詩的排列次序出現問題。
近人李正民提出質疑說：

> 論華歆的第十四首位置錯亂，應該列為第五首，置於第六首論

42 《中華文化復興月刊》第 7 卷第 4 期（1974 年），頁 50。
43 《香港浸會學院學報》第 3 卷第 1 期（1968 年），頁 19。
44 《中華文化復興月刊》第 12 卷第 4 期（1990 年），頁 20。
45 續琨：《元遺山研究》（臺北市：臺灣中華書局，1974 年），頁 180。

潘岳之前。[46]其理由是「組詩的第二至第四首所論的曹植、劉
琨、阮籍等詩人，或出仕，或未仕，均具壯懷高情、人品端
直」；所以第五首接著說：「出處殊途聽所安」，各有所宜，不
能以「出處」分高下⋯⋯接下來的第六首詩「心畫心聲總失
真」，則進一步指出，亦不能憑文章論人品。[47]

李氏關於「第十四首位置錯亂」之見，可謂一新發明。

　　〈論詩三十首〉其十四「出處殊途聽所安」表面是指文人的仕與
隱是無分貴賤，實質另有別意。此詩第三句提及華歆擲金的故事，雖
未明言另一主角管寧，但首句有「出處殊途」之語，管寧其人已呼之
欲出。華管二人在「出」與「處」的問題上，華代表「出」，「出」乃
出仕，即「衣冠」也；管寧代表「處」，「處」是歸隱，即「山林」也，
華歆競逐功名，官至魏相國，封安樂亭侯。陳壽《三國志》載其人「為
情清靜不煩，使民感而愛之」[48]；「歆素清貧，祿賜以振施親戚故人，
家無擔石之儲」[49]。陳壽於傳末評其人「清純德素⋯⋯皆一時之俊偉
也。魏氏初祚，肇登三司」[50]。《三國志》〈魏志〉〈陳矯傳〉又載其
人「清修疾惡，有識有義」[51]。如此看來，出仕的華歆，其人品志行並

46 李正民：《元好問研究論略》（北京市：社會科學文獻出版社，1999 年），頁 265。

47 李正民：《元好問研究論略》（北京市：社會科學文獻出版社，1999 年），頁 265。

48 〔晉〕陳壽撰，〔宋〕裴松之注：《三國志・魏書》（北京市：中華書局，1999 年），
　　卷 13，〈鍾繇華歆王朗傳〉，頁 302。

49 〔晉〕陳壽撰，〔宋〕裴松之注：《三國志・魏書》（北京市：中華書局，1999 年），
　　卷 13，〈鍾繇華歆王朗傳〉，頁 479。

50 〔晉〕陳壽撰，〔宋〕裴松之注：《三國志・魏書》（北京市：中華書局，1999 年），
　　卷 13，〈鍾繇華歆王朗傳〉，頁 318。

51 〔晉〕陳壽撰，〔宋〕裴松之注：《三國志・魏書》（北京市：中華書局，1999 年），
　　卷 13，〈鍾繇華歆王朗傳〉，頁 479。

無不妥。至於管寧，屢召不起，避世講學終老。《三國志》〈魏志〉〈管寧傳〉載其人「寧清高恬泊，擬跡前軌，德行卓絕，海內無偶」[52]傳末陳壽評他「淵雅高尚，確然不拔」[53]。管寧節行高潔，超世拔俗，不可多得。華管二人一仕一隱，無損品德。此首論詩以華、管人品借喻李、杜詩風。杜甫的沈鬱頓挫，李白的飄逸奔放，各具特色，雖是風格「殊途」亦可「各所安」，不必強加軒輊，誰優誰次。

古代知識份子，非常重視個人的「出」與「處」，「出」者為「仕」，即是當官，「處」者為「隱」，即是當隱士。尤其是生逢亂世，或昏君無道，或小人當道的年代，知識份子對個人的「出」與「處」，更視為終身大事，結果必然有人選擇當官，也有人選擇作隱士，各行其志，不存在對與不對的問題。華歆與管寧，前者出仕，後者處隱，抉擇雖異，各行其志，正如元好問說：「出處殊途各所安。」相對李、杜詩風的豪放與沉鬱，一為詩仙，一為詩聖，難分軒輊。華、管的出處，就好像李、杜的爭議，故此元好問把魏國時代的華歆出現在論唐人詩中，只不過是古意今用，與人物誤列時代無關。

（三）元好問論唐詩之組詩結構

元好問〈論詩三十首〉論述唐詩，其組詩結構以唐人五大家陳（子昂）、杜（甫）、李（白）、韓（愈）、柳（宗元）為主要骨幹。陳子昂是唐初四傑之首，地位崇高，史不絕書，其餘杜李韓柳四家更有詩壇四君子的美譽，杜牧〈冬至日寄小姪阿宜詩〉云：「李杜泛浩浩，韓柳

---

52 〔晉〕陳壽撰，〔宋〕裴松之注：《三國志・魏志》（北京市：中華書局，1999 年），卷 11，〈管寧傳〉，頁 271。

53 〔晉〕陳壽撰，〔宋〕裴松之注：《三國志・魏志》（北京市：中華書局，1999 年），卷 11，〈管寧傳〉，頁 275。

摩蒼蒼。近者四君子，與古爭強梁。」[54]陳善《捫蝨新話》也云：「唐
世詩稱李杜，文章稱韓柳。」[55]上述唐五大家各具風格及地位，元好問
予以分成五個組合，然後再把其他同代或異代的詩人詩事，分別歸類
入組。

組合一

此組合有陳子昂、宋之問、沈佺期，以論唐初詩人詩風為主，詩
見〈論詩三十首〉其八。陳子昂是唐代詩歌革新派的大旗手，地位崇
高，是初唐四傑之首，其餘三傑無論在文學成就或貢獻都難以匹敵。
盧藏用《右拾遺陳子昂文集》〈序〉載：「道喪五百歲而得陳君。君諱
子昂，字伯玉，蜀人也，崛起江漢，虎視函夏，卓立千古，橫制頹
波，天下翕然，質文一變。」[56]《新唐書》〈陳子昂傳〉載：「唐興，
文章承徐、庾詩風，天下祖尚，子昂始變雅正。」[57]桑悅《思玄集》卷
九〈又跋唐詩品匯〉云：「唐人詩三百餘家，大抵賦多而比興少，句多
而意少，其傑出者陳子昂、李太白、杜子美，韓昌黎四家矣。」[58]陳子
昂是初唐詩壇一個關鍵性人物，元好問選他為初唐代表，是合理的。
宋之問、沈佺期二人齊名，世稱沈宋，二人都是文壇革新份子，李商
隱〈漫成五章〉之一云：「沈宋裁辭矜變律，王楊落筆得良朋。當時自

---

54 〔唐〕杜牧著，馮集梧注：《樊川詩集注》（上海市：上海古籍出版社，1978 年），
　　卷 1，頁 61。

55 〔宋〕陳善：《捫蝨新話》（上海市：上海書店出版，1990 年），卷 9，頁 1b。

56 郭紹虞編：《中國歷代文論選》（上海市：上海古籍出版社，1979 年），第 2 冊，頁
　　58。

57 〔宋〕歐陽修等：《新唐書》（北京市：中華書局，1975 年），卷 170，列傳 32〈陳
　　子昂傳〉，頁 4078。

58 陳伯海編：《唐詩論評類編》（濟南市：山東教育出版社，1993 年），頁 45。

謂宗師妙，今日唯觀對屬能。」[59]《新唐書》〈文藝中〉載：「魏建安後迄江左，詩律屢變。至沈約、庾信，以音韻相婉附，屬對精密。及之問、沈佺期，又加靡麗，回忌聲病，約句準篇，如錦繡成文。學者宗之，號為沈宋。」[60]但沈宋二人也有其缺點，郎廷槐《師友詩傳錄》述張實居語云：「沈宋精巧相尚，然六朝餘氣猶存。」[61]沈宋二人若跟陳子昂相較，仍輸一線，古有定評。顧安《唐律消夏錄》指出：「沈宋工力悉敵，確是對手。其高妙不及射洪。」[62]射洪乃陳子昂的別稱。

組合二

此組合有杜甫、元稹、李義山、盧仝，以杜甫為首，詩見〈論詩三十首〉其十、其十一、其十二、其十三。李義山及盧仝皆宗杜，至於元稹只是崇杜，並非走杜甫詩派路線的人物。元好問之所以把元稹附論在杜甫之後，主要原因是不滿元稹論杜有某些地方不確切，需要作出補正再評。考元稹在〈唐故工部員外郎杜君墓誌銘並序〉[63]論杜云：

> 詩聖杜甫「上薄風騷，下該沈宋，言奪蘇李，氣吞曹劉，掩顏謝之孤高，雜徐庾之流麗，盡古今之體制，兼人人之所獨專」。

---

59 葉蔥奇注：《李商隱詩集疏注》（北京市：人民文學出版社，1985 年），上冊，卷中，頁 468。

60 〔宋〕歐陽修等撰：《新唐書》：（北京市：中華書局，1975 年 2 月），卷 202，列傳 127〈文藝中〉，頁 5751。

61 《文淵閣四庫全書》（上海市：上海古籍出版社，1987 年），集部，詩文評類，頁 888a。

62 陳伯海編：《唐詩論評類編》（濟南市：山東教育出版社，1993 年），頁 872。

63 〔唐〕元稹：《元稹集》（北京市：中華書局，1982 年），頁 601。

這段文字，對杜甫作出崇高評價，恰當得體，為古今學術界認同，元好問該無異議，但墓銘接著又有以下評李杜的論述云：

> 是時山東人李白亦以奇文取稱，時人謂之李杜。余觀其壯浪縱恣，擺去拘束，模寫物象，及樂府歌詩，誠亦差肩於子美矣。至若鋪陳終始，排比聲韻，大或千言，次猶數百，詞氣豪邁而風調清深，屬對律切而脫棄凡近，則李尚不能歷其藩翰，況堂奧乎！[64]

上述元稹的銘文，表面上稱譽杜優於李，但引用事例卻失當，例如「鋪陳終始，排比聲韻，大或千言，次猶數百」，這樣無異於「鬥靡誇多」，把杜甫逞才之舉視為真正詩才，故此引起好問需要針對元稹之語作出修正及再評估，故有「少陵自有連城璧，爭奈微之識碔砆」之語。

李義山詩以綺麗香艷，詞意隱晦難明為特色而飲譽詩壇。元好問對他特別重視，在〈論詩三十首〉絕句中，提及他的名字凡「三次」[65]之多，這是其他詩論人物所沒有的。李義山學杜，為世公認，文獻記載頗多，引錄如下：

1 宋・蔡啟《蔡寬夫詩話》云：

> 王荊公晚年亦喜稱義山詩，以為唐人知學老杜，而得其藩籬，惟義山一人而已。[66]

---

64 〔唐〕元稹：《元稹集》（北京市：中華書局，1982 年），頁 601。

65 元好問：《論詩絕句三十首》其三：溫李新聲奈爾何；其十二：望帝春心托杜鵑；其二十八：精純全失義山真。

66 《文淵閣四庫全書》（上海市：上海古籍出版社，1987 年），集部四一九，詩文評類，頁 165b。

2 宋・馬端臨《文獻通考》卷二百三十三，經籍考六十云：

> 石梓葉氏（夢得）曰：唐杜人學老甫，惟商隱一人而已，雖未
> 盡造其妙，然精密華麗，亦自得其仿佛。……學詩者未可遽學
> 老杜，當先學商隱，未有不能為商隱，而為為老杜者。[67]

3 宋・朱弁《風月堂詩話》云：

> 李義山擬老杜詩云：歲月行如此，江湖坐渺然，真是老杜語
> 也。[68]

4 元・袁桷《清容居士集》卷四十八〈書鄭潛庵李商隱詩選〉云：

> 李商隱詩號為中唐警麗之作，其源出於杜拾遺，晚自以不及，
> 故別為一體。[69]

5 明・張綖〈刊西昆詩集序〉云：

> 杜少陵，盛唐之祖也；李義山，晚唐之冠也。[70]

6 清・賀裳《載酒園詩話》卷一云：

> 義山綺才艷骨，作古詩乃學少陵。[71]

---

67 《文淵閣四庫全書》（上海市：上海古籍出版社，1987 年），史部三七二，政書類，
　《文獻通考》，頁 769a。

68 《文淵閣四庫全書》（上海市：上海古籍出版社，1987 年），集部四一八，詩文評
　類，頁 26a。

69 《文淵閣四庫全書》（上海市：上海古籍出版社，1987 年），集部一四二，別集類，
　頁 632b。

70 陳伯海編：《唐詩論評類編》（濟南市：山東教育出版社，1993 年），頁 1313。

71 郭紹虞編選，富壽蓀校點：《清詩話續編・載酒園詩話》（上海市：上海古籍出版
　社，1983 年），頁 374。

7 清・吳喬《圍爐詩話》卷三云：

> 於李、杜、韓後，能別開生路，自成一家者，惟李義山一人。[72]

以上文獻所載，指出李義山詩源出杜甫，而又另闢蹊徑，自成一家。元好問把李義山排在杜甫之後，是基於宗派同源關係。

隱晦詩與險怪詩，詞意難解難明，前者以李義山為代表，後者以盧玉川為代表。險怪詩創於韓愈，繼之者孟郊、賈島、盧仝、而盧較諸人尤甚。蘇軾〈評杜默詩〉云：「作詩怪客，至盧仝、馬異極矣。」[73] 宋人吳沆《環溪詩話》卷上云：「盧仝得之狂而失之怪。」[74]明人朱承爵《存餘堂詩話》云：「詩家評盧仝詩，造語險怪百出，幾不可解。」[75] 由於盧仝的詩確實極度險怪，連宗師韓愈也受不來，其〈寄盧仝詩〉云：「往年弄筆嘲同異，怪辭驚眾謗不已。近來自說尋坦塗，猶上盧空跨綠駬。」[76]盧仝詩雖「太險怪而不循詩家法度」[77]，但仍是一家詩風之祖。元人辛文房《唐才子傳》卷五云：「仝性高古介僻，所見不凡近。唐詩體無遺，而仝之所作特異，自成一家，語尚奇譎，讀者難解，識者易知。後來仿效比擬，逐為一格宗師。」[78]元好問對這位新派

---

72 郭紹虞編選，富壽蓀校點：《清詩話續編・圍爐詩話》（上海市：上海古籍出版社，1983 年），頁 561。

73 〔宋〕蘇東坡著：《蘇東坡全集》（珠海市：珠海出版社，1996 年），第 6 冊，卷 68，〈題跋詩詞類〉，頁 1695。

74 《文淵閣四庫全書》（上海市：上海古籍出版社，1987 年），集部四一九，詩文評類，頁 31a。

75 〔清〕何文煥：《歷代詩話》（北京市：中華書局，1981 年），頁 790。

76 錢仲聯：《韓昌黎詩繫年集釋》（下），（北京市：古典文學出版社，1957 年），頁 342。

77 〔宋〕魏慶之編《詩人玉屑》（下），（上海市：上海古籍出版社，1978 年），頁 332。

78 〔元〕辛文房：《唐才子傳》（上海市：上海古典文學出版社，1958 年），卷 5，頁 74。

宗師，相當尊崇，其作品屢有稱許，例如：

〈送戈唐佐還平陽〉云：千古黃金礦中淚，不獨盧仝與馬異。[79]

〈送田益之從周帥西上〉二首之一云：蓬萊如何到，利借玉川風。[80]

〈別康顯之〉云：玉川文字五千卷，鄭監才名四十年。[81]

〈洛陽衛良臣以星圖見貺漫賦三詩為謝〉之三云：西虎東離總伏雌，老蟆卻是可憐兒，星圖何物堪相報，借用盧仝〈月蝕詩〉。[82]

　　清人錢振鍠認為元好問詩學盧玉川，其《謫星三集》〈筆談〉云：「遺山詩三分是韓杜，三分是玉川，故其論詩曰：『萬古文章有坦途，縱橫誰似玉川盧。』推挹之至。」[83]錢氏這番話，十分推崇元好問。

---

79 姚奠中編：《元好問全集》（太原市：山西人民出版社，1990年），卷5，〈送戈唐佐還平陽〉，頁119。

80 姚奠中編：《元好問全集》（太原市：山西人民出版社，1990年），卷7，〈送田益之從周帥西上二首〉，頁152。

81 姚奠中編：《元好問全集》（太原市：山西人民出版社，1990年），卷9，〈別康顯之〉，頁242。

82 姚奠中編：《元好問全集》（太原市：山西人民出版社，1990年），卷13，〈洛陽衛良臣以星圖見貺漫賦三詩為謝〉，頁405。

83 轉引自郭紹虞：《元好問論詩三十首小箋》（北京市：人民文學出版社，1978年），頁69。

組合三

此組合有李白、李賀、元次山,詩見〈論詩三十首〉其十五、其
十六、其十七。〈論詩三十首〉其十五專論李白,李白詩以豪放飄逸見
稱,有詩仙之譽,其好評摘錄如下:

1 唐·白居易〈與元九書〉云:

> 又詩之豪者,世稱李杜。李之作,才矣奇矣,人不逮矣,索其
> 風雅比興,十無一焉。[84]

2 唐·皮日休〈劉棗強碑〉云:

> 言出天地外,思出鬼神表,讀之則神馳八極,測之則心懷四
> 溟,磊磊落落,真非世間語者,有李太白。[85]

3 宋·魏慶之《詩人玉屑》云:

> 太白豪放,人中鳳凰麒麟……李白歌詩,度越六代,與漢魏樂
> 府爭衡。[86]

4 宋·曾鞏《元豐類稿》卷一二〈李白詩集後序〉云:

> 舊史稱白有逸才,志氣宏遠,飄然有超世之心,余以為實錄。[87]

---

84 顧學頡:《校點白居易集》(北京市:中華書局,1979 年),卷 45,頁 961。

85 〔唐〕皮日休著,蕭滌非整理:《皮子方藪》(北京市:中華書局,1959 年),卷 4,
頁 42。

86 〔宋〕魏慶之編:《詩人玉屑》(下)(上海市:上海古籍出版社,1978 年),頁
291-292。

87 《文淵閣四庫全書》(上海市:上海古籍出版社,1987 年),集部三十七,別集類,
頁 458a。

5 宋・蘇轍《欒城集》三集卷八〈詩病五事〉云：

> 李白詩類其為人，駿發豪放，華而不實，好事喜名，不知義理之所在也。[88]

6 宋・黃庭堅〈題李白詩草後〉云：

> 余評李白詩如黃帝張樂於洞庭之野，無首無尾，不主故常，非墨工槧人所可擬議。[89]

以上各家論評李白，可謂推崇備至，前無古人，後無來者。

〈論詩三十首〉其十六專論李賀，李賀有詩鬼之譽，其地位雖稍遜李白，但也自成一家，有關李賀與李白相提並論之文獻資料，摘錄如下：

1 宋・張戒《歲寒堂詩話》卷上云：

> 賀詩乃李白樂府出，瑰奇詭怪則似之。[90]

2 宋・葉廷珪《海錄碎事》卷十八〈文學部上〉〈文章門〉云：

> 唐人以太白為天才絕，樂天為人才絕，長吉為鬼才絕，信乎，其各近之也！[91]

3 宋・徐獻中《唐詩品》云：

---

88 〔宋〕蘇轍著，曾棗莊、馬德富點校：《欒城集》（下）（上海市：上海古籍出版社，1987年），《欒城第三集》，卷8，頁1552。

89 黃寶華選注：《黃庭堅選集》（上海市：上海古籍出版社，1991年），頁429。

90 陳應鸞：《歲寒堂詩話校箋》（成都市：巴蜀書社，2000年），上卷，頁87。

91 〔宋〕葉廷珪撰，李之亮點校：《海錄碎事》（北京市：中華書局，2002年），下冊，頁823。

蓋其天才奇曠，不受束縛，馳思高玄，莫可駕御，故往往超出
跬徑，不能俯仰上下。……雖太白之天藻，亦何擅其芳譽
哉！[92]

4 清‧姚文燮〈《昌谷詩注》自序〉云：

唐才人皆詩，而白與賀獨《騷》。白，近乎《騷》者也；賀則
幽深詭譎，較《騷》為尤甚。後之論定者以仙予白，以鬼予賀，
吾又何能不為賀惜！[93]

5 清‧陳焯〈《昌谷集注》序〉云：

漢魏以下，詩之似《騷》者，前人獨推李太白、李長吉。[94]

6 清‧方扶南〈《李長吉詩集批注》序〉云：

李白、李賀皆取法於九歌，賀尤幽紗。[95]

7 清‧丁儀《詩學淵源》卷八云：

而復擷《離騷》之華，極《招魂》之變，於李白、李益諸人之
外獨樹一幟，號為鬼才，信非過譽。[96]

---

92 〔唐〕皮日休：《皮子文藪》（上海市：上海古籍出版社，1981年），頁38-39。

93 〔清〕王琦等注：《李賀詩歌集注》（上海市：上海古籍出版社，1978年），頁
367。

94 〔清〕王琦等注：《李賀詩歌集注》（上海市：上海古籍出版社，1978年），頁
374。

95 〔清〕王琦等注：《李賀詩歌集注》（上海市：上海古籍出版社，1978年），頁
495。

96 轉引自陳伯海編：《唐詩匯解》（杭州市：浙江教育出版社，1995年），中冊，頁
1940。

8 清‧王琦〈《李長吉詩歌匯解》序〉云：

> 朱子論詩，謂長吉較怪得些子，不如太白自在。夫太白之詩，
> 世以為飄逸；長吉之詩，世以為奇險，是以宋人有仙才、鬼才
> 之目。[97]

9 畢希卓《芳菲菲堂詩話》卷二云：

> 余獨服膺滄浪之論，其言曰「人言太白詩才，長吉鬼才；不
> 然，太白天仙之詞，長吉鬼仙之詞耳。」[98]

李白與李賀一仙一鬼，各具特色，垂名宇宙。

〈論詩三十首〉其十七專論元次山，元次山是盛唐詩人，又是元
好問的遠祖，其詩真樸高古，悠然自適，元好問評為「雲山韶濩音」；
清人丁儀《詩學淵源》卷八評其「古詩多作騷體，詞旨精切，氣逸質
高，有似太白」。

李白、李賀、元次山三人成就卓著，詩風可混談，所以元好問把
他們三人歸納在同一組合內。

組合四

此組合有韓愈、孟郊、陸龜蒙，詩見〈論詩三十首〉其十八、其
十九。韓愈是唐宋八大家之首，是唐代古文運動的領袖人物。蘇軾
〈潮洲韓文公廟碑〉云：「自東漢以來，道喪文弊，異端並起。歷唐貞
觀，開元之盛，輔以房、杜、姚、宋而不能救。獨韓文公起布衣，談
笑而麾之，天下靡然從公，復歸於正，蓋三百年於此矣。文起八代之

---

97 〔清〕王琦等注：《李賀詩歌集注》（上海市：上海古籍出版社，1978 年），頁 2。
98 郭紹虞：《滄浪詩話校釋》(北京市：人民學生出版社，1983 年)，頁 178。

衰，而道濟天下之溺。」[99]蘇軾推許韓愈於此可見一斑。在晚唐，詩壇
能跟韓愈匹敵者，惟孟郊一人，世稱韓孟。趙璘《因話錄》卷三云：
「韓文公與孟東野友善。韓公文至高，孟長於五言，時號韓詩孟
筆。」[100]梅堯臣〈讀蟠桃詩寄子美永叔〉云：「韓孟於文詞，兩雄力相
當。」[101]宋人費袞更認為孟郊的詩高於韓，其《梁溪漫志》卷七云：「退
之一世豪傑，而亦不能自脫於習俗。東野獨一洗眾陋，其詩高妙簡
古，力追漢魏作者。」[102]其實，韓孟二人的詩，各領風騷。宋人李綱
《梁溪集》卷九〈讀孟郊詩〉云：「韓豪如春風，百卉開芳林。郊窮如
秋露，候蟲寒自吟。」[103]。明人許學夷《詩源辯體》卷二十五云：「退
之奇險豪縱恣於博，故長篇為工；東野矯激琢削歸於約，故短篇為
勝。」[104]劉熙載《藝概、詩概》云：「昌黎、東野兩家，詩雖雄富、清
苦不同，而同一好難爭險。」[105]「雄富」、「爭險」是他們詩的共通點。

陸龜蒙是晚唐詩壇高手，元好問在其詩〈九日午後入府知曹子凶
問夜不能寐作詩二首〉論龜蒙說：「詩如魯望何多態，檄如賓王又一
奇。」[106]元又在〈校笠澤叢書後記〉稱頌龜蒙云：「龜蒙高士也，學既

---

99 孔凡禮點校：《蘇軾文集》（北京市：中華書局，1983 年），第 2 冊，卷 17，頁
　　509。

100 〔唐〕李肇等撰：《唐國史補因話錄》（上海市：上海古籍出版社，1979 年），頁
　　82。

101 〔宋〕梅堯臣：《梅堯臣集》卷 24，收入《傳世藏書集庫》別集 3（海口市：海南
　　國際新聞出版中心，1996 年），頁 91。

102 〔宋〕費袞、車若水：《梁溪漫誌‧腳氣集》（上海市：上海古籍出版社，1990
　　年），卷 7，頁 3b。

103 邱燮友、李建昆：《孟郊詩集校注‧附錄》（臺北市：新文豐出版公司，1997 年），
　　頁 640。

104 〔明〕許學夷著，杜維沫校點：《詩源辯體》（北京市：人民文學出版社，1987
　　年），頁 256。

105 〔清〕劉熙載：《藝概》（上海市：上海古籍出版社，1978 年），卷 2，頁 64。

106 姚奠中編：《元好問全集》(太原市：山西古籍出版社，1990 年)，卷 10，頁 257。

博贍，而才亦峻潔，故其成就卓然為一家。……至其自述云：『少攻歌詩，欲與造物者爭柄，遇事輒變化不一。其體裁，始則陵轢波濤，穿穴險固，囚鎖怪異，破碎陣敵；卒之造平淡而後已。』信亦無愧云。」[107]龜蒙的詩跟韓愈詩也有結緣，宋育仁《三唐詩品》稱「其源出於杜子美、韓退之」[108]，而丁儀《詩學淵源》卷八卻評陸龜蒙「詩與子美同體，而琢削過之，蓋效退之而未至者也」[109]，雖然「效退之而未至」，但不容否認與退之關係密切。此外，龜蒙亦跟孟郊有相提並論的文獻記載，田雯《古歡堂雜著》云：「讀郊、島、皮、陸詩，如逢幽花異酒，別有賞心。」[110]故此，元好問把韓、孟、陸收納在同一個組合內，也是有據可尋的。

組合五

此組合有謝靈運及柳宗元，詩見〈論詩三十首〉其二十。詩中論述謝靈運及柳宗元，前者是配角，後者才是主角。柳宗元乃唐代山水詩人的代表，謝靈運的出現，是標示柳詩，源出大謝。詩中末句附元好問自注云：「柳子厚，宋之謝靈運。」有關此詩的史料，翁方綱《石州詩話》云：「柳詩繼謝之註，至此發之。以白繼陶，以柳繼謝，與漁洋以韋繼陶不同，蓋漁洋不喜白詩耳。」[111]宗廷輔《古今論詩絕句》

---

107 姚奠中編：《元好問全集》(太原市：山西古籍出版社，1990 年)，卷 34，頁 709。

108 轉引自陳伯海編：《唐詩匯評》（杭州市：浙江教育出版社，1995 年），下冊，頁 2726。

109 轉引自陳伯海編：《唐詩匯評》（杭州市：浙江教育出版社，1995 年），下冊，頁 2726。

110 《文淵閣四庫全書》(上海市：上海古籍出版社，1987 年)，集部二六五，別集類，頁 196a。

111 轉引自郭紹虞：《元好問〈論詩三十首〉小箋》（北京市：人民出版社，1978 年），頁 72。

云：「查初白云：『以柳州接康樂，千古特識。』予曰不然，謂柳州發
源康樂耳。」[112]「接康樂」與「發源康樂」二者只是程度上的問題，
方向與源流卻是一體的。明徐獻忠《唐詩品》云：「柳州古詩得於謝靈
運，而自得之趣，鮮可儔匹，此其所短。然在當時，作者凌出其上多
矣。〈平淮雅〉詩，足稱高等。〈饒歌鼓吹曲〉，其在唐人，鮮可追躡，
而詞節促急，不稱雅樂，七德九功之象，殆可如此！」[113]柳子厚的詩
不但跟謝靈運關係密切，而且跟陶潛也關係密切。蔡絛《西清詩話》
云：「柳子厚詩雄深簡淡，迥撥流俗，至味自高，直揖陶、謝，然似入
武庫，但覺森嚴。」[114]周履靖《騷壇秘語》卷中也云：「斟酌陶、謝之
中，用意極工，造語極深。」上述諸家所言，足證謝柳乃同一派詩人。

四　北宋時期

其二十一

窘步相仍死不前，唱酬無復見前賢。

縱橫正有凌雲筆，俯仰隨人亦可憐。

其二十二

奇外無奇更出奇，一波纔動萬波隨。

只知詩到蘇黃盡，滄海橫流卻是誰？

---

112 轉引自郭紹虞：《元好問〈論詩三十首〉小箋》（北京市：人民出版社，1978 年），
　　頁 72。

113 轉引自陳伯海編：《唐詩匯評》（杭州市：浙江教育出版社，1995 年），中冊，頁
　　1759。

114 〔宋〕胡仔：《苕溪漁隱叢話》（北京市：人民文學出版社，1984 年），後集，卷
　　33，頁 257。

其二十三

曲學虛荒小說欺，俳諧怒罵豈詩宜？

今人合笑古人拙，除卻雅言都不知。

其二十四

有情芍藥含春淚，無力薔薇臥曉枝。

拈出退之山石句，始知渠是女郎詩。

其二十五

亂後玄都失故基，看花詩在只堪悲。

劉郎也是人間客，枉向東風怨兔葵。

其二十六

金入洪爐不厭煩，精真那計受纖塵。

蘇門果有忠臣在，肯放坡詩百態新。

其二十七

百年纔覺古風迴，元祐諸人次第來。

諱學金陵猶有說，竟將何罪廢歐梅。

其二十八

古雅難將子美親，精純全失義山真。

論詩寧下涪翁拜，未作江西社裏人。

其二十九

池塘春草謝家春，萬古千秋五字新。

傳語閉門陳正字，可憐無補費精神。

其三十
撼樹蚍蜉自覺狂，書生技癢愛論量。
老來留得詩千首，卻被何人較短長。

元好問〈論詩三十首〉，其最末一首屬於總結篇，論宋詩者凡九，當中其二十四、其二十五、其二十八是借唐論宋，故唐宋詩家名字一起出現，予人有人物先後失序之感。其二十四「有情芍藥」是借唐韓愈的豪雄詩風來諷刺宋秦觀的女郎詩。該詩有一掌故，源出元好問的老師王中立，《中州集》卷九〈擬栩先生王中立傳〉云：

> 予（好問）嘗從先生（王中立）學，問作詩究竟當如何，先生舉秦少游〈春雨詩〉云：「有情芍藥含春淚，無力薔薇臥曉枝。」此詩非不工，若以退之「芭蕉葉大梔子肥」之句校之，則春雨為婦人語矣。破卻功夫何至學婦人！[115]

王中立教導元好問作詩之道，並舉宋秦少游〈春雨詩〉對比唐韓愈「芭蕉葉大梔子肥」句，認為少游詩乃婦人之詩，不可學，而韓愈的雄放詩則可學。

〈論詩三十首〉其二十五「亂後玄都」也是借唐論宋之作。這首詩一望而知是論中唐詩人劉禹錫的〈題遊玄都觀桃花詩〉。此詩在人物序次上，宗廷輔《古今論詩絕句》已首先提出質疑說：「此詩似應次〈東野〉一首之下。」此說獲美國學者威世德（John Timothy Wixted）

---

115 〔金〕元好問：《中州集》（北京市：學苑出版社，2000 年），卷 9，頁 122。

認同，其〈從論詩絕句看元好問的文學批評觀・序〉云：「關於唐代詩人劉禹錫的第二十五首，放在宋詩之中，顯然也不恰當。」[116]近人郭紹虞則說：

意者元氏此詩所論，重在作詩應否譏刺之問題，故以列於「俳諧怒罵」與「女郎詩」二詩之後；且昔人謂蘇詩初學劉禹錫，亦以蘇詩即事感興之作，易為人摭拾陷害之故。或元氏此詩雖綫劉而旨在論蘇，故以廁於論蘇、黃各首間。宗氏疑為先後失次，非也。又詩有怨刺，即有寄託，但因此即以此詩為自寓興亡之感，即以非是。[117]

郭氏指出「作詩應否譏刺之問題」。談到諷刺詩，唐劉禹錫及宋蘇東坡均可分作為兩朝的代表。陳師道《後山詩話》早有定評說：「蘇詩始學劉禹錫，故多怨刺。」[118]故此，劉禹錫之名雖然出現在論宋人詩論中，旨在借唐論宋。近代學者劉澤亦說：「第二十五首意在借唐評宋、評劉喻蘇，反對怨刺手法的直露，主張微婉曲折的諷諭。」[119]

〈論詩三十首〉其二十五「古雅難將子美親」，近人錢鍾書《談藝錄》載：「山谷學杜，人所共知；山谷學義山、則朱少章（弁）《風月堂詩話》卷下始親切言之，所謂：『山谷以昆體工夫，到老杜渾成地

116 宋廷輔：〈從論詩絕句看元好問的文學批評觀・序〉，《忻州師專學報》1987 年第 2
    期，頁 48。
117 郭紹虞：《元好問〈論詩三十首〉小箋》（北京市：人民文學出版社，1978 年），頁
    77
118 〔清〕何文匯：《歷代詩話》（北京市：中華書局，1981 年），上冊，頁 306。
119 劉澤：《元好問〈論詩三十首〉集說》（太原市：山西人民出版社，1992 年），頁
    216。

步。』……《桐江集》卷四〈跋許萬松詩〉云：『山谷詩本老杜，骨法
有庾開府，有李玉溪，……。』」[120]黃山谷詩學杜甫及李義山，當無異
議，元好問將此三人歸納一起，識見甚高，清翁方綱譽之云：

> 唐之李義山，宋之黃涪翁，皆杜法也。先生撮在此一首中，真
> 得其精美矣。放翁、道園未嘗有此等議論，即使不讀遺山詩
> 集，已自可以獨有千古矣。[121]

翁方綱所言之「真得其精美」，可謂知言。此外，江西詩派有所謂「一
祖三宗」，一祖是杜甫，三宗分別是黃山谷、陳師道、陳與義。所
以，元好問論述江西詩派，不得不談黃山谷，談到黃山谷，推而上
之，不得不談李義山及杜甫。

　　元好問在論宋詩中，除借唐論宋外，亦有借晉論宋，〈論詩三十
首〉其二十九的首句「池塘春草謝家春」，蛻變於晉謝靈運名句「池塘
生春草」，該句以自然清新見勝，而宋陳後山作詩以苦吟，刻意雕琢
為千古話柄，二者相較，陳遜色多矣。元好問運用對比手法，一正一
反，以顯示詩才高下。有關謝靈運與陳後山詩的成就評價，清宗廷輔
〈古今論詩絕句〉云：「詆後山。後山詩純以拗樸取勝。『池塘生春
草』，何等自然！」近人郭紹虞云：「周昂讀陳後山詩云：『子美神功
接混茫，人間無路可升堂。一斑管內時時見，賺得陳郎兩鬢蒼。』可
與此詩參證」[122]。

---

120 錢鍾書：《談藝錄》（北京市：中華書局，1984 年），頁 152。

121 郭紹虞編選，富壽蓀校點：《清詩話續編・石洲詩話》三（上海市：上海古籍出版
　　社，1983 年），卷 7，頁 1499-1500。

122 郭紹虞：《元好問〈論詩三十首〉小箋》（北京市：人民文學出版社，1978 年），頁
　　84。

上述各首論詩，每首都有異代人物同時出現，這是一種比喻寫作技巧，與人物編次失序無關。

五　結語

元好問〈論詩三十首〉在創作技巧上，大量採納對比法和歸納法，把同系異代詩人歸納一起論述，故予人有混亂之感。

〈論詩三十首〉其一是序言詩，其三十是結句詩，詩中涉及的時空分為曹魏至隋、初唐至晚唐，及北宋三期。在論魏晉詩時，元好問先論漢魏風骨，以曹植為代表，繼論天然，以陶潛為代表。陶潛無論在人品、詩品、成就、影響力都比阮籍優勝，並且是天然派的宗師，故此，元好問先論陶後論阮。

在論唐詩時，元好問不滿「鬥靡誇多」之風，在〈論詩三十首〉其九「鬥靡誇多」中，借西晉潘岳及陸機的冗長文風影射唐詩之失，因此潘、陸二人的名字遂出現在初唐陳子昂之後。〈論詩三十首〉其九「鬥靡誇多」及其十「排比鋪張」，脈絡相連，宜一併合讀，翁方綱《石洲詩話》云：「此首義與下一首論杜合觀之。」[123]，宗廷輔《古今論詩絕句》也說「此則借論潘、陸，以箴宋人也。」[124]宗氏所指的宋人，如能涵蓋唐人，則更為貼意。至於其十四「出處殊途」，華歆與管寧的出處，暗喻李杜詩風，無需軒輊高低，各行其志，各求所安，強調「出處殊途各所安」，不必爭拗杜李優劣，是項爭拗，長期無結果及無意義，希望能及早中斷落幕，並且先論杜後論李，一反過去慣稱的

---

123 郭紹虞編選，富壽蓀校點：《清詩話續編・石洲詩話》三（上海市：上海古籍出版社，1983 年），卷 7，頁 1499-1500。

124 郭紹虞：《元好問〈論詩三十首〉小箋》（北京市：人民文學出版社，1978 年），頁64。

「李杜」。故此其十四「出處殊途」可以說是其十五「筆底銀河」的前言詩。

　　元好問在論唐詩時，以詩風分為五組合，並以陳子昂、杜甫、李白、韓愈、柳宗元為各組合之首。在論北宋詩時，元好問借用異代人物去批評宋詩之失，故此在論宋詩中，出現前代詩人的名字，目的在「借唐論宋」或「借晉論宋」，此也是創作技巧之一。

　　　　——本文發表於二〇〇七年八月由山西省忻州師範學
　　　　　院、元好問學會、遼金文學會主辦之「紀念元好問
　　　　　逝世 750 周年學術研討會」，並刊於《忻州師範學
　　　　　院學報》第 24 卷（2008 年 6 月），頁 6-14。

元好問〈論詩三十首〉關於論曹劉之新探

一　前言

　　元好問論詩，先從建安開始，〈論詩三十首〉其二說：「曹劉坐嘯虎生風，四海無人角兩雄。可惜并州劉越石，不教橫槊建安中。」詩中首句「曹劉」一詞，究孰何指？後世眾說紛紜。而詩中結句所提到「橫槊」一詞，其所指的「橫槊」賦詩者孰誰？也引起後世很多爭議。此外，在建安詩壇中，地位崇高的王粲，為何元好問不置一詞？反而地位稍次的劉琨卻在論詩中上名，這是何解呢？上述諸問題，都是本文探討目的。

二　曹劉孰誰之議

　　「曹劉坐嘯虎生風」之詩句，有關「曹劉」孰誰之議，後世有三種說法：曹操劉琨說、曹操劉楨說、曹植劉楨說，分述如下：

（一）曹操劉琨說

　　元好問〈論詩三十首〉其二，詩中有「曹劉坐嘯」、「并州劉越石」及「橫槊建安」等語，引致後人聯想到曹操及劉越石，此恐非元好問所料及。考其遠因，其始作俑者，是鍾嶸在《詩品》對曹操的褒貶態度不一所致。他既列曹操詩作為下品，但在〈詩品序〉中又卻說：「曹

公父子，篤好斯文，……劉楨、王粲為其羽翼」[1]。清代學者陳沆贊成
此說，認為「曹」是三曹或曹公，劉是劉越石，他說：

> 元遺山論詩絕句曰：「曹劉虎嘯坐生風，……不教橫槊建安中。」
> 謂劉楨淺狹閡寥之作，未能以敵三曹。惟越石氣蓋一世，始足
> 與曹公蒼茫相敵也。[2]

陳沆謂劉楨詩「淺狹閡寥」，此說值得商榷。鍾嶸評劉楨詩「仗氣愛
奇，動多振絕，真骨凌霜，高風跨俗，但氣過其文，雕潤恨少」[3]，其
地位是「升堂」[4]，為建安七子之一，若說他「淺狹閡寥」，似難令人
信服。至於陳沆評劉楨詩「未能以敵三曹」，這「三曹」父子是否各人
都詩勝劉楨，恐非是。

　　陳沆推崇劉越石「氣蓋一世，始足與曹公蒼茫相敵」，曹公，即
曹操。照陳氏的理解，「曹劉」一詞，是指曹操及劉楨。

（二）曹操劉楨說

　　近人何三本〈元好問論詩三十首箋證〉載：

> 曹即曹操，劉即劉楨也。鍾嶸《詩品》卷下謂曹操曰：「曹公
> 古直，有悲涼之句」。……曹公父子中，以曹公之詩風，最為
> 雄厚；建安七子中，以東平公幹之詩風，最為剛健。鍾嶸曰：
> 「曹氏父子，篤好斯文，劉楨、王粲為其羽翼」（詩品序），可

1　陳延傑：《詩品注》（北京市：人民文學出版社，1988年），頁1。
2　〔清〕陳沆：《詩比興箋》（臺北市：廣文書局，1970年），卷2，頁149。
3　陳延傑：《詩品注》（北京市：人民文學出版社，1988年），頁21。
4　陳延傑：《詩品注》（北京市：人民文學出版社，1988年），頁20。

見前人已有定評矣！[5]

何氏認為「曹」是指曹操，「劉」是指劉楨，此觀點有異於陳沆。

（三）曹植劉楨說

「曹劉」一詞始見於鍾嶸〈詩品序〉：「曹劉殆文章之聖」[6]，《詩品》又云：「次有輕薄之徒，笑曹劉為古拙，謂鮑照羲皇上人，謝朓今古獨步。」[7]又說：「魏侍中王粲：其源出於李陵。發愀愴之詞，文秀而質羸。在曹劉間，別稱一體。」[8]上述引文，鍾嶸雖未明言「曹劉」是何人，但起碼是「文章之聖」。此外，鍾嶸《詩品》月旦魏晉詩人分為三品，曹植及劉楨均列上品，曹操列下品，曹丕列中品，劉琨列中品，故此鍾嶸所說的「曹劉」，實屬曹植及劉楨無疑。

唐以後，「曹劉」並稱乃指曹植及劉楨二人，此說仍通行，如杜甫〈奉寄高常侍〉詩有「方駕曹劉不啻過」[9]之句；唐元稹〈唐故工部員外郎杜君墓誌銘並序〉亦有「至於子美……古傍蘇李，氣奪曹劉」[10]之詞；南宋嚴羽《滄浪詩話》〈詩體〉中有「曹劉體」一詞，並注云：「子建、公幹也。」[11]；南宋張戒《歲寒堂詩話》載：「古詩蘇、李、曹、劉、阮、本不期於玩物，而綫物之工，卓然天成」[12]；清方東樹《昭味

---

5 何三本：〈元好問論詩絕句三十首箋證〉，《中華文化復興月刊》第 7 卷第 3 期（1974 年），頁 24。

6 陳延傑《詩品注》（北京市：人民文學出版社，1988 年），頁 4。

7 陳延傑《詩品注》（北京市：人民文學出版社，1988 年），頁 3。

8 陳延傑《詩品注》（北京市：人民文學出版社，1988 年），頁 1。

9 〔清〕錢謙益箋注：《杜詩錢注》（臺北市：世界書局，1998 年），頁 673。

10 〔唐〕元稹：《元稹集》（北京市：中華書局，1982 年），下冊，頁 601。

11 郭紹虞：《滄浪詩話校釋》（北京市：人民文學出版社，1961 年），頁 54。

12 陳應鸞：《歲寒堂詩話校箋》（成都市：巴蜀出版社，2000 年），頁 1。

詹言》說：「觀公幹等作，清綺緊健，曹劉並稱，有以哉！」[13]上述諸家所言曹劉，皆指曹植及劉楨。

三 建安文學與曹劉

漢魏時代，政治上風起雲湧，社會動盪不安，詩人們情懷慷慨激昂，筆鋒剛健遒勁，那時詩界人才輩出，為人津津樂道的有三曹七子。三曹是曹操、曹丕、曹植；七子是：孔融、陳琳、徐幹、應瑒、阮瑀、劉楨、王粲。這股文化力量，後世譽之為「漢魏風骨」或，「建安風骨」。梁劉勰在《文心雕龍》卷九〈時序〉篇說：

> 自獻帝播遷，文學蓬轉，建安之末，區宇方輯，魏武以相王之尊，雅愛詩章，文帝以副君之重，妙善辭賦，陳思（曹植）以公子之豪，下筆琳琅，並體茂英逸，故俊才雲蒸。仲宣（王粲）委質于江南，孔璋（陳琳）歸命于河北，偉長（徐幹）從官於青土，公幹（劉楨）徇質於海隅，德璉（應瑒）綜其斐然之思，元瑜（阮瑀）展其翩翩之樂，文蔚（路粹）、休伯（繁欽）之儔，于叔（邯鄲淳）、德祖（楊修）之侶，傲雅觴豆之前，雍容衽席之上，灑筆以成酣歌，和墨以藉談笑。[14]

上述引文，高度評價三曹父子及建安七子，有功於促使建安文學發達，尤其是曹植「下筆琳琅」，才氣拔俗。鍾嶸〈詩品序〉也說：「曹公父子，篤好斯文，平原兄弟，郁為文棟……次有攀龍托鳳，自致于

---

13 〔清〕方東樹：《昭味詹言》（臺北市：廣文書局，1962 年），卷 2，頁 23。
14 范文瀾：《文心雕龍注》（香港：商務印書館，1960 年），下冊，頁 673-674。

屬車者，蓋將百計，彬彬之盛備于時矣。」[15]。「彬彬之盛」是指文壇發達。

曹植也曾評論建安詩壇形勢，其〈與楊德祖書〉說：

> 昔仲宣獨步于漢南，孔璋鷹揚於河朔，偉長擅名於青土，公幹振藻於海隅，德璉發跡于大魏，足下高視於上京。當此之時，人人自謂握靈蛇之珠，家家自謂抱荊山之玉。吾王於是設天網以該之，頓八紘以掩之。今悉集茲國矣。[16]

曹植乃建安文壇領袖，分析當日文壇狀況，一語中的，指出劉楨「振藻於海隅」，所謂「振藻」，其義是顯揚文采，信中更敬佩其父推動文學發展之功，故有「吾王於是設天網以該之，頓八紘以掩之，今悉集茲國矣」等語。

（一）曹植評價

在建安文壇上，人才鼎盛，這個時期的作品，劉勰說：「志深而筆長，故梗概而多氣。」[17]曹植及劉楨都是詩壇翹楚，世有曹劉並稱，故〈詩品序〉說：「曹劉殆文章之聖。」[18]鍾嶸《詩品》列曹植詩為上品，多番頌揚說：

> 降及建安，曹公父子，篤好斯文，平原兄弟，鬱為文棟。[19]

---

15 陳延傑：《詩品注》（北京市：人民文學出版社，1988 年），頁 1。

16 〔梁〕蕭統：《文選》（北京市：中華書局，1997 年），卷 42，頁 593。

17 范文瀾：《文心雕龍注》（香港：商務印書館，1960 年），下冊，頁 674。

18 陳延傑：《詩品注》（北京市：人民文學出版社，1988 年），頁 4。

19 陳延傑：《詩品注》（北京市：人民文學出版社，1988 年），頁 1。

嗟乎，陳思之于文章也，譬人倫之有周孔，鱗羽之有龍鳳，音
樂之有琴笙，女工之有黼黻。[20]

其源出於國風，骨氣奇高，詞采華茂，情兼雅怨，體被文質，
粲溢今古，卓爾不群。[21]

鍾嶸給予曹植的評價，可謂推崇備至，其頌揚語言，更常被後人引
用。

劉勰也高度評價曹植說：「暨建安之初，五言騰踴，文帝陳思，
縱轡以騁節，王徐應劉，望路而爭驅，並憐風月，狎池苑，述恩榮，
敘酣宴，慷慨以任氣，磊落以使才。」[22]明人何良俊《世說新語補》卷
九指出「曹子建七步成章，世目為繡虎」[23]。五言詩盛於建安，曹植為
之冠冕，其詩如：

〈雜詩之一〉

高臺多悲風，朝日照北林。之子在萬里，江湖迴且深。方舟安
可極，離思故難任。孤雁飛南遊，過庭長哀吟。翹思慕遠人，
願欲寄遺音，形影忽不見，翩翩傷我心。[24]

---

20 陳延傑：《詩品注》（北京市：人民文學出版社，1988 年），頁 20。

21 陳延傑：《詩品注》（北京市：人民文學出版社，1988 年），頁 20。

22 范文瀾：《文心雕龍注‧明詩篇》（香港：商務印書館，1960 年），下冊，頁 66。

23 《四庫全書存目叢書》（山東市：齊魯出版社，1995 年），子部二四二，小說家類，
〔明〕何良俊：《世說新語補》，卷 9，頁 26。

24 黃節：《曹子建詩注》（北京市：人民文學出版社，1957 年），頁 11。

全詩沉重悲戚，寫盡兄弟離別之情，動人肺腑。

〈贈白馬王彪之五〉

太息時何為？天命與我違，奈何念同生，一往形不歸！孤魂翔
故域，靈柩寄京師。存者忽復過，亡沒身自衰。人生處一世，
去若朝露晞；年在桑榆間，影響不能追。自顧非金石，咄唶令
心悲！[25]

上引作品情感深厚，蕩氣迴腸，感慨良深。

（二）劉楨評價

至於另一位「文章之聖」劉楨，現存五言詩十五首，鍾嶸《詩品》
列其詩為上品，說他「善為淒戾之詞，自有清拔之氣」，並推崇說：
「其源出於古詩，仗氣愛奇，動多振絕，真骨凌霜，高風跨俗。」[26]其
詩如：

〈贈五官中郎將之三〉

秋日多悲懷，感慨以長歎。終夜不遑寐，敘意於濡翰。明燈曜
闈中，清風淒已寒；白露塗前庭，應門重其關；四節相推斥，
歲月忽欲殫。壯士遠出征，戍事將獨難。涕泣灑衣裳，能不懷
所歡？[27]

---

25 黃節：《曹子建詩注》（北京市：人民文學出版社，1957 年），頁 11。
26 陳延傑：《詩品注》（北京市：人民文學出版社，1988 年），頁 21。
27 陸侃如、馮沅君：《中國詩史》（北京作家出版社，1956 年），中冊，頁 285。

五官中郎將是指曹丕，詩中表達的懷人情感，真摯動人。

〈贈從弟〉其二

亭亭山上松，瑟瑟谷中風。風聲一何盛，松枝一何勁。冰霜正慘淒，終歲常端正。豈不罹凝寒，松柏有本性。[28]

作者以松柏為喻，勉其弟如松柏，堅貞自守。劉楨詩豪邁挺拔，高風跨俗，於此可見。

劉楨之詩雖有過人之處，其缺點是「氣過其文，雕潤恨少」[29]，曹丕在〈典論論文〉評其詩「壯而不密」，又在〈與吳質書〉說：

公幹有逸氣，但未遒耳！其五言詩之善者，妙絕時人。[30]

曹丕論劉楨詩，褒貶互見，雖有飄逸之氣，但尚未遒勁，此為美中不足。謝靈運在〈擬魏太子鄴中集八首並序〉則評他：「卓犖偏人，而文最有氣，所得頗經奇。」[31]所謂「卓犖偏人」，言其才行卓越出眾。

（三）曹劉評量

曹劉並稱，誰者為高，鍾嶸《詩品》說：

---

28 陸侃如、馮沅君：《中國詩史》（北京作家出版社，1956 年），中冊，頁 263。

29 陳延傑：《詩品注》（北京市：人民文學出版社，1988 年），頁 21。

30 〔梁〕蕭明：《文選》（香港：商務印書館，1936 年），下冊，〈與吳質書〉，頁 925。

31 黃節：《謝康樂詩注》（臺北市：藝文印書館，1971 年），頁 172。

陳思為建安之傑，公幹仲宣為輔。[32]

故孔氏之門如用詩，則公幹升堂，思王入室。[33]

自陳思以下，楨稱獨步。[34]

照上引文來看，曹植勝於劉楨。不過，劉勰則認為曹劉二人各有千秋，其〈明詩〉篇謂「兼善則子建仲宣，偏美則太沖公幹」[35]。明清學者，則支持鍾嶸之論，明人胡應麟說：

魏稱曹劉，然劉非曹敵也。[36]

清人王士禛（1634-1711）說：

鍾嶸《詩品》，余少時深喜之，今始知其踳謬不少。嶸以三品詮鑒作者，自譬諸九品論人，七略裁士。乃以劉楨與陳思並稱，以為「文章之聖」。夫楨之視植，豈但斥鷃之與鯤鵬耶？[37]

---

32 陳延傑：《詩品注》（北京市：人民文學出版社，1988 年），頁 2。

33 陳延傑：《詩品注》（北京市：人民文學出版社，1988 年），頁 20。

34 陳延傑：《詩品注》（北京市：人民文學出版社，1988 年），頁 21。

35 〔南朝〕劉勰著，陳拱本義：《文心雕龍本義》（臺北市：臺灣商務印書館，1999 年），上冊，頁 145。

36 〔明〕胡應麟《詩藪》（上海市：上海古籍出版社，1979 年），外編，卷 2，頁 154。

37 〔清〕王士禛：《帶經堂詩話》（北京市：人民出版社，1963 年），上冊，卷 2，〈評駁類〉，頁 58。

　　王士禎批評鍾嶸論評前人出現偏差，故有「知其蹖謬不少」。他認為曹植是鯤鵬大鳥，劉楨乃斥鴳小鳥，二者地位懸殊，不可並稱。王士禎《古詩選》又說：「當塗之世，思王為宗，應劉以下，羣附和之。」[38]清人姚南青（1701-1771）《援鶉堂筆記》卷四十四說：「子建深邁，得文質之中。公幹氣較緊而狹。」[39]以上所言，都指出劉楨詩不及曹植。

四　橫槊賦詩者孰誰？

　　《南史》〈垣榮祖傳〉載：「曹操曹丕，上馬橫槊，下馬談論。」[40]是指曹氏父子均具鞍馬為文、橫槊賦詩之才。不過，曹操詩雄奇悲壯，而曹丕詩則婉約悱惻，前者屬豪放派，後者屬婉約派。元好問「不教橫槊建安中」這句詩，「建安」一詞，其意義涵蓋整個建安詩壇，但「橫槊」一詞，所指的對象是曹操還是曹丕？

（一）曹操之議

　　鍾嶸《詩品》〈序〉批評曹操說：「曹公古質，有悲涼之句」，此論合理，不過，鍾嶸《詩品》卻將其作品列為下品，就有欠公允了。南宋敖陶孫評曹操詩「如幽燕老將，氣韻沈雄」[41]。不過，明人楊慎（1488-1559）卻評說：

---

38 〔清〕王士禎：《古詩選·凡例》（上）（臺北市：廣文書局，1962年），頁1。

39 河北師範學院中文系古典文學教研組：《三曹資料彙編》（北京市：中華書局，1980年），頁330。

40 中華書局編輯部：《二十四史》（北京市：中華書局，2000年，簡體字本），第15冊，〔唐〕李延壽：《南史·垣榮祖傳》，卷25，列傳第15，頁453。

41 吳文治編：《明詩話全篇》（南京市：江蘇古籍出版社，1997年），第4冊，張熙瑾編：《王世貞詩話·藝苑巵言》第317條，頁4261。

曹孟德樂府，如苦寒行，猛虎行、短歌行、膾炙人口久矣！其稀僻罕傳者，如「不戚年往，憂世不治，存亡有命，慮為之蚩。」[42]

又云：

壯盛智慧，殊不再來。愛時進趣，將以惠誰。不特句法高邁，而識趣近於有道，可謂文奸也已。[43]

楊慎評論曹操，譽毀並見，一面認同曹詩「膾炙人口」及「句法高邁」，但另一面卻諷曹操為「文奸」。清人王漁洋（1634-1769）抱不平說：「下品之魏武，宜在上品。」[44]清人沈德潛（1673-1769）《古詩源》批評「孟德詩猶是漢音」[45]，又說曹操詩「沉雄俊爽，時露霸氣」[46]，茲徵引曹操作品以見其詩風：

〈短歌行〉
對酒當歌，人生幾何！譬如朝露，去日苦多。青青子衿，悠悠

---

42 吳文治編：《明詩話全篇》（南京市：江蘇古籍出版社，1997 年），第 3 冊，《楊慎詩話》，頁 2581。
43 吳文治編：《明詩話全篇》（南京市：江蘇古籍出版社，1997 年），第 3 冊，《楊慎詩話》，頁 2581。
44 〔清〕王士禎：《帶經堂詩話》（北京市：人民出版社，1963 年），上冊，卷 2，頁 58。
45 〔清〕沈德潛：《古詩源》，收入《新世紀萬有文庫》（瀋陽市：遼寧教育出版社，1997 年），卷 5，頁 78。
46 〔清〕沈德潛：《古詩源》，收入《新世紀萬有文庫》（瀋陽市：遼寧教育出版社，1997 年），卷 5，頁 78。

我心，但為君故，沉吟至今。明明如月，何時可掇，憂從中
來，不可斷絕。……月明星稀，烏雀南飛，繞樹三匝，何枝可
依？……周公吐哺，天下歸心。[47]

是詩具〈國風〉及〈小雅〉遺音，乃四言詩中之上品。詩中盡顯梟雄
情懷，「跌宕悠揚，極悲涼之致」[48]。清人陳沆《詩比興箋》評「此詩
即漢高〈大風歌〉思猛士之旨也。……曹公蒼莽，古直悲涼，其詩上
繼變雅，無篇不奇，但亮節慷慨。」[49]曹詩「蒼莽，古直悲涼」是其特
色。

〈蒿裡行〉

……鎧甲生蟣虱，萬姓以死亡，白骨露於野，千里無雞鳴，生
民百遺一，念之斷人腸。[50]

此詩把當日戰爭中的慘象，真實地暴露無遺，災情慘不忍睹，不勝悲
痛！

〈苦寒行〉

北上太行山，艱哉何巍巍。羊腸阪詰屈。車輪為之摧。樹木何
蕭瑟。北風聲正悲。熊羆對我蹲。虎豹夾路啼。溪谷少人民。
雪落何霏霏。延頸長歎息。遠行多所懷。我心何怫鬱。思欲一
東歸。水深橋梁絕。中路正徘徊。迷惑失故路。薄暮無宿樓。

---

47 黃節：《魏武帝魏文帝詩注》（香港：商務印書館，1961 年），頁 16。

48 〔清〕陳祚明：《采菽堂古詩評選》，收入《續修四庫全書》（上海市：上海古籍出
版社，2002 年），集部，總集類，第 1590 冊，頁 665。

49 〔清〕陳沆：《詩比興箋》（臺北市：廣文書局，1970 年），卷 1，頁 89-91。

50 黃節：《魏武帝魏文帝詩注》（香港：商務印書館，1961 年），頁 10。

行行日已還。人馬同時饑。擔囊行取薪。斧冰持作糜。悲彼
〈東山〉詩。悠悠使我哀。[51]

上詩境界宏遠，蒼涼沈鬱，清人方東樹（1772-1851）《昭昧詹言》稱
頌說：

苦寒行，不過從軍之作，而取景闊遠，寫景敘情，蒼涼悲壯，
用筆沈鬱頓挫，比之小雅，更促數噍殺。後來杜公往往學之。
大約武帝詩沈鬱直樸，氣真而逐層頓斷，不一順平放，時時提
筆換氣換勢；尋其意緒，無不明白；玩其筆勢文法，凝重屈
蟠；誦之令人意滿。後惟杜公有之。可謂千古詩人第一之祖。[52]

方東樹謂曹詩「沈鬱頓挫」，「杜公往往學之」，又譽他為「千古詩人
第一之祖」，地位之高，無以倫比。

元好問崇尚「坐嘯虎生風」的詩風，在曹操詩中隨處可見。西晉
詩人劉琨，出身軍旅，其詩「善為淒戾之詞，自有清拔之氣」[53]，「雅
壯而多風」[54]，具有建安風采，尤其是與曹操「沉雄俊爽，時露霜氣」
的豪邁風格相近，故此元好問有「可惜并州劉越石，不教橫槊建安中」
之句，可謂目光如炬。

---

51 黃節：《魏武帝魏文帝詩注》（香港：商務印書館，1961年），頁17-18。
52 〔清〕方東樹：《昭昧詹言》（臺北市：廣文書局，1962年），卷2，頁14。
53 陳延傑：《詩品注》（北京市：人民教育出版社，1988年），頁1。
54 范文瀾：《文心雕龍注》（香港：商務印書館，1955年），卷10，〈才略〉第47，頁
　　701。

（二）曹丕之議

鍾嶸《詩品》列曹丕詩為中品，地位勝其父曹操一品，並批評說：

> 率皆鄙直如偶語，惟西北有浮雲十餘首，殊美贍可翫，始見其
> 工矣。[55]

曹丕的詩婉約俳側，與其父曹操的豪邁沉雄詩風截然不同。他的
作品屬多情多淚的軟性作品，所以明人徐貞卿（1479-1511）《談藝錄》
說：「曹丕資近美媛，遠不逮植。」[56]曹丕擅長樂府，劉勰評他「樂府
清越」[57]，清人王世貞（1526-1590）也說「曹公莽莽，古直悲涼，子
恒小藻，自是樂府本色」[58]，清人沈德潛又說：「子桓詩有文士氣，一
變乃父悲壯之習矣，要其便娟婉約，能移人情。」[59]曹丕的詩作摹擬氣
息濃重，例如〈短歌行〉、〈善哉行〉摹擬《詩經》，〈臨高臺〉及〈豔
歌何嘗行〉等詩，乃摹擬樂府古辭之作。摹擬作品，其缺點是摹擬太
過則失卻自然。不過，曹丕流傳至今的作品如〈西北有浮雲〉、〈漫漫
秋夜長〉、〈清河作〉、〈於玄武陂作〉、〈於清河見挽船士新婚〉等篇，
卻呈現婉約優美的新格調，不見摹擬痕跡。曹丕的古詩，以情摯感人
見勝，例如：

---

55 陳延傑：《詩品注》（北京市：人民教育出版社，1988 年），頁 1。

56 徐貞卿：《談藝錄》，收入嚴一萍輯選：《百部叢書集成》（臺北市：藝文書局，1966
年），卷 2，頁 60。

57 范文瀾：《文心雕龍注》（香港：商務印書館，1955 年），卷 10，〈才略〉第 47，頁
700。

58 吳文治編：《明詩話全篇》（南京市：江蘇古籍出版社，1997 年），第 4 冊，張熙瑾
編：《王世貞詩話‧藝苑卮言》第 317 條，頁 4222。

59 〔清〕沈德潛：《古詩源》（瀋陽市：遼寧教育出版社，1997 年），卷 5，頁 80。

〈雜詩之一〉

漫漫秋夜長，烈烈北風涼。輾轉不能寐，披衣起彷徨。彷徨忽
已久，白露沾我裳。俯視清水波，仰看明月光，天漢回西流，
三五正縱橫。草蟲鳴何悲，孤雁獨南翔。鬱鬱多悲思，綿綿思
故鄉。願飛安得翼，欲濟河無梁。向風長歎息，斷絕我中腸。[60]

這是一首很成熟的五言古詩，屬悲秋懷人之作，詩中蘊含著一種沉鬱
的情致，寫盡閨怨離愁的感情。

〈燕歌行〉

秋風蕭瑟天氣涼，草木搖落露為霜。羣燕辭歸雁南翔，念君客
遊思斷腸。慊慊思歸戀故鄉，君何淹留寄他方？賤妾煢煢守空
房，憂來思君不敢忘，不覺淚下沾衣裳。援琴鳴弦發清商，短
歌微吟不能長。明月皎皎照我床，星漢西流夜未央。牽牛織女
遙相望，爾獨何辜限河梁。[61]

此詩洋溢真愛，情思委曲，深婉動人。清人沈德潛在《古詩源》批評
這首詩說：「和柔巽順之意，讀之油然相感，節奏之妙，不可思議，句
句用韻，掩抑徘徊，『短歌微吟不能長』恰似自言其詩」。[62]沈德潛論
曹丕詩「掩抑徘徊」，可謂知言。

此外，有論者認為「橫槊賦詩」的主人翁除孰曹操、曹丕外，曹

---

60 〔清〕沈德潛《古詩源》卷 5，收入《四部備要（集部）》（臺北市：中華書局，
　1970 年），頁 12。
61 黃節注《魏武帝魏文帝詩注》（香港：商務印書館，1976 年），頁 48-49。
62 〔清〕沈德潛《古詩源》卷 5，收入《四部備要（集部）》（臺北市：中華書局，
　1970 年），頁 4。

植也是主角之一。元稹〈唐故工部員外朗杜君墓系銘〉云：

> 曹氏父子鞍馬間為文，往往橫槊賦詩，故其道文壯節，抑揚怨
> 哀，悲離之作，尤極于古。[63]

《舊唐書》〈杜甫傳〉亦載：

> 建安之後，天下之士，遭罹兵戰，曹氏父子鞍馬間為文，往往
> 橫槊賦詩，故其道壯抑揚，冤哀悲離之作，尤極于古。晉世風
> 概稍存，宋齊之間，教失根本。[64]

上述二則引文之「曹氏父子」一詞，未有明言「子」是那一位，近人
郭紹虞說：「可知橫槊賦詩一語，曹植亦可當之。自蘇軾〈赤壁賦〉用
此事，後人遂以專屬曹操，誤矣。」[65]郭氏謂「橫槊賦詩一語，曹植亦
可當之」，但可惜未有進一步予以論證。按：「橫槊賦詩」者，其人本
領該是文武兼備，「槊」指丈八長矛，文弱書生不勝任持之，曹植是個
典型文弱書生，故此橫槊賦詩跟他無關。曹操與曹丕都是允文允武的
人才，但曹丕的作品離不開女兒態，風格淒婉，屬陰柔一派，未達好
問「坐嘯虎生風」的要求；而曹操其人，霸氣豪氣才氣兼具，雅好詩
書文籍，雖在軍旅，仍手不釋卷，《三國志》載他是個「非常之人，超

---

63 〔清〕仇兆鰲注《杜甫全集‧附論》（香港：珠海出版社，1996 年），第 3 冊，頁
   1828。

64 中華書局編輯部：《二十四史》（北京市：中華書局，2000 年，簡體字本），第 32
   冊，《舊唐書》卷 190 下，列傳 140〈文苑下〉，頁 3340。

65 郭紹虞：《元好問論詩三十首小箋》（北京市：人民文學出版社，1978 年），頁 59。

世之傑」[66]。元人劉履《選詩補注》卷二載曹操「禦軍三十餘年，手不舍卷，橫槊賦詩，皆成樂章。」[67]故此，好問論詩「不教橫槊建安中」的「橫槊」者應是曹操，與曹丕曹植無關。

五　好問取劉捨王

王粲為建安七子之首，地位崇高，劉勰《文心雕龍》〈才略篇〉說：

> 仲宣溢才，捷而能密，文多兼善，辭少瑕累，摘其詩賦，則七子之冠冕乎。[68]

劉勰稱頌王粲為「七子之冠冕」。而鍾嶸《詩品》列王粲為上品，並說：

> 其源出於李陵。發愀愴之詞，文秀而質羸。在曹劉間，別構一體。方陳思不足，比魏文有餘。[69]

梁人沈約《宋書》〈謝靈運傳〉已把曹王並稱，其文說：

---

66 中華書局編輯部：《二十四史》（北京市：中華書局，2000 年），第 10 冊，《魏書》，卷 1，頁 3340。

67 〔元〕劉履：《風雅翼‧選詩補注二》，收入《四庫全書》（上海市：上海古籍出版社，1987 年），第 1370 冊，頁 21。

68 范文瀾：《文心雕龍注》（香港：商務印書館，1990 年），卷 10，〈才略〉第 47，頁 700。

69 陳延傑：《詩品注》（北京市：人民文學出版社，1961 年），頁 22。

......子建仲宣，以氣質為體，並標能擅美，獨映當時。[70]

不過，曹王並稱則不為清人接受，認為王粲地位應在曹植之下，吳淇說：「仲宣詩清而麗，在建安中，子建而下應宜首推。」[71]

（一）王粲評價

王粲的詩是否高過劉楨呢？清人姚南青《援鶉堂筆記》卷四十四說：「公幹之詩氣較緊而狹，仲宣局面闊大。」[72]又說：「仲宣之詩過於公幹，以〈贈從軍〉、〈贈五官中郎將〉及〈公燕詩〉比之可見。」[73]

王粲的詩，素質如何？茲引其〈七哀詩〉如下：

〈七哀詩〉三首　其一

西京亂無象，豺虎方遘思。復棄中國去，遠身適荊蠻。親戚對我悲，朋友相追攀。出門無所見，白骨蔽平原。路有饑婦人，抱子棄草間。顧聞號泣聲，揮涕獨不還。未知身死處，何能兩相完？驅馬棄之去，不忍聽此言。南登霸陵岸，回首望長安，悟彼下泉人，喟然傷心肝！[74]

---

70 〔南朝梁〕沈約：《宋書・謝靈運傳》（北京市：中華書局，1974 年），頁 1778。

71 河北師範學院中文系古典文學教研組：《三曹資料彙編》（北京市：中華書局，1980 年），頁 321。

72 河北師範學院中文系古典文學教研組：《三曹資料彙編》（北京市：中華書局，1980 年），頁 330。

73 河北師範學院中文系古典文學教研組：《三曹資料彙編》（北京市：中華書局，1980 年），頁 330。

74 〔漢〕王粲：《王粲集》（北京市：中華書局，1980 年），頁 6。

其二

荊蠻非我鄉，何為久滯淫？方舟溯大江，日暮愁我心。山崗有
餘映，岩阿增重陰。狐狸馳赴穴，飛鳥翔故林。流波激清響，
猴猿臨岸吟。迅風拂裳袂，白露沾衣衿。獨夜不能寐，攝衣起
撫琴。絲桐感人情，為我發悲音。羈旅無終極，憂思壯難任。[75]

其三

邊城使心悲，昔吾親更之。冰雪截肌骨，風飄無止期。百里不
見人，草木誰當遲？登城望亭隧，翩翩飛戍旗。行者不顧返，
出門與家辭。子弟多俘虜，哭泣無已時。天下無樂土，何為久
留茲？蓼蟲不知辛，去來勿與諮。[76]

〈七哀詩〉乃王粲的代表名作，清人吳淇予以批評說：「七哀極戚
之致，不減兩京人手筆」[77]。於此可見，王粲詩學成就之不凡，位列在
曹植之下是有道理的。王夫之在其《船山古詩評選》卷四也批評〈七
哀詩〉說：

七哀詩，落筆刻，發音促，入手緊，後來杜陵有作，全以此為
禰祖。「未知身死處，何能兩相完，」居然杜句矣。「南登霸陵
岸」，一轉，取勢平遠，則非杜所及也。[78]

---

[75]〔漢〕王粲：《王粲集》（北京市：中華書局，1980年），頁6。

[76]〔漢〕王粲：《王粲集》（北京市：中華書局，1980年），頁7。

[77]《四庫全書存目叢書補篇》（濟南市：齊魯出版社，1995年），第11冊，《六朝選
詩定論十八卷》，卷6，頁121。

[78]河北師範學院中文系古典文學教研組：《三曹資料彙編》（北京市：中華書局，1980
年），頁321、326。

清人陳祚明（1623-1674）《采菽堂古詩評選》卷七說：

> 王仲宣詩如天寶樂工，身經播遷之後，作雨淋鈴曲，發聲微吟，覺山川奔逆，風聲雲氣，與歌音並至，無不沉切。[79]

可見諸家給王粲的評價甚高。鍾嶸對王粲也極為推崇，《詩品》指出潘岳、張協、張華、劉琨、盧諶等人之詩都源出於他，甚至曹丕也「頗有仲宣之體」[80]。如此看來，王粲詩應在劉楨之上，但為何元好問對王粲不置一詞呢？其理由是王粲的詩沒有「坐嘯虎生風」的氣勢，而劉楨「為文最有氣，所得頗經奇」[81]，劉勰評「公幹氣褊，故言壯而情駭」[82]，而鍾嶸也評其詩「仗氣愛奇，動多振絕，真骨凌霜，高風跨俗。但氣過其文，雕潤恨少」[83]。這些評論與「坐嘯虎生風」的詩風相近，當然會被好問欣賞。王粲因受身世遭遇影響，其詩愀愴傷懷，謝靈運評他「家本秦川，貴公子孫，遭亂流寓，自傷情多」[84]；鍾嶸評他「發愀愴之詞，文秀而質羸」[85]；曹丕評他「惜其體弱，不足起其文」[86]。王粲詩風羸弱，若與「坐嘯虎生風」的凌厲氣勢相比，就顯得失色。故此，元好問在〈論詩三十首〉中取劉捨王是有其理由的。

---

79 〔清〕陳祚明：《采菽堂古詩評選》，收入《續修四庫全書》（上海市：上海古籍出版社，2002 年），集部，總集類，第 1590 冊，卷 7，頁 695。

80 陳延傑：《詩品注》（北京市：人民文學出版社，1961 年），卷中，頁 31。

81 黃節：《謝康樂詩注》（臺北市：藝文印書館，1971 年），頁 172。

82 范文瀾：《文心雕龍注》（香港：商務印書館，1990 年），頁 506。

83 陳延傑：《詩品注》（北京市：人民文學出版社，1961 年），頁 20。

84 〔南北朝〕謝靈運：《謝靈運集》（長沙市：嶽麓書社，1999 年），〈擬魏太子鄴中集詩八首並序〉，頁 122。

85 陳延傑《詩品注》（北京市：人民文學出版社，1961 年），頁 22。

86 〔梁〕蕭明：《文選》（香港：商務印書館，1936 年），下冊，〈與吳質書〉，頁 925。

（二）劉琨評價

劉越石乃西晉抗匈奴名將，任并州刺史凡十二年，受人尊崇，其詩慷慨任氣，聲情宕蕩，沈雄悲壯，具建安風骨。鍾嶸《詩品》列劉琨詩為中品，並說：「其源出王粲，善為淒戾之詞，自有清拔之氣。琨既體良才。又罹厄運，故善樫喪亂，多感恨之詞。」[87]〈詩品序〉也說：「劉越石仗清剛之氣，贊成厥美。」[88]清人陳祚明《采菽堂古詩選》卷十二說：「越石（劉琨）英雄失路，滿衷悲憤。即是佳詩，隨筆傾吐。如金笳成器，本檀商聲，順風而吹，嘹栗淒戾，足使櫪馬仰歎，城烏俯咽。」[89]清人沈德潛《古詩源》卷八載：「越石英才雄失路，萬緒悲涼，故其詩隨筆傾吐，哀音無次，讀者烏得于語句間求之！」[90]總括而言，劉越石詩以沉雄現悲涼為主，具建安風骨。

他與元好問都是生逢亂世，目睹國破家亡，親友零落，境況與際遇相同，皆是英雄失路之人。元好問寫〈論詩三十首〉時，正時年廿八，風華正茂，志氣出凡，自比劉越石，可躋身建安詩壇，所以宗廷輔《古今論詩絕句》說：「越石蒼渾與先生（元好問）合，且北人，故欲躋之建安之列。」[91]宗氏所言，可謂洞悉遺山心意。

近人林從龍說：

---

87 陳延傑：《詩品注》（北京市：人民教育出版社，1998年），頁37。

88 陳延傑：《詩品注》（北京市：人民教育出版社，1998年），頁2。

89 〔清〕陳祚明：《采菽堂古詩評選》，收入《續修四庫全書》（上海市：上海古籍出版社，2002年），集部，總集類，第1590冊，卷12，頁72。

90 〔清〕沈德潛：《古詩源》，收入《四部備要（集部）》（臺北市：中華書局，1970年），卷8，頁1。

91 郭紹虞：《元好問〈論詩三十首〉小箋》（北京市：人民教育出版社，1978年），頁59。

元好問獨舉劉琨以敵曹劉，也是從慷慨激越、梗概多氣的時代
精神和藝術風格著眼的。從這裡可以看出元好問論詩重內容而
不尚形式，重自然而不尚雕琢，重豪壯而不尚纖弱，重真淳而
不尚虛妄。[92]

劉琨與曹操同為軍事家，胸襟器宇大致相同，表現在詩歌方面，總有
一種沉雄蒼茫之氣，若劉琨生在建安時代，足與曹操等人各擅勝場。

六　結論

　　鍾嶸〈詩品序〉中有「曹氏父子，篤好斯文，劉楨、王粲為其羽
翼」等語，把曹氏父子的地位凌駕在劉楨及王粲之上，而〈論詩三十
首〉詩中第三句有「并州劉越石」一詞，引致後人把詩中首句「曹劉
坐嘯虎生風」的「曹劉」，誤作曹操及劉琨。這種誤會，鍾嶸是始作俑
者，他評價曹操褒貶矛盾，一方面列曹操詩為下品，但一方面又說
「劉楨、王粲為其羽翼」。經考證後，「曹劉」是指曹植及劉楨，跟曹
操無關。至於「曹劉」並稱，並非意味著二人地位相等，仍有高下之
別，「曹」勝於「劉」。在建安詩人中，能夠「橫槊賦詩」者，其人必
是文武兼備，曹植雖是建安之首，但無武的條件，曹操及曹丕均有，
二者之中，曹操之文才武才又勝於曹丕，故此，「不教橫槊建安中」所
指的「橫槊賦詩」者應該非曹操莫屬。

　　魏晉詩人中，王粲地位崇高，鍾嶸評其詩為上品，劉勰譽他為
「七子之冠冕」，後世亦有「曹王」並稱之語。在〈論詩三十首〉，元
好問隻字不提及他，理由是王粲「發愀愴之詞，文秀而質羸」與「惜

---

92 林從龍：《元好問和他的詩》（鄭州市：中州古籍出版社，1984 年），頁 60-61。

其體弱，不足起其文」，比不上劉楨的「仗氣愛奇，動多振絕，真骨凌霜，高風跨俗」。若以「坐嘯虎生風」為衡量標準，劉楨則優於王粲，故此，元好問取劉捨王。元好問亦暗以劉越石自許，可躋身建安詩壇之列。

　　——本文發表於二〇〇九年九月在北京由中國遼金文學會、《民族文學研究》雜誌社主辦，中國傳媒大學文學院、中國傳媒大學審美文化研究所承辦之「中國遼金文學會第五屆年會暨學術研討會」論文集，頁 163-178。

論元好問之散曲

一　前言

　　詞是詩餘，曲乃詞餘，這裡所說的曲，是指散曲而言。所謂曲，據吳梅（1884-1939）解釋說：「曲也者，為宋金詞調之別體。當南宋詞家慢、近盛行之時，即為北調榛莽胚胎之日。」[1]金初，文壇上詞曲不分，清人劉熙載（1813-1881）《藝概》云：「曲之名古矣，近世所謂曲者，乃金元之北曲，及後反復溢為南曲者也。未有曲時，詞即是曲；既有曲時，曲可悟詞……曲亦可補詞之不足也」[2]，又云：「詞曲本不相離，惟詞以文言，曲以聲言」[3]。曲蛻變於詞，盛於元。金末元初之際，民間繼詞之後，流行了一種新興文學，其體制由詞蛻變而來，內容以通俗為主，當時並不是以散曲名之，通常稱為樂府或新樂府。這種新興文學實際上是流行於民間的俗謠俚曲。據金代的劉祁（1203-1250）指出：

　　　　唐以前詩，在詩，至宋則多在長短句，今之詩，在俗間俚曲也。……今人之詩，惟泥題目、事實、句法，將以新巧取聲名，雖得人口稱，而動人心者絕少，不若俗謠俚曲之見，其真

1　吳梅：《顧曲麈談》（上海市：上海古籍出版社，2000年），頁3。

2　〔清〕劉熙載：《藝概・詞曲概》（上海市：上海古籍出版社，1978年），頁123-124。

3　〔清〕劉熙載：《藝概・詞曲概》（上海市：上海古籍出版社，1978年），頁132。

情而反能蕩人血氣也。⁴

當日所說之俚曲，既非詩，亦非詞，這種俗文學作品，金代的元好問
（1190-1257）有論詩名句，予以諷之為「曲學虛荒小說欺」。而元好問
的散曲，則保持雅文學的風采，其散曲在形式和內容上，不脫詞的窠
臼，有別於俚曲。

　　元好問流傳下來的散曲作品並不多，其數量據姚奠中《元好問全
集》載九首，其中兩首為殘曲⁵，而賀新輝《元好問詩詞集》則載十三
首，其中四首為殘曲⁶，但賀氏另一晚出二年的著作《元好問詩詞研究》
則說：「元好問僅存的十四首散曲中，有殘曲四首，其中〔雙調‧三奠
子〕一首，〔黃鍾‧人月圓〕〈卜居外家東園〉二首，〔仙呂‧後庭花
破子〕二首，〔中呂‧喜春來〕〈春宴〉四首，〔雙調‧小聖樂〕〈驟雨
打新荷〉，共計十首」⁷，而四首殘曲為：〔雙調‧新水令〕一首，〔喬
牌兒〕一首，〔望江南〕二首⁸。上述「共計十首」的曲作，其源出處，
田同旭指出說：「隋樹森《全元散曲》據《遺山樂府》輯四首，據《太
平樂府》輯五首；王文才《元曲紀事》據《古今詞話》輯一首。」⁹

---

4 〔金〕劉祁：《歸潛志》（北京市：中華書局，1983 年），卷 13，頁 145-146。

5 姚奠中：《元好問全集》（太原市：山西人民出版社，1990 年），卷 45，頁 264-265。

6 賀新輝：《元好問詩詞集》（北京市：中國展望出版社，1987 年），頁 729-732。

7 賀新輝：《元好問詩詞研究》（北京市：中原婦女出版社，1990 年），頁 142。

8 賀新輝：《元好問詩詞集》（北京市：中原婦女出版社，1990 年），頁 732。

9 田同旭：〈論元好問對散曲的開創之功〉，《山西大學學報》（哲學社會科學版）1999
　年第 2 期（1999 年 2 月），頁 63。

二 元好問散曲之風格

　　元好問「變宋詞為散曲」[10]，其曲風格與詞近。有關其詞風，前人評述頗多，摘錄如下：

1 元・徐世隆在〈遺山集序〉載：

> 樂府則清雄頓挫，閒婉瀏亮，體製最備，能用俗為雅，變故作新，東坡稼軒而下，不論也。[11]

2 金・王中立〈題裕之樂府後〉載：

> 常恨小山無後身，元郎樂府最清新。[12]

3 宋・張炎《詞源》卷下載：

> 元遺山詞極稱稼軒詞，及觀遺山詞，深於用事，精於煉句，風流蘊藉處，不減周、秦。[13]

4 元・郝經〈祭遺山先生文〉載：

> 樂章之雅麗，情致之幽婉，足以追稼軒。[14]

5 明・朱權《太和正音譜》載：

> 如窮崖孤松。[15]

---

10 羅慷烈：《元曲三百首箋注》（香港：龍門書店，1967 年），敍論，頁 3。
11 姚奠中編：《元好問全集》（太原市：山西人民出版社，1990 年），卷 50，頁 414-415。
12 姚奠中編：《元好問全集》（太原市：山西人民出版社，1990 年），卷 50，頁 460。
13 〔宋〕張炎：《詞源》（香港：龍門書店，1968 年），頁 9。
14 姚奠中編：《元好問全集》（太原市：山西人民出版社，1990 年），卷 51，頁 436。
15 中國戲曲研究院編：《中國古典戲曲論著集成》（北京市：中國戲劇出版社，1980 年），第 3 冊，頁 18。

6 明・朝鮮的李宗准〈遺山樂府序〉載：

> 樂府，詩家之大香奩也。遺山所著，清新婉麗，其自視似羞比
> 秦、晁、賀、晏諸人，而直欲追配於東坡，稼軒之作。豈是以
> 東坡為第一，而作者之難得也耶？[16]

7. 清・劉熙載《藝概》載：

> 以詞而論，疏快之中，自饒深婉，亦可謂集兩宋之大成者矣。[17]

8 清・陳廷焯《白雨齋詞話》載：

> 遺山詞刻意爭奇求勝，亦有可觀。然縱橫超逸，既不能為蘇
> 辛；騷雅清虛，復不能為姜史。於此道可稱別調，非正聲也。[18]

9 清・況周頤《蕙風詞話》載：

> 遺山之詞，亦渾雅，亦博大。有骨幹，有氣象，以比坡公，得
> 其厚矣，而不逮焉者，豪而後能雄，遺山所處不能豪，尤不忍
> 豪。[19]

10 羅慷烈《元曲三百首箋》載：

> 遺山之詞風流蘊藉者少。豪放雄快者多，故特表出蘇辛，揆之
> 北調，辭氣實近。……遺山少斂而為詞，益放而為曲，詞曲境
> 界，自此漸泯。觀董解元西廂，猶用詞調甚眾，氣韻則殊，蓋

---

16 趙永源校注：《遺山樂府校注》（南京市：鳳凰出版社，2006 年），頁 822。
17 〔清〕劉熙載：《藝概》（上海市：上海古籍出版社，1978 年），頁 22。
18 〔清〕陳廷焯：《白雨齋詞話》（上海市：上海古籍出版社，1984 年），頁 80-81。
19 〔清〕況周頤：《蕙風詞話・廣蕙風詞話》（鄭州市：中州古籍出版社，2003 年），
   頁 47。

猶顯者也。[20]

上述諸家所言，雖然有「其自視似羞比秦、晁、賀、晏諸人」之語，但總體而言，元好問的詞風確是近乎蘇辛周秦諸家，豪放與深婉兼具，「可謂集兩宋大成」。詞曲同源，元好問的曲作風格，不脫詞調。不過，在其現存的散曲作品中，其風格都是清新婉約的，未見有鮮明的豪放作品，大抵是失傳的緣故吧！他以詞入曲，作品「清潤疏俊，迴出同時之作，……曲品絕高，不作燕妮語」[21]，此其風格特勝之處。但另一方面，他的散曲，詞味十足，無論在風格、遣詞造句，格律音節方面仍不脫詞的本色，迥異於其他曲家慣常地加入俗語和襯字。

三　元好問散曲地位

元好問生於金元易代之際，異族相繼入主中原，胡樂流行，明人王世貞《藝苑卮言》指出說：「曲者詞之變。自金元入主中國，所用胡樂，嘈雜凄緊，緩急之間，詞不能按，乃更為新聲以媚之。」[22]由於當時的所謂騷人詞客見「詞不能按，乃更為新聲以媚之」，「新聲」就是曲，「媚」是一貶詞，含媚新主之意。好問詞「爭奇求勝」，開創一格，故此「稱別調，非正聲」，實乃在詞的基礎上，另闢蹊徑，創造「曲」文學的先河。郝經在〈遺山先生墓銘〉中指出遺山「用今題為樂府，揄揚新聲者，又數十百篇，皆近古所未有之也」[23]，這些「樂府新聲」

---

20 羅慷烈：《元曲三百首箋注》（香港：龍門書店，1967 年），敘論，頁 3。

21 羅慷烈：《元曲三百首箋注》（香港：龍門書店，1967 年），頁 1。

22 中國戲曲研究院編：《中國古典戲曲論著集成》（北京市：中國戲劇出版社，1980年），第 4 冊，頁 25。

23 姚奠中編：《元好問全集》（太原市：山西人民出版社，1990 年），卷 50，頁 432。

是指散曲而言。元好問傳世的完整曲作雖得十首，但在曲學上有「開創之功」，則是事實。近人續琨稱譽他「隱為元曲豪放之祖」[24]，並非虛語。羊春秋《散曲通論》推崇元好問「是以詞為曲的先驅作家」[25]。趙義山《元散曲通論》稱元好問「在由詞而曲的演化階段所處的這種開啟者的地位，是應當在文學史上大書一筆的。」[26]李昌集《中國古代散曲史》透過以下標題：「金代長短句的俚語俗調：散曲文學的先河」[27]，推崇元好問的散曲成就。吳梅《顧曲塵談》稱：「曲也者，為宋金詞調之別體。」[28]曲蛻變於詞，稱詞餘，遺山以詞入曲，在反映詞曲的發展過程中，元好問流傳下來的散曲，具有詞的氣息，可作詞史見證。

鍾嗣成《錄鬼簿》屢易其版，初無收錄元好問作品，後據楊朝英《朝野新聲太平樂府》始得好問曲作，並予收錄在最後修訂版中，即天一閣藍格鈔本，但名字卻排在諸家之後，後世學者並未認同。隋樹森編《全元散曲》時，首先更正此錯誤，置元好問為諸家之首，以示尊崇，並為後世學者接受，編元曲者都以元好問排名第一。

元好問為金元一代文宗，詩文大家，交遊滿天下，從遊者眾，傑出門生不少。虞集《中原音韻》〈序〉載：

元裕之在金末，國初，雖詞多慷慨，而音節則為中州之正，學

---

24 續琨：《元遺山研究・文藝編》（臺北市：臺灣中華書局，1974 年），第五章，頁 195。

25 羊春秋：《散曲通論》（長沙市：岳麓出版社，1992 年），頁 235。

26 趙義山：《元散曲通論》（成都市：巴蜀出版社，1993 年），頁 180。

27 李昌集：《中國古代散曲史》（上海市：華東師範大學出版社，1991 年），頁 310。

28 〔清〕吳梅：《顧曲塵談・原曲》，收入《吳梅戲曲論文集》（北京市：中國戲劇出版社，1983 年），頁 3。

者取之。我朝混一以來，朔南暨聲教，士大夫歌詠，必求正
聲，幾所製作，皆足以鳴國家氣化之盛，自是北樂府出，一洗
東南習俗之陋。[29]

元好問的文學作品，「音節則為中州之正，學者取之」，所以元好問在
推動曲學的創作上，起著一股強大的動力。元曲四大家之一的白樸就
是在元好問的影響下而成材。元好問與白樸有通家之好，關係密切，
情同父子。白樸《天籟集》〈王博文序〉載：「（樸）甫七歲，遭壬辰
之難，寓齋（白樸之父白華號寓齋）以事遠適。明年春，京城變，遺
山遂挈以北渡。……嘗罹疫，遺山晝夜抱持，凡六日，竟於臂上得汗
而愈，蓋視親子弟不啻過之。讀書穎悟異常兒，日親炙遺山謦欬談
笑，悉能默記。……遺山每過之，必問為學次第。嘗贈之詩曰：『元白
通家好，諸郎獨汝賢。』」[30]對於元好問之教誨，白樸「悉能默記」，
並獲讚賞「諸郎獨汝賢」。《天籟集》孫大雅序載：「先生生長兵間，
流離竄逐，父子相失，遂鞠於元遺山所。遺山教之成人，始歸其
家。」[31]從上述兩序文來看，白樸之「成人」成材，全賴元好問之鞠育
和教誨。《四庫全書》〈天籟集〉提要說白樸「其學雖出於元好問，而
詞則有出藍之目，足為倚聲家正宗。」[32]故此，白樸之元曲成就，元好
問是一個栽培者，應記首功。在作品風格方面，元好問承蘇辛之豪

---

29 〔元〕周德清輯：《中原音韻》（臺北市：弘道文化事業公司，1971 年），頁 1-2。
30 〔元〕白樸：《天籟集》，收入《文淵閣四庫全書》（臺北市：臺灣商務印書館，
　　1983 年），集部四二七，詞曲類，第 1488 冊，頁 631-632。
31 〔元〕白樸：《天籟集》，收入《文淵閣四庫全書》（臺北市：臺灣商務印書館，
　　1983 年），集部，詞曲類，第 1488 冊，頁 655。
32 〔元〕白樸：《天籟集》，收入《文淵閣四庫全書》（臺北市：臺灣商務印書館，
　　1983 年）集部四二七，詞曲類，第 1488 冊，頁 629。

放，白樸繼之，朱權《太和正音譜》稱白樸的曲「風骨磊塊，詞源滂沛，若大鵬之起北溟，奮翼凌乎九霄，有一舉萬里之志。宜冠於首」[33]。白樸的卓越詞曲成就，元好問功不可沒。

元曲名作家中，除白樸最受元好問影響外，其他曲家如關漢卿、喬吉、馬致遠、盧摯和姚燧等，都受到元好問的影響。元好問為文壇盟主，交遊廣泛，其他文士如杜仁杰、楊果、商挺、劉秉忠、胡祗遹、王惲等，都跟元好問有友誼關係或師生關係，形成了一股力量強大的作家群，在推動元曲的發展方面起著積極的作用。

元好問以詞入曲，其〈三奠子〉及〈人月圓〉，本屬散曲作品，卻收錄在《遺山樂府》詞集中，後世編詞集者，亦因循照編入詞集，雖屬違例，但亦可見其曲之獲重視才會如此。

四　元好問自製新曲

曲牌由詞牌蛻變而來，二者同中有異，元好問為了推動散曲的發展，除以詞入曲外，還在詞牌的基礎上自製曲牌，在其現存的散曲中，〔雙調・三奠子〕及〔雙調・小聖樂・驟雨打新荷〕都是他自製的。有關〈三奠子〉的史料，據《古今詞話》載〈金元言行錄〉云：「遺山有《錦機集》，其三奠子，小聖樂、松液凝空，自製曲也。」三曲當中，〈松液凝空〉經已散失，不見典籍，其餘二曲尚在流傳。按：三奠子之名，據《古今詞話》〈詞辨〉卷下〈三奠子〉載：「曹秋岳曰：唐宋未有是曲，元遺山《錦機集》中有三闋，傳是奠酒、奠穀、奠壁

---

33 〔明〕朱權著，丹丘先生涵虛子編，盧元駿校訂：《太和正音譜》（影印洪武刻本，線裝，1965 年），頁 2。

也」[34]，故此稱之為三奠子。按：《錦機集》已失傳，其引尚在，名為
〈錦機集引〉[35]。元好問另一首曲牌〈小聖樂〉，據陶宗儀《綴耕錄》
卷九「萬柳堂」條載：「小聖樂乃『小石調』曲，元遺山先生好問所製，
而名姬多歌之。」[36]元好問製此曲後，一曲風行，時人爭相唱詠，風靡
於民間及風月場所。《綴耕錄》又載：

> 京師城外萬柳堂，亦一宴遊處也。野雲廉公，一日於中置酒，
> 招疏齋盧公、松雪趙公同飲。時歌姬，名解語花者，左手持荷
> 花，右手執杯，歌〈小聖樂〉云……。既而行酒，趙公喜，即
> 席賦詩曰：「萬柳堂前數畝池，平鋪雲錦盡漣漪。主人自有滄
> 洲趣，游女仍歌白雪詞。手把荷花來勸酒，步隨芳草去尋詩。
> 誰知咫尺京城外，便有無窮萬里思。」[37]

　　劉氏乃元初名姬，廉野雲即廉希臣，名宦，貫雲石之外叔父，趙
松雪即趙孟頫，是元初名書法家，萬柳堂是名歌樓，當日名卿巨賈、
王孫公子，騷客名士愛流連於此。〈驟雨打新荷〉此支名曲乃文壇巨擘
元好問的自創度曲，復由名姬歌詠，名人品題，有關盛況韻事，朱彝
尊《曝書亭集》〈萬柳堂記〉載：「風流儒雅，百世之下猶想之」[38]，
亦可見〈小聖樂〉這曲牌影響之深遠，甚至超越元曲名家。近代曲家
王季烈《螾廬曲談》載：「金元詞曲家，若董解元，關漢卿之類，行事

---

34 〔清〕沈雄編撰：《古今詞話・詞辨》，收入《續修四庫全書（集部）》（上海市：
　　上海古籍出版社，據清光緒八年刻本影印原書），第 1733 冊，卷下，頁 320。
35 姚奠中編：《元好問全集》（太原市：山西人民出版社，1990 年），卷 36，頁 26。
36 〔元〕陶宗儀：《綴耕錄》（臺北市：世界書局，1978 年），頁 139。
37 〔元〕陶宗儀：《綴耕錄》（臺北市：世界書局，1978 年），頁 139。
38 朱彝尊：《曝書亭集》（臺北市：世界書局，1964 年），卷 66，〈萬柳堂記〉，頁
　　768。

皆不甚見於載籍。其有名於世者，惟元遺山。……所作曲雖不多，而甚超妙，其驟雨打新荷小令即是。」[39]

按〈小聖樂〉是元好問自創之曲牌，〈驟雨打新荷〉乃題名，由於曲中有「驟雨過」，「打遍新荷」之語，好問遂命題〈驟雨打新荷〉，但由於此曲廣泛流行，成為名曲，民間只知有〈驟雨打新荷〉一曲，原曲牌名〈小聖樂〉已無人理會，故此〈驟雨打新荷〉由題名演變為曲名。《太平樂府》也提及此曲，並稱此曲為〈驟雨打新荷〉[40]。

五　散曲內容

元好問現有十四首曲作存世，其中四首為殘曲，完整的十首散曲介紹如下：

【黃鐘】人月圓・卜居外家東園二首　其一
重岡已隔紅塵斷，村落更年豐。移居要就，窗中遠岫，舍後長松。十年種木，一年種穀，都付兒童。老夫惟有，醒來明月，醉後清風。

其二
玄都觀裡桃千樹，花落水流空。憑君莫問，清涇濁渭，去馬來牛。謝公扶病，羊曇揮淚，一醉都休。古今幾度，生存華屋，零落山丘。

---

39 王季烈：《螾廬曲談》（臺北市：臺灣商務印書館，1971 年），卷 4，頁 41。
40 《四庫全書存目叢書（集部）》（濟南市：齊魯出版社，1997 年），第 426 冊，頁 300。

第一首內容概述隱居避世的田園生活，以「遠岫」，「長松」為鄰，「明月」、「清風」為友，生活簡樸，心境平淡。羅慷烈評此曲「與稼軒〈西江月〉示兒曹以家事付之詞，極為神似」。[41]；第二首引用典故入曲，例如「玄都觀裡桃千樹」、「清涇濁渭」、「去馬來牛」、「謝公扶病」、「羊曇揮淚」、「生存華屋，零落山丘」，語意沈重悲痛，欷歔世情變幻，感嘆人生無常，尤其是他飽嘗人生的是非、得失、榮辱、存亡等遭遇，可謂百感交集，千愁萬恨，剪不斷，理還亂。羅慷烈評此曲「沈鬱悲慨，不勝身世家國之感」[42]

【呂仙】後庭花破子二首　其一

王樹後庭前，瑤華妝鏡邊。去年花不老，今年月又圓。莫教偏，和花和月，大家長少年。

其二

夜夜碧月圓，朝朝瓊樹新。貴人三閣上，羅衣拂錦茵。後庭人，和花和月，共分今夜春。

第一首概述對美好生活的期盼，「花不老」、「月又圓」青春常駐，不再過著顛沛流離，炮火連天的歲月。情感表達真摯坦率，熱愛生命。

第二首語帶譏諷譴責，以「貴人」比喻當朝聖主，以「三閣」比喻窮奢極欲的生活享受，不滿亡國之君腐敗無能，國家危急存亡之際，仍然貪圖逸樂，不思進取，可憐「後庭人」，即後庭眷屬或老百姓，共享花好月圓的春夜，語帶沈痛，但不著痕跡，誠大家手筆。

---

41 羅慷烈：《元曲三百首箋》（香港：龍門書店，1967 年），頁 2。
42 羅慷烈：《元曲三百首箋》（香港：龍門書店，1967 年），頁 2。

【中呂】喜春來春宴四首　其一

春盤宜剪三生菜，春燕斜簪七寶釵。春風春醞透人懷，春宴
排、齊唱喜春來。

其二

梅殘玉靨香猶在，柳破金梢眼未開。東風和氣滿樓臺，桃杏
折、宜唱喜春來。

其三

梅擎殘雪芳心奈、柳倚東風望眼開。溫柔樽俎小樓臺，紅袖
繞、低唱喜春來。

其四

攜將玉友尋花寨，看褪梅妝等杏腮。休隨劉阮到天臺，仙洞
窄、且唱喜春來。

這四支曲春意熱鬧，洋溢著春的氣息，把情景人都寫得生動活潑，尤
其是第一支曲，句句用春字，卻無贅感，反覺越用越春意濃郁，這種
筆法，殊不多見。在春宴興高采烈之際，作者筆鋒一轉，表露懷抱，
「休隨劉阮到天臺，仙洞窄」，顯然留身有待，情感相當複雜。賀新輝
說：「通觀這四支曲，清新婉約，麗而不綺，纖而不佻，別具風致。」[43]

【雙調】小聖樂驟雨打新荷

　　綠葉陰濃，遍池塘水閣，偏趁涼多。海榴初綻，妖豔噴香羅。
　　老燕攜雛弄語，有高柳鳴蟬相和。驟雨過、珍珠亂糝，打遍新

---

43 賀新輝：《元曲新賞‧元好問》（臺北市：地球出版社，1992 年），頁 14。

荷。人生有幾，念良辰美景，一夢初過。窮通前定，何用苦張
羅。命友邀賓玩賞、任他兩輪日月，來往如梭。

元好問這支曲上片用白描手法寫盛夏景色，通過「綠陰」、「海榴」、
「鳴蟬」、「驟雨」、「新荷」有聲有色地描畫出一幅充滿動感的圖畫，
充份流露出作者對大自然洋溢著熱情，及對生命充滿希望。下片對景
抒懷，揭露作者內心的真正自我世界，明白做人要看化一點，把握時
機，縱有「良辰美景，一夢初過」，至於人的「窮通」，前生已定，不
用「苦張羅」，邀友淺飲低唱，及時行樂，才是人生的快事。

近人羅錦堂評此曲說：「這是多麼靈巧的曲子，簡直令人百讀不
厭」[44]，又說，「遺山曲，傳者雖然不多，即從這首來看，其造詣並不
在關漢卿等人之下。」[45]羅慷烈在其《元曲三百首箋注》說元好問的曲
「豪俊曠放，要皆來學所宗」[46]，又說此曲「大有不如飲美酒，被服紈
與素之意，開後來頹志恣情一路。」[47]

【雙調】三奠子

憤韶光流轉，無計流連。行樂地，一淒然。笙歌寒食後，桃李
惡風前。連環玉，回文錦，兩纏綿。芳塵未遠，幽意誰傳。千
古恨，再生緣。閑衾香易冷，孤枕夢難圓。西窗雨，南樓月，
夜如年。

---

[44] 羅錦堂：《中國散曲史》（臺北市：中華文化出版事業委員會，1957 年），頁 52。

[45] 羅錦堂：《中國散曲史》（臺北市：臺灣中華文化出版事業委員會，1957 年再版），
頁 52。

[46] 羅慷烈：《元曲三百首箋》（香港：龍門書店，1967 年），頁 2。

[47] 羅慷烈：《元曲三百首箋》（香港：龍門書店，1967 年），頁 2。

〈三奠子〉為一悼亡作品。曲中所悼的是元好問愛妻張氏。元好
問年十八娶同郡尚書張翰（字林卿）之女為妻[48]。二人婚後十分恩愛，
雖然生逢亂世，飽遭劫難，到處逃避戰火，過著顛沛流離的日子，仍
能同甘共苦，互相扶持。張氏生有一子三女：長子千、長女真、次女嚴、
三女秀。經過二十五年的婚姻生活，張氏不幸於金亡前二年病歿[49]，
那時正是金哀宗正大八年（1231）。張氏死後，元好問極度哀痛，故撰
此曲悼亡。曲中哀怨纏綿，感人肺腑，在悼亡作品中，其悽切之情不
亞於蘇軾江城子的「十年生死兩茫茫。」張氏去世，元好問為了表達
對亡妻的思念，除撰此曲悼亡外，在另一首作品〈洞仙歌〉中，向其
好友李欽叔透露不打算再續弦，故有「無復求凰」[50]之語。

六　結語

散曲萌芽於金末元初，是繼宋詞後的一種非詩非詞的新興文學，
當時稱之為新樂府或樂府。元好問目光銳利，首先變詞為曲，開闢另
一種文學新領域。由於他是一代文宗，負時望，從遊者眾，高徒滿天
下，在推動這種新興文學的發展方面，影響力量龐大，收到豐碩的成
果，使曲成為元代的文學代表。元曲四大家之一的白樸，其一生的成
就，受元好問影響最深。元好問刻意創新，其所製的新曲，〈三奠子〉
及〈小聖樂〉，更流傳後世。元好問以詞入曲，用俗為雅，變故作新，
以風格而論，其曲應該像詞一樣，兼具豪放與婉約之長，但可惜其大
部份作品已經散佚，僅有十四首存世，其中四首為殘曲，存世的十首

---

48 狄寶心：《元好問年譜新編》（北京市：中國文聯出版社，2000 年），頁 25。

49 狄寶心：《元好問年譜新編》（北京市：中國文聯出版社，2000 年），頁 148。

50 賀新輝：《元好問詩詞集》（北京市：中國展望出版社，1986 年），頁 653。

完整作品，屬清新婉約作品。這些作品，也可作為元好問從詞變曲的
歷史見證。

——本文原刊於山西忻州《忻州師範學院學報》雙月
刊 2007 年第 1 期（2007 年 2 月），頁 8-11。

元好問上書耶律楚材之評議

一 前言

天興末年，金亡前尚餘八個月之際，元好問突然主動地向敵國蒙古丞相耶律楚材（1190-1244）上書，即著名的〈癸巳歲寄中書耶律公書〉，信中表面上是推薦五十四位人才給敵國蒙古政府候用，予人有其本人欲向蒙古政府投誠的感覺，而採取掩人耳目的薦人自薦手法，有失儒士風範，引致衛道之士大肆抨擊。但後世部份學人卻對元好問採取同情態度，為他的名節諸多維護，甚至說他上書耶律楚材對保存中原傳統文化有所貢獻，又強調這封信，是儒家大同文化在東亞昌盛綿延的一種重要文獻。實際上，這封信有沒有發揮作用呢？值得我們客觀地去深究。

二 元好問〈癸巳歲寄中書耶律公書〉的主要內容

天興二年（1233）四月二十日，蒙兵正式入城接收汴京，金大小官員一律被俘。二天後，即四月二十二日，元好問以待罪之身，突然向蒙古中書令耶律楚材上書[1]，推薦五十四位分佈中原各地的人才，給蒙古政府候用。信件發出後的第七天，即四月二十九日，元好問便和

---

[1] 姚奠中編：《元好問全集》（太原市：山西人民出版社，1990年），下冊，卷39，〈寄中書耶律公書〉，頁76。

其他俘虜一樣，押解離汴北上，羈管山東聊城。

這封信，全文長達八百多字。在信中，元好問讚揚耶律楚材的成就，譽他「輔助王室，奄有四方，當天造昧之時，極君子經綸之道」，又推崇他是當代的名相，好比漢代的「蕭（何）、曹（參）、丙（吉）」及唐代的「魏（徵）、房（玄齡）、杜（如晦）、姚（崇）、宋（璟）」一樣。元好問又指出，這八大名相的成就，得力於其他人才的協助才得以致之，喻治國之道是要群策群力，非一人之力可成。而人才的得來又非易事，要具備「學校教育」、「父兄淵源」、「師友講習」三大條件才可培育出來。元好問續指出，國家儲備人才數十年，往往用在一旦，又強調人才的得來不易，應該予以重視、愛惜和保護。

耶律楚材也認同人才得來不易，嘗言：「非積數十年，殆未易成也。」[2] 其見解與好問同。在信中，元好問臚列了當代五十四位人才，雖然「學業操行，參差不齊」，但都是「天民之秀」，這些難得的人才，「不死於兵」，「不死於寒餓」，可算是僥倖苟存，大抵是造物者有意安排他們為「維新之朝」服務之故。元好問又請求耶律楚材，運用自己的權力與地位，使這班人才不受「指使之辱」和「奔走之役」，然後「聚養之」或「分處之」，照顧他們的費用不大，只要僅供「饘粥糊口」，「布絮蔽體」，他們就很滿足和感激了。這班人才日後用得著的時候，在制定「衣冠禮樂、綱紀文章」典章制度方面，都會有所貢獻。元好問又表示希望楚材做當代的「蕭、曹、丙、魏、房、杜、姚、宋」，並且提出保證，直言這班人才假使日後不為時用，也不會默默無聞，與草木同腐，最低限度都會立言、立節報答楚材知遇之恩。

元好問雖說這班人才「可以立言、立節」報答楚材，立言並不困

---

2 〔明〕宋濂：《元史》（北京市：中華書局，1976 年），卷 146，列傳第 33〈耶律楚材傳〉，頁 3461。

難，立節就有問題了，為誰而立節？為亡金？還是為蒙古新主？最後，元好問指出楚材挽救人才是輕而易舉的事，只要楚材不吝惜「一言之利」、或「一引手之勞」就可以成功了。元好問雖與耶律楚材素未謀面，但在信中，元好問卻給耶律楚材高度評價，譽他為當代的「蕭、曹、丙、魏、房、杜、姚、宋」，是否過當呢？

回顧耶律楚材一生盡忠於蒙古政府，為蒙古建立起一個具備規模的國家。他出任相職十三年，政績驕人，出現「華夏富庶、羊馬成群，旅不賷糧，時稱治平」[3]的局面。所以元好問推崇耶律楚材為當代的賢相，可比美漢唐名相「蕭、曹、丙、魏、房、杜、姚、宋」，若以政績而言，元氏的推崇絕非過份。

三 上書的反應

（一）謗議四起

元好問癸巳上書敵相耶律楚材發出後，引致謗議四起，元好問於事後也直認不諱說：「予北渡之初，獻書中令君，請以一寺觀所費養天下名士，造謗者二三。」[4]其實，如果造謗者真的是二三之數，就不值得他耿耿於懷，顯然是一種令他不安的輿論壓力。這些造謗者，大抵揭穿了元好問上書楚材夾有個人利益的成份在內，針對他不應於國難當頭之際，牽頭率眾通敵蒙古丞相。謗議令他有口難言，百辭莫辯。平情而論，元好問上書耶律楚材舉薦人才，實在多餘！論資格，他官

---

3 〔明〕宋濂：《元史》（北京市：中華書局，1976年），卷2，〈太宗本紀〉，頁37。

4 姚奠中編：《元好問全集》（太原市：山西人民出版社，1990年），下冊，卷40，〈外家別業上梁文（自註）〉，頁98。

職低，只不過是一個六七品的小官；論時望，他在剛發生不久的崔立事件上，惹來名節之累，成為眾矢之的；論影響力，他一介儒士，能力有限。所以他上書楚材未見其利先見其害，招來物議，成為「二三造謗者」攻擊的負面人物。

（二）謗議疑人劉、曹、樂

這些做謗者，究竟是何人呢？《遺山集》中從未提及。近人續琨先生懷疑是劉祁、曹居一和樂夔[5]，可惜並無進一步論證。在金末元初諸人著作中，除劉祁《歸潛志》有記述崔立事件外，並無文獻證明是他們三人所為。但無論如何，劉祁在《歸潛志》中，把崔立碑事件的經過始末詳細地揭露出來，足證其人具有負責任的勇毅精神。他本人也於金亡後的第四年，即蒙古太宗九年（1237），參加蒙古的開科考試，獲西京第一名，選充山西東路考試官。[6]如果謗議是針對元好問有心攀附蒙古權貴而發，那麼劉祁也曾充當蒙古的官，所以造謗者是劉祁的機會不大；另一疑人曹居一，其人史料不多，據蘇天爵《元文類》卷六十九載有李伯淵奇節傳，可得知其人起碼是一個欣賞忠義正直的人，另據《秋澗先生大全文集》〈史天澤家傳〉說：「北渡後，名士多失寓所，知公（史天澤）好賢樂善，借來遊依，若王滹南（若虛），元遺山（好問）、李敬齋（治）、白樞判（華）、曹南湖（居一）。」[7]可見曹居一也曾與元好問等投靠過史天澤的門下，所以說曹居一是造謗

5　續琨編著：《元遺山研究》（臺北市：臺灣中華書局經銷，1974 年，自印本），頁111。

6　〔元〕王惲：《秋澗先生大全文集》，收入《四部叢刊正編》（臺北市：臺灣商務印書館，1979 年），卷 58，〈渾源劉氏世德碑〉，頁 582。

7　〔元〕王惲：《秋澗先生大全文集》，收入《四部叢刊正編》（臺北市：臺灣商務印書館，1979 年），卷 48，〈史天澤家傳〉，頁 501。

者之一的理由並不充份。至於另一疑人樂夔,其生平事蹟不詳,元好
問詩集卷九有〈贈答樂丈舜咨〉律詩一首,詩中有言:「舟車何地得通
津?書疏相忘意更親。……詩酒陪從約他日,雞川已許濯纓塵。」[8]又
元好問的〈感遇詩〉有「樂丈張兄病且貧」[9]之語,可見二人的交情是
不錯的。好問對於樂夔這位長者也很尊重,稱他為「樂丈」。元、樂二
人最令人注意的一件事,據《金史》說:「時金國實錄在順天張萬戶
家,乃言於張(柔),願為撰述,既而為樂夔所沮而止。」[10]樂夔為什
麼要阻止元好問修史的計劃呢?史書並無交待,近人姚從吾解釋說,
「應當是善意的」,又說「私人修史,不有人禍,必有天刑,那是得罪
人而不討好的事,何況在外族入主中國的時候?」[11]換句話說,樂夔阻
止好問修史,是不想他惹禍上身,動機是出於善意的。亦可見樂夔對
好問的關懷是深厚的,所以,樂夔不是造謗者是可相信的。那麼,究
竟誰是造謗者,就很難稽考了,有可能是反對元好問政治立場不正確
的人吧!

(三)上書未獲接納

　　耶律楚材是蒙古的中書令,肩負起為蒙古組織新政府的責任,及
物識人才推行以儒治國的工作是急不容緩的。汴京未下前,他已派人

8　姚奠中編:《元好問全集》(太原市:山西人民出版社,1990 年),下冊,卷 9,頁
　　266。

9　姚奠中編:《元好問全集》(太原市:山西人民出版社,1990 年),下冊,卷 10,頁
　　312。

10　〔元〕脫脫等撰:《金史》(北京市:中華書局,1975 年),卷 126,列傳第 64〈元
　　德明傳〉,頁 2742。

11　姚從吾:《姚從吾先生全集》(臺北市:正中書局,1972 年),第 6 冊,《遼金元史
　　論文》(中),〈元好問癸巳上耶律楚材書的歷史意義與書中五十四人行事考〉,頁
　　179。

入汴接走衍聖公孔元措及名儒梁陟等人，又奏選工匠儒釋道醫卜人仕
給予照顧[12]。元好問上書給他推薦人才，照道理，朝廷正當用人之際，
好應該召見元好問，查詢那五十四位「天民之秀」的個別能力及擅長，
最後給予推薦者優待，雖不至給他做官，但起碼可以免去拘管山東之
行。但事實並不如此，元好問於汴京陷後，也和其他俘虜一樣，拘管
山東。所謂拘管，即拘禁管束，失去自由，形同坐牢。元好問薦人不
成，《元史》有一條很重要的證據。據《元史》〈高鳴傳〉說：「少以
文學知名，河東元裕之上書薦之，不報。」[13]高鳴是元好問上書楚材舉
薦的五十四人中，排名第十七的那一位。其後高鳴為「諸王旭烈兀聞
其賢，遣使者三輩召之，鳴乃起，為王陳西征二十餘策，王數稱善，
即薦為彰德路總管。」[14]此後，高鳴扶搖直上，官至吏禮部尚書[15]。於
此可見，高鳴的成就與元好問的舉薦無關。在此要指出的，耶律楚材
在人事任命的意識上，他一直都是採取嚴肅的態度處理，並且以身作
側。他這種意識，早在少年時代已孕育出來，據《元史》〈耶律楚材傳〉
說：

> 金制，宰相子例試補省掾。楚材欲試進士科，章宗詔如舊制。
> 問以疑獄數事，時同試者十七人，楚材所對獨優，遂辟為掾。

---

12 〔元〕蘇天爵：《元文類》（臺北市：世界書局，1962 年），卷 57，宋子貞：〈中書
　令耶律公神道碑〉，頁 15。

13 〔明〕宋濂：《元史》（臺北市：世界書局，1962 年），卷 160，列傳第 47〈高鳴
　傳〉，頁 3758。

14 粹自〔明〕宋濂：《元史》（北京市：中華書局，1976 年），卷 115，〈睿宗傳〉，頁
　2886。

15 粹自〔明〕宋濂：《元史》（北京市：中華書局，1976 年），卷 115，〈睿宗傳〉，頁
　2886。

後仕為開州同知。[16]

楚材的父親做過金右丞相，援例無需考核即可以當官，但楚材偏要通過考試當官才認為公平。他又反對送禮賂賄，強調「貢獻禮物，為害非輕，深宜禁斷。」[17]可見其人處事是嚴正不阿。楚材在蒙古太宗九年（1237），制定考試制度，以確立選拔人才的標準，決不徇私賞官，並從自己帶頭做起，《元史》說他：「楚材當國日久，得祿分其親族，未嘗私以官，行省劉敏從容言之，楚材曰：『睦親之義，但當資以金帛。若使從政而違法，吾不能徇私恩也。』」[18]他不把官位任意授與親族，並強調授官是一種徇私行為。至於在選用儒生方面，也要通過考試及格才獲優待，宋子貞撰的〈中書令耶律公神道碑〉說：「儒人中選者，則復其家。」[19]所以元好問貿然上書楚材，結果元好問徒耗筆墨，未嘗所願。此外，元好問在崔立之變後，受崔立委任為「左右司員外郎」[20]，有與叛臣同聲同氣之嫌，及後又在崔立碑作者問題上，成為爭議的人物，引致輿論廣泛攻擊。他本人也自說「聽眾口之合攻」[21]。這些政壇消息，傳到楚材耳裡，不足為奇。所以，好問上書楚材推薦人

---

16 〔元〕蘇天爵：《元文類》（臺北市：世界書局，1962 年），卷 57，宋子貞：〈中書令耶律公神道碑〉，頁 10。

17 〔明〕宋濂：《元史》（臺北市：世界書局，1962 年），卷 146，列傳第 33〈耶律楚材傳〉，頁 3457。

18 〔明〕宋濂：《元史》（臺北市：世界書局，1962 年），卷 146，列傳第 33〈耶律楚材傳〉，頁 3463。

19 〔元〕蘇天爵：《元文類》（臺北市：世界書局，1962 年），卷 57，宋子貞：〈中書令耶律公神道碑〉，頁 18。

20 〔金〕劉祁：《歸潛志》（北京市：中華書局，1983 年），卷 11，〈錄大梁事〉，頁 129。

21 姚奠中編：《元好問全集》（太原市：山西人民出版社，1990 年），下冊，卷 40，〈外家別業上梁文〉，頁 98。

才是失敗的。如果元好問薦人成功，他有四次直接機會可以大書特書
其事：第一次是為耶律善才（楚材次兄）撰墓誌銘時[22]；第二次為耶律
辨才（楚材長兄）撰墓誌銘時[23]；第三次是為楚材之母撰青詞時[24]；第
四次是去信耶律仲成（楚材次子）婉拒為其父耶律楚材撰神道碑時[25]。
元好問與耶律楚材之長兄辨才「有一日之雅」，實即一面之緣，他都在
辨才的墓誌銘提出來說，如果元好問舉薦人才的事獲得良性回應，他
焉有不在上述四次機會中大書特書之理呢？元好問所推薦的五十四人
中，除《元史》〈高鳴傳〉有記載舉薦不成的史料外，其餘時人作品亦
無人提及此事。所以，若說元好問上書楚材的信具有歷史意義的話，
不如說這封信是元好問自損名節的一份重要歷史文獻。

四　後人評議之分析

元好問上書耶律楚材純屬個人意願行為，並無在惡勢力壓迫下而
有此舉，他也坦認有其事，結果招來謗議四起，連在崔立碑事件上替
他辯誣甚力的清代學者如凌廷堪、翁方綱輩也啞口無言了。茲將諸家
評議逐一介紹如下：

---

22 姚奠中編：《元好問全集》（太原市：山西人民出版社，1990 年），下冊，卷 26，〈龍
　虎衛上將軍耶律公墓誌銘〉，頁 630。

23 姚奠中編：《元好問全集》（太原市：山西人民出版社，1990 年），下冊，卷 26，〈奉
　國上將軍武廟署令耶律公墓誌銘〉，頁 648。

24 姚奠中編：《元好問全集》（太原市：山西人民出版社，1990 年），下冊，卷 40，〈中
　令耶律公祭先姚國夫人文〉，頁 103。

25 姚奠中編：《元好問全集》（太原市：山西人民出版社，1990 年），下冊，卷 39，〈答
　中書令成仲書〉，頁 79。

（一）清人趙翼評議

> 好問在汴梁圍城中，自天興二年（1233 年）春，崔立以城降蒙古，後四月二十九日，始得出京，而二十二日已先有書上蒙古相耶律楚材，自稱門下士，此不可解。時楚材為蒙古中書令，好問仕金，由縣令累遷郎曹，平日料無一面，而遽干以書，已不免未同而言，即楚材慕其名，素有聲氣之雅，然遺山仕金，正當危亂，尤不當先有境外之交。此二者皆名節所關。[26]

元好問身為金國臣子，竟對敵國相「自稱門下士」及有「境外之交」，不但有損個人名節，也損害國家利益，趙氏對好問的批評是說少了。

（二）清人全祖望評議

> 讀其碑版文字，有為諸佐命作者，至加先太師、先相、先東平之稱。以故國之逸民，而致稱於新朝之佐命者如此，則未免降且辱也。遺山又致書耶律中令薦上故國之臣四十餘[27]人，勸其引進，是非可以已而不已者耶？「願言呼諸子，相從穎水濱」。昔人風節尚哉！要之，遺山祇成文章之士，後世之蒙面異姓而託於國史以自脫者，皆此等階之屬也。嗚呼！宗社亡矣，寧為聖予所南之介，不可為遺山之通，豈予之過為責備哉？[28]

元好問為蒙古權貴撰寫碑銘時，往往出現有「先相」、「先東平」之類

---

26 〔清〕趙翼：《甌北詩話》（臺北市：廣文書局，1971 年），卷 8，頁 4。

27 遺山寄中書耶律公書所開列的名單是五十四人，並非四十餘人。

28 〔清〕全祖望：《鮚埼亭外篇》，收入《四部叢刊正編》（臺北市：臺灣商務印書館，1979 年），卷 31，〈跋遺山集〉，頁 836。

的稱呼，有損亡國大夫的名節，難怪全祖望責他「降且辱」，又譏他
「只成文章之士」，「託於國史以自脫」，並自言「過為責備」。

（三）近人吳天任評議

> 遺山此書，因替他們衣食生活著想，還有為他們緩頰請釋之
> 意。不過遺山只是為那班師友故舊盡力，卻沒有為自己的出路
> 打算。直至後來耶律楚材一再邀請相助，遺山始終推卻。[29]

吳氏的觀點頗值得商榷，第一：在國家危急存亡之際，為了朋友「衣
食生活著想」，而推薦朋友給敵國效命，無形中陷朋友於不義，除非
身為被薦者早已置民族氣節於不顧，否則，被薦者會視為一種侮辱。
第二：元好問「還有為他們緩頰請釋之意」，他自己那時正身陷虎口，
自身難保，何來能力救別人？真是異想天開。結果事實証明，蒙兵入
城後，他隨即淪為階下囚，於上書後七天，即四月二十九日編管山東
聊城。他信中列舉分佈各地的「天民之秀」朋友，命運可能比他好，
何用他「緩頰請釋」。第三：吳氏說他「只是為他那班師友故舊盡
力」。不錯，這班人確是他的「師友故舊」，據近人姚從吾考證，遺山
舉薦的五十四人中，「見於遺山詩文集者，比較為多，專題短文說到的
約有四十人以上」[30]，這班「天民之秀」的際遇有很多是不錯的，何需
元好問替他們操心。好像地位特殊的儒教掌門人孔元措，他在城未破
前已被耶律楚材派人接走，並得到優厚的待遇[31]，更無需元好問上書舉

---

29 吳天任：《元遺山評傳》（香港：學海書樓講學錄第四輯抽印本，1963 年），頁 69。

30 姚從吾：《姚從吾先生全集》（臺北市：正中書局，1972 年），第 6 冊，《遼金元史
    論文》（中），〈元好問癸巳上耶律楚材書的歷史意義與書中五十四人行事考〉，頁
    168。

31 〔明〕宋濂：《元史》（北京市：中華書局，1976 年），卷 146，列傳第 33〈耶律楚
    材傳〉，頁 3459。

薦。孔元措列在五十四位人才中的榜首，元好問有借用其衍聖公顯赫
地位之嫌。在全信中，元好問確實沒有向楚材提出個人的要求，但他
以「薦人自薦」的手法，既不失體面，也不露痕跡，又表現出一種以
盟主自居的身份，博取「聖主」召見的心態，其目的不言而喻。第五：
吳氏說「直至後來耶律楚材再邀請相助，遺山始終推卻。」事實上，
在遺山集及楚材集中，並無資料顯示楚材曾力邀遺山相助的記載，其
他時人的著述中亦無類似的報導。吳氏可能誤會了遺山的「答中書令
成仲（即耶律鑄，楚材子）書」[32]中的「顧僕何人，敢當特達之遇乎？」
二句的意思，以為這個「特達之遇」是來自楚材，其實是來自耶律鑄。

（四）近人姚從吾評議

在清以前，從沒有人敢為元好問上書楚材一事辯白。惟近人遼金
元史家姚從吾先生對此事獨有新見，先後發表過〈元好問癸巳上書耶
律楚材對於保全中原傳統文化的貢獻〉及〈元好問癸巳上耶律楚材書
的歷史意義與書中五十四人行事考〉[33]兩篇文章。文中強調元好問的信
影響深遠，在拯救知識份子及延續中國文化方面起了很大的作用。但
事實是不是如此？茲將姚氏的主要論見，逐點原文照錄，並略加管
見。姚氏說：

> 元好問的這一封書，是儒家大同文化在東亞昌盛綿延的一種重
> 要文獻，無論就內容所含的哲理說，或者是就這五十四人日後

---

[32] 姚奠中編：《元好問全集》（太原市：山西人民出版社，1990 年），下冊，卷 39，〈答
中書令成仲書〉，頁 79。

[33] 姚從吾：《姚從吾先生全集》（臺北市：正中書局，1972 年），第 6 冊，《遼金元史
論文》（中），頁 155-219。

所表現的事業與影響說，都是值得加以重視與表揚的。[34]

姚氏這段話把元好問捧得太誇張了。從史實來看，這封信卻是一件交待元好問操守的「重要文獻」，跟「儒家大同文化在東亞昌盛綿延」絕無關係，至於這五十四人日後的成就表現，更與這封信無關。

> 遺山先生能於當時驚慌急迫的七天之中，開列了五十四人，大體無甚遺漏，則他平日留心人才，與重視人才的用心，可以概見。[35]

姚氏曾考證這五十四人「見於遺山詩文集中者，比較最多，專題短文說到的約有四十人以上。」[36]換句話說，這五十四位「天民之秀」佔了大多數是他的詩侶文友，就算元好問處於怎樣驚慌急迫的環境中，開列名單出來，當無困難。有一點要說的，元好問嘗慨嘆說：「得名為多，而謗亦不少。舉天下四方知己之友，惟吾益之兄一人。」[37]他的「得名」來自詩文寫得好，「而謗亦不少」不排除是跟他的政治操守有關。他平日交遊廣闊，但視為知己的除哥哥益之外，竟無一人，如斯心境，實在痛苦。至於姚氏說這五十四位人才之數「大體無甚遺漏」，好像是指當時天下的人才，僅此五十四人左右。其實，耶律楚材自叛

---

34 姚從吾：《姚從吾先生全集》（臺北市：正中書局，1972 年），第 6 冊，《遼金元史論文》（中），〈元好問癸巳上耶律楚材書的歷史意義與書中五十四人行事考〉，頁162。

35 姚奠中編：《元好問全集》（太原市：山西人民出版社，1990 年），下冊，卷 39，〈答中書令成仲書〉，頁 66。

36 吳天任：《元遺山評傳》（香港：學海書樓講學錄第四輯抽印本，1963 年），頁 69。

37 姚奠中編：《元好問全集》（太原市：山西人民出版社，1990 年），下冊，卷 37，〈南冠錄引〉，頁 48。

金仕蒙，備受寵信，官拜中書令後，一直都在物識人選，協助政府推行以儒治國的政策。他在金亡後的第四年，即推行科舉考試，得儒生四千三十人[38]，較之好問開列的五十四人，則多出很多了。

> ……又因為是上書替天下賢士請命的，即不惜低心下氣，自稱為門下士，或門下賤士，以期請求目的任務的達成。一般生長在太平盛世時，而又墨守常經的學者，如全謝山、趙翼輩，即疑惑他不應當有境外之友，與蒙古相公拉交情，及自稱門下士。他們認為這種舉動，都是不可理解的。（二人的意見見《鮚埼亭集》外篇，與《甌北詩話》卷八）這樣因時制宜，不正足以證明元遺山的能見其大，不拘小節麼？[39]

元好問上書楚材，文中自稱為「門下士」，或「門下賤士」，本來可慣用作自謙之詞，不需刻意考究。但當敵我對陣之時，投書敵國而自稱「門下士」或「門下賤士」則有點兒那個！元好問身為金國朝臣，在國未亡之前，即與敵國暗通款曲，舉薦己國人才給敵國候用，如果此舉正如姚氏說：「因事制宜」、「能見其大」、「不拘小節」，只可作一家之言罷了。

> 就歷史上的意義說，元遺山這一次挺身而出，保全士類，與維護中國傳統文化，大義凜然，極為成功。不但原書送出後，反應與效果均甚良好，即上述五十四人的行徑，就歷史的價值

---

38 〔明〕宋濂：《元史》（北京市：中華書局，1976），卷 146，列傳第 33〈耶律楚材傳〉，頁 3461。

39 姚奠中編：《元好問全集》（太原市：山西人民出版社，1990 年），卷 39，〈答中書令成仲書〉，頁 79。

說，據著者的考証，十之七八以上，都獲得了安排，而且當時
蒙古人佔領開封以後，不但沒有再事屠殺，且實行一種分批與
有計劃的安置亡金朝士與三教醫匠等於山東河北等地的辦法。
指定若干地區，將這些人士，暫時集中，稍加休息後，再逐漸
遣散，或分別安置。這一特殊措施，上文已指明也是耶律楚材
的建議，或者即與元遺山氏有重大關係的。[40]

汴京陷後，免遭屠城之災，實乃耶律楚材於城破前已上奏宜保存其土
地人民，不能濫殺，所以窩闊臺「詔罪止完顏氏，餘皆勿問。」[41]楚材
上奏制止屠城，元好問還未給他上書，故此取消屠城之事應與元好問
無關。至於安排「儒釋道醫、工匠」等各界人仕離汴的事務，是楚材
早於元好問上書前已有的成策，事見《元史》〈耶律楚材傳〉[42]。故此，
「保全士類、維護中國傳統文化」的偉大功績，該與元好問無關。姚氏
又稱頌元好問在上書楚材一事上「大義凜然，極為成功。」氣魄認真
宏大，但不知他的「大義」是指何方面，如果是指國家民族大義的話，
則有待商榷。元好問之所以終身受謗，皆因名節所累。

　　姚氏曾就元好問上書楚材推薦的五十四位人才，加以考證他們的
生平事業，力圖把他們的功業跟元好問拉上關係，以表揚元氏在保存
士類及弘揚中國文化方面，作出過偉大的貢獻。他考證出五十四人當
中，「十之七八以上，都獲了安排」，計太宗時代有十二人出仕，元世

---

40 姚奠中編：《元好問全集》（太原市：山西人民出版社，1990 年），卷 39，〈答中書
　令成仲書〉，頁 79。

41 〔明〕宋濂：《元史》（北京市：中華書局，1976 年），卷 146，列傳第 33〈耶律楚
　材傳〉，頁 3459。

42 〔元〕蘇天爵：《元文類》（臺北市：世界書局，1962 年），卷 57，宋子貞：〈中書
　令耶律公神道碑〉，頁 15。

祖時代有二十三人出仕，這時元好問已死後十六年，其餘的十九人從
未曾參與政府工作[43]。從歷史資料所得，出來為蒙古當官的「天民之
秀」，共有三十五人。他們的仕宦歷程無證據顯示與元好問發生關
係，茲舉五人為例說明如下：

1 孔元措

宋子貞〈中書令耶律公神道碑〉說：

> 初汴京未下，奏遣使入城索取孔子五十一代孫襲封衍聖公元
> 措，令收拾散亡禮樂人等，及取名儒梁陟等數輩於燕京置編修
> 所，平陽置經籍所，以開文治。[44]

孔元措為孔門衍聖公，地位崇高，世襲爵侯，汴京未下前，已被楚材
派人接走，並予以妥善保護和「付以林廟地」[45]等優厚條件。孔元措所
獲的特別照顧，並無史料顯示與元好問有關。故此，元好問上書舉薦
孔元措給楚材，實屬多餘之舉。

2 楊奐

《元史》〈楊奐傳〉說：

---

43 姚從吾：《姚從吾先生全集》（臺北市：正中書局，1972 年），第 6 冊，《遼金元史
論文》（中）〈元好問癸巳上耶律楚材書的歷史意義與書中五十四人行事考〉，頁
173、181、207。

44 〔元〕蘇天爵：《元文類》（臺北市：世界書局，1962 年），卷 57，頁 15。

45 〔明〕宋濂：《元史》（北京市：中華書局，1976 年），卷 146，列傳第 33〈耶律楚
材傳〉，頁 3459。

歲癸巳（金哀宗天興二年，1233 年），金元帥崔立以汴京降，
奐微服北渡，冠氏帥趙壽之即延致奐，待之師友之禮。……東
平嚴實聞奐名，數問其行藏，奐終不一詣。戊戌（蒙古太宗十
年，1238 年），太宗詔宣德稅課使劉用之試諸道進士。奐試東
平，兩中賦論第一。從監試官北上，謁中書耶律楚材，楚材奏
薦之，授河南路徵收課稅所長官，兼廉訪史。[46]

楊奐字煥然，憑能力在科舉「兩中賦論第一」而登第，其出仕歷程根
本與元好問無關。姚氏說：「楚材因好問曾上書推薦而知名，一見深加
賞異，力奏薦之。」[47]據楊奐的神道碑，其碑文原句是：「（楊奐）謁
領中書省耶律公，一見，大蒙賞異，力奏薦之。」[48]碑文並無「楚材因
好問曾上書推薦而知名」之句，可惜姚氏並無提示資料出處。

3 劉祁王惲

《秋澗先生大全集》的〈渾源劉氏世德碑〉說：

戊戌（1238 年），詔試儒人，先生就試，魁南京，選充山西東
路考試官。後征南行臺拈合公聞其名，邀至相下，凡七年而
歿。[49]

---

46 〔明〕宋濂：《元史》（北京市：中華書局，1976 年），卷 153，列傳第 40〈楊奐
傳〉，頁 3621。

47 姚從吾：《姚從吾先生文集》（臺北市：正中書局，1972 年），〈元好問癸巳上耶律
楚材書的歷史意義與書中五十四人行事考〉，頁 174。

48 姚奠中編：《元好問全集》（太原市：山西人民出版社，1990 年），下冊，卷 23，〈故
河南路課稅所長官兼廉訪使楊君神道之碑〉，頁 578。

49 〔元〕王惲：《秋澗先生大全集》收入《四部叢刊正編》（臺北市：臺灣商務印書館，
1979 年），卷 58，頁 582。

戊戌（1238）即蒙古太宗十年，劉祁的出仕也是靠通過考試，而奪到南京第一。他曾在崔立碑事件上與元好問發生過節。他的代表著作《歸潛誌》是治《金史》者的主要參考材料，書中的第十三卷〈北使記〉，更是研究近世西域的交通史及西域風土人情之重要文獻。從上述劉祁的出仕情形來看，其宦程應與元好問談不上任何關係。

4 劉郁

王惲《秋澗先生大全集》卷五十八的〈渾源劉氏世德碑〉說：

> 中統元年（1260）始立中書省，辟郁為左右都事，後世尹新河（今河北新河縣），召拜監察御史。郁乃劉祁之弟，能文章，工書翰，別號歸愚，卒年六十一。[50]

其代表著作《西使記》，為研究古代西域史及中西交通史的重要文獻。

劉郁於中統元年登第，時汴京已陷二十七年，元好問亦已死去四年，如果說劉郁的登第與元好問有關，令人難以置信。

五　結論

天興末，金廷危在旦夕，守城大將崔立叛變，引蒙軍入城，汴城失陷。元好問被俘，準備拘管山東聊城之際，那時是金亡前七個月，他突然上書敵國蒙相耶律楚材推薦五十四位「天民之秀」給新朝政府

---

50 姚奠中編：《元好問全集》（太原市：山西人民出版社，1990 年），下冊，卷 23，〈故河南路課稅所長官兼廉訪使楊君神道之碑〉，頁 578。

候用。在信中，他雖然只推薦別人，沒有推薦自己，予人有「薦人自薦」之嫌。研究結果得知，這班「天民之秀」日後進身仕途，與元函並無關係。

元好問上書耶律楚材，後世學者頗多論見，清人趙翼斥元好問「不當先有境外之交」，全祖望也責他「降且辱」，又譏他「只成文章之士」，「託於國史以自脫」。不過，近人吳天任卻認為元好問為師友故舊的「衣食生活著想，還有為他們緩額請釋之意」。史家姚從吾對元好問癸巳上書耶律楚材一事，則另有新見，大書特書，盛讚這封信具有歷史意義，稱頌他挽救人才，維護文化，甚至表彰這封信的影響力，指它「是儒家大同文化在東亞昌盛的一種文獻」。諸家之說，孰是孰非，則見仁見智。

最後，要重述一點，就是劉祁的〈北使記〉及劉郁的《西使記》，乃研究古代對外中西交通史的重要歷史文獻，在十九世紀已繹成英文、俄文、法文，對弘揚中國文化於海外有很重要的貢獻。

——本文原刊於《元好問及遼金文學研究》，收入《第四次元好問國際學術研討會文獻匯編（上）》（北京市：中國國際廣播出版社，1998 年）。

元好問與崔立碑疑案

一 前言

　　金末，發生了崔立（？-1233）之變，元好問（1190-1257）雖未曾參與叛變組織，但於事後卻被指為崔立頌德碑的作者之一。這一問題為元好問生平一大疑案，亦關乎元好問一生的名節。崔立為金朝一叛臣，誰人替他撰頌德碑，誰就自毀名節，永為後世唾罵。碑文的另一作者疑人為金末名士劉祁。元好問與劉祁父子是同鄉世交，交情本來是不錯的。在崔立叛變事件之前，元好問屢有贈詩推許劉祁父子[1]。崔立叛變不久，即天興二年（1233），汴城陷，元好問被拘管聊城前夕，曾上書[2]蒙古中書令耶律楚材推薦五十四位儒士請其任用，其中包括劉祁及其弟劉郁在內，甚至在崔立之變後兩年，劉祁回鄉築歸潛堂從事《歸潛志》之著述，元好問猶賀之以詩[3]。但當劉祁寫成《歸潛志》[4]後，二人竟從此交惡，直至劉祁死後，元好問的詩文集中，亦不見有

1　姚奠中編：《元好問全集》（太原市：山西人民出版社，1990 年），上冊，卷 1，五言古詩，頁 15。好問有〈贈答劉御史雲卿〉四首，其一有「舊聞劉君公，學經發源深」，其二有「君家有箕裘，聖學待冊勳」等語。

2　姚奠中編：《元好問全集》（太原市：山西人民出版社，1990 年），下冊，卷 39〈癸巳寄中書耶律公書〉，頁 76。

3　姚奠中編：《元好問全集》（太原市：山西人民出版社，1990 年），上冊，卷 10，七言律詩〈歸潛堂〉，頁 329。

4　〔金〕劉祁：《歸潛志》一書，撰寫時間為一二三五至一二三八年，詳見陶晉生：《邊疆史研究集·宋金時期》（臺北市：臺灣商務印書館，1971 年），頁 94。

悼念之辭。原來劉祁的《歸潛志》書中有〈錄崔立碑事〉[5]一文，文中
將崔立碑整件事件始末經過揭露出來，指出碑文的作者是元好問，人
證除有王若虛、麻信之、曹益甫等元氏的師友外，物證則有曹通甫詩
及楊叔能詞；更引述輿論謂「今天下士議，往往知裕之所為」[6]，這無
形中把元好問置於深淵，很難翻身。元好問當然為己辯誣，在其詩文
〈秋夜詩〉[7]、〈外家別業上梁文〉[8]、及〈內翰王公墓表〉[9]中，尤其後
者，更赤裸地公開事件的真相。其後修《金史》者，大抵認為元氏的
〈內翰王公墓表〉及劉氏的〈錄崔立碑事〉，兩文記載崔立碑事件，都
各有可信，於是撰〈王若虛傳〉時，前半部內容抄錄元氏的〈內翰王
公墓表〉，後半部內容則採自劉祁的〈錄崔立碑事〉。由於崔立碑文的
作者問題，交待欠明確，引起後人爭論不已，有的謂元好問所作，有
的謂元好問有份參與撰作，有的謂劉祁所作，更有的謂難定誰人所
作。由於案情複雜，論者意見又多，若要瞭解事件真相，必須先作有
系統及詳盡的報導。

5　〔金〕劉祁：《歸潛志》（北京市：中華書局，1983 年），卷 12，〈錄崔立碑事〉，
　　頁 131。

6　〔金〕劉祁：《歸潛志》（北京市：中華書局，1983 年），卷 12，〈錄崔立碑事〉，
　　頁 133。

7　姚奠中編：《元好問全集》（太原市：山西人民出版社，1990 年），上冊，卷 8，七
　　言律詩：〈秋夜〉，頁 228。

8　姚奠中編：《元好問全集》（太原市：山西人民出版社，1990 年），下冊，卷 40，頁
　　98。

9　姚奠中編：《元好問全集》（太原市：山西人民出版社，1990 年），上冊，卷 19，頁
　　513。

二　崔立碑事件始末

（一）汴京危金哀宗出奔

　　天興元年（1233）初，蒙軍大舉南下，先後於三峰山、鈞州之戰，重挫金兵唯一的殘餘部隊。翌年正月，蒙大將速不台率大軍圍攻金首都汴城，金兵死守城近一年，彈盡糧絕，城內又瘟疫四起，糧食告急，死人無算，金廷危在旦夕，派人問計於樞密院院判白華，據《金史》〈白華傳〉說：

> 十二月朔，上遣近侍局提點曳刺粘古即白華所居，問事勢至於此，計將安出。華附奏：「今耕稼已廢，糧斛將盡，四外援兵皆不可指擬，車駕當出就兵，可留皇兄荊王使之監國，任其裁處。聖主既出，遣使告語北朝，我出非他處收整軍馬，止以軍卒擅誅唐慶，和議從此斷絕，京師今付之荊王，乞我一二州以老耳。如此則太后皇族可存，正如春秋紀季入齊為附庸之事，聖主亦得少寬矣。」[10]

　　白華知大勢已去，建議哀宗出走，保留性命，日後再圖謀打算，至於汴城則立荊王監國，並由太后、皇族向蒙古投降，以保存宗祀，這即仿效《春秋》所說的紀季入齊為附庸的做法。這個建議，原則上得到哀宗的接納，故此白華因此而被起用為「右司郎中」[11]。

---

10 〔元〕脫脫等撰：《金史》（北京市：中華書局，1975 年），卷 114，列傳第 52〈白華傳〉，頁 2510。

11 〔元〕脫脫等撰：《金史》（北京市：中華書局，1975 年），卷 114，列傳第 52〈白華傳〉，頁 2510。

　　哀宗以親自東征為藉口，離汴走歸德，護駕出京者有丞相塞不、平章白撒、右丞相完顏斡出、工部尚書權參知政事李蹊、樞密院院判白華等人，而鎮守汴城的有參政完顏奴申，樞密副使兼知開封府尹習捏阿不，汴京西面元帥崔立等。[12]

（二）二相主守召官民聚議

　　金哀宗離汴出走的計畫是以秘密方式進行，尤其是朝上主戰派更不能讓其知悉，就算位居執政地位的完顏奴申及習捏阿不也不例外，《金史》說：「歸德遣使迎兩宮，人情益不安，於是民間有立荊王監國以城歸順之議，而二相皆不知也。」[13]從下述《金史》所載元好問與二相的對話中，可知二相未知該降城圖存的計劃。據《金史》載：

> 好問曰：「自車駕出京今二十日許，又遣使迎兩宮。民間洶洶，皆謂國家欲棄京城，相公何以處之？」阿不曰：「吾二人惟有一死耳。」好問曰：「死不難，誠能安社稷、救生靈，死而可也。如其不然，徒欲一身飽五十紅納軍，亦謂之死耶。」阿不款語曰：「今日惟吾二人，何言不可。」好問乃曰：「聞中外人言，欲立二王監國，以全兩宮與皇族耳。」[14]

阿不自言「惟有一死」以殉國，而好問則主張死要有利於「安社稷，

---

12 〔金〕劉祁：《歸潛志》（北京市：中華書局，1983 年），卷 11，〈錄大梁事〉，頁 125-126。

13 〔元〕脫脫等撰：《金史》（北京市：中華書局，1975 年），卷 115，列傳第 53〈完顏奴申傳〉，頁 2525。

14 〔元〕脫脫等撰：《金史》（北京市：中華書局，1975 年），卷 115，列傳第 53〈完顏奴申傳〉，頁 2525。

救生靈」，反映出元好問如白華[15]一樣，以求存為上著，喻意主和保命。阿不雖然官位比好問高，但降城的計畫並不知情，需要向好問探聽國事的最新動向。元好問與院判白華交誼深厚，故知內幕消息，雖然如此，也不敢直說真話，只能託「聞中外人言」，得知「欲立二王監國，以全兩宮與皇族」的傳聞。這裡的「二王」，與白華獻計哀宗的「立荊王監國」多了一人，這人就是日後受崔立擁立的梁王從恪了。

金哀宗出走後，汴中無主，社會一片混亂，形勢危急，阿不召集官民會議，《金史》說：

> 即命召京城官民，明日皆聚省中，諭以事勢危急當如之何。有父老七人陳詞云云，二相命好問受其詞。白之奴申，顧曰：「亦為此事也。」且問副樞「此事謀議今幾日矣」？阿不屈指曰：「七日矣。」奴申曰：「歸德使未去，慎勿泄。」[16]

這「父老七人陳詞」的內容應是降城圖存，以「全兩宮及皇族」。由於哀宗投降的計畫，奴申不知內情，只知「死守」抗敵，故此有議者提出降城的意見，他馬上說：「歸德使未去，慎勿泄。」由於二相的死守政策，自然失去主降者的支持。

在這次都堂會議，劉祁與麻革也混進人群中。劉祁在《歸潛志》回憶說：

---

15 金哀宗於汴城危急之際，遣人問計於白華解救之道，豈料所託非人，終成大錯。白華字文舉，即元曲四大家白樸之父，是金廷的顯宦，惜晚節不保，於金亡之際，棄金仕宋，《金史》〈白華傳〉責他「從瑗歸宋，聲名掃地」。元好問與白華交誼深厚，並於國難之際，接受白華之託孤，白樸長大有詩謝好問說：「顧我真成喪家狗，賴君曾護落巢兒。」（見《天籟集》〈王文博序〉）

16 〔元〕脫脫等撰：《金史》（北京市：中華書局，1975 年），卷 115，列傳第 53〈完顏奴申傳〉，頁 2525。

廿有一日，忽聞執政召在京父老、士庶計事，詣都堂。余同麻
革潛眾中以聽。二執政主都堂簷外，楊居仁諸首領官從焉。省
掾元好問宣執政所下令告諭，且問諸父老便宜。完顏奴申拱立
無語，獨完顏習你阿勃（即完顏習捏阿不）反覆申論：「以國
家至此，無可奈何，凡有可行，當共議。」且繼以泣涕。諸耆
叟或陳說細微，不足採。余語麻革，將出而白前事。革言：「莫
若以奏記密陳。子歸草之，吾當共上也。」余以是退，將明日
同革獻書。[17]

在這次大會中，劉祁打算挺身而出表示意見，但麻革以環境未合而改
為「奏記密陳」的書面報告。

阿不召官民聚議當夜，崔立已有叛變跡象，據《歸潛志》說：

其夕，頗聞民間稱有一西南崔都尉，藥招撫者將起事，眾皆
曰：「事急矣，安得無人？」予既歸，夜草書，備論其事。遲
明，懷以詣省庭，且邀（麻）革往。自斷此事係完顏存滅，且
以救餘民，雖死亦無愧矣。[18]

故此，劉祁的密奏因崔立之變而告吹，但他「自斷此事係完顏氏存
滅、且以救餘民，雖死亦無愧矣。」[19]

---

17 〔金〕劉祁：《歸潛志》（北京市：中華書局，1983 年），卷 11，〈錄大梁事〉，頁
   127。
18 〔金〕劉祁：《歸潛志》（北京市：中華書局，1983 年），卷 11，〈錄大梁事〉，頁
   127。
19 〔元〕脫脫等撰：《金史》（北京市：中華書局，1975 年），卷 115，列傳第 53〈完
   顏奴申傳〉，頁 2525。

（三）崔立之變

都堂會議翌日，西面元帥崔立乘民情洶湧，人心惶惶之際，與其同黨宇尤魯長高、韓鐸、藥安國等舉兵作亂，並率領二百士兵撞破省門而入，拔劍指二相曰：「京城危困已極，二公（習捏阿不及完顏奴申）坐視百姓餓死，恬不為慮何也？」二相大駭曰：「汝輩有事，當如議之，何遽如是。」立麾其黨先殺阿不，次殺奴申[20]。崔立殺二相後，即諭百姓曰：「吾為二相閉門無謀，今殺之，為汝一城生靈請命。」眾皆稱快[21]。崔立又誅殺朝臣如御史大夫裴滿阿忽帶、諫議大夫左右司郎中烏古孫奴申、左副點檢完顏阿散、奉御忙哥、講議蒲察琦、戶部尚書完顏珠顆等。[22]

崔立起事，順利成功，劉祁說：「立舉事止三百人[23]，殺二執政。當時諸女直將帥四面握兵者甚多，皆束手聽命，無一人出而與抗者。」[24]脫脫《金史》也說：「崔立之變，曾不聞發一矢，束手於人。」[25]可見崔立起事前已獲得其他將帥支持。

---

20 〔元〕脫脫等撰：《金史》（北京市：中華書局，1975年），卷115，列傳第53〈完顏奴申傳〉，頁2526。

21 〔元〕脫脫等撰：《金史》（北京市：中華書局，1975年），卷115，列傳第53〈崔立傳〉，頁2527。

22 〔元〕脫脫等撰：《金史》（北京市：中華書局，1975年），卷115，列傳第53〈崔立傳〉，頁2527。

23 〔元〕脫脫等撰：《金史》（北京市：中華書局，1975年），卷115，列傳第53〈完顏奴申傳〉，載崔立起事「牽甲卒二百橫刀入省中」，劉祁則說「立舉事止三百人」，可見《金史》與《歸潛志》所載有差異。

24 〔金〕劉祁：《歸潛志》（北京市：中華書局，1983年），卷11，〈錄大梁事〉，頁128。

25 〔元〕脫脫等撰：《金史》（北京市：中華書局，1975年），卷115，列傳第53〈崔立傳〉，頁2530。

（四）崔立封臣群小議立碑

崔立殺二相後，在尚書省集百官商議立親王之事，並勒兵入宮見太后，傳令立衛王子從恪為梁王監國，自封為太師、軍馬都元帥、尚書令、左丞相、鄭王。崔立掌握汴城大權後，隨即開城投降，父事蒙帥速不台，並組織臨時政府，大封群臣，元好問以負時望，被封為左右司員外郎。[26]

崔立當權，一班攀龍附鳳之輩，唯恐趨炎附勢來之不及，爭相逢迎，據《金史》〈崔立傳〉說：「當時冒進之徒爭援劉齊故事以冀非分者，比肩接武。」[27]於是群小以崔立救一城有功，倡議立碑以記其功德，崔立碑文作者疑案遂因此而起。

三　劉祁對撰崔立碑文自辯

自從汴京失守後，劉祁攜眷繞道還家鄉大同憚源，途中艱苦備嘗，其集有載：「一旦時移世變，流離兵革中，生資蕩然，僮僕散盡。從行惟骨肉數口，舊書一囊。由銅壺過燕山，入武川，幾一載，始得還鄉里。」[28]

（一）劉築堂元賀詩

劉祁回鄉後，築歸潛堂隱居著述，元好問曾以其堂名為詩題，送詩祝賀他說：

---

26 〔清〕郭元釪輯：《全金詩》（臺北市：新興書局，1968 年），卷 65，頁 968。

27 〔元〕脫脫等撰：《金史》（北京市：中華書局，1975 年），卷 115，列傳第 53〈崔立傳〉，頁 2528。

28 〔金〕劉祁：《歸潛志》（北京市：中華書局，1983 年），卷 14，〈歸潛堂記〉，頁 172。

〈歸潛堂〉

南山老桂幾枝分，翰墨風流屬兩君。

共說人間好歆向，爭教茅屋著機雲。

備嘗險阻聊乘化，力戰紛華又策勳。

卻恐聲光埋不得，皇天久矣付斯文。[29]

上詩首四句乃讚揚之語，先後以蘭桂、劉歆劉向、陸機陸雲喻劉祁劉郁兄弟二人。但詩的第五句，則語帶不吉，第六句明顯是「贈興」之語，劉祁在崔立頌德碑上有所表現而獲封贈「特賜進士出身」的勳銜，這勳銜是叛臣崔立給他的，劉祁一直引以為恥，故此元好問於他退隱思過的時刻，贈詩如此，乃挖苦之語。詩中第七八句，乃讚賞之語。

(二)〈錄崔立碑事〉一文交待事件經過

劉祁大概用了三年[30]時間完成《歸潛志》。這部書的內容以回憶往事為主。書中卷十二附錄〈錄崔立碑事〉一文，內容如下：

1 立碑之議

崔立既變，以南京降，自負其有救一城生靈功，謂左司員外郎元裕之曰：「汝等何時立一石書吾反狀耶？」時立國柄入手，生殺在一言。省庭每日流血，上下震悚！諸在位者畏之，於是乎有立碑頌功德議。

2 撰碑議屬劉麻

---

29 〔清〕郭元釪輯：《全金詩》（臺北市：新興書局，1968 年），卷 65，頁 968。

30 《歸潛志》頁一，劉祁自序所載年代為「歲乙未」，即一二三五年，書成應於一二三八年前，因一二三八年，劉祁已應試做官，失去歸潛之義。故此，推斷劉祁用去三年時間撰寫此書。

數日，忽一省卒詣予家，齎尚書省禮房小帖子云：「首領官召
赴禮房」。予初愕然，自以布衣不預事，不知何謂，即往至
省，門外遇麻信之，予因語之。信之曰：「昨日見左司郎中張
信之言鄭王（崔立）碑事，屬我輩作，豈其然耶？」即同入省
禮房，省掾曹益甫引見首領官張信之、元裕之（元好問）二人
曰：「今鄭王以一身救百萬生靈，其功德誠可嘉。今在京官吏、
父老欲為立碑紀其事，眾議屬之二君，且已白鄭王矣，二君其
無讓。」予即辭曰：「祁輩布衣無職，此非所當為。況有翰林諸
公如王丈從之（王若虛）及裕之輩在，祁等不敢！」裕之曰：
「此事出於眾心，且吾曹生自王得之，為之何辭？君等無讓！」
予即曰：「吾當見王丈論之。」裕之曰：「王論亦如此矣。」予
即趨出，至學士院，見王丈，時修撰張子忠，應奉張元美亦在
焉。予因語其事，且曰：「此實諸公職，某輩何與焉？」王曰：
「此事議久矣，蓋以院中人為之，若尚書省檄學士院作，非出
於在京官吏、父老心，若自布衣中為之，乃眾欲也。且子未
仕，在布衣，今士民屬子，子為之亦不傷於義也。」余於是陰
悟諸公自以仕金顯達，欲避其名以嫁諸布衣。又念生平為文，
今而遇此患難，以是知揚子雲劇秦美新，其亦出於不得已耶！
因遜讓而別。

3 元挾劉麻赴省

連延數日，又被督促，知不能辭，即略為草定付裕之。一二日
後，一省卒來召云：「諸宰執召君。」余不得已，赴省。途中遇
元裕之騎馬索余，因劫以行，且拉麻信之俱往，初不言碑事，
止云省中召王學士諸公會飲。余亦陰揣其然。

4 王若虛元好問迫促劉祁撰碑文

既入，即引詣左參政幕中，見參政劉公謙甫舉杯屬吾二人曰：
「大王碑事，眾議煩公等，公等成之甚善！」余與信之俱遜讓
曰：「不敢！」已而，謙甫出，見王丈在焉，相與酬酢。酒數
行，日將入矣，余二人告歸。裕之曰：「省門已鎖，今夕既飲，
當留宿省中。」余輩無如之何，已而燭至，飲余，裕之倡曰：
「鄭王碑文，今夕可畢手也。」余曰：「有諸公在，諸公為之。」
王丈謂余曰：「此事鄭王已知眾人請太學生中名士作，子如堅
拒，使王（崔立）知諸生不肯作，是不許其以城降也，則銜之
刻骨，縉紳俱受禍矣！是子以一人而累眾也。且子有老祖母、
老母在堂，今一觸其鋒，禍及親族，何以為智？子熟思之！」
予唯以非職辭。久之，且曰：「予既為草定，不當諸君意，請
改命他人。」諸公不許，促迫甚。

5 銘文皆眾筆

予知其事無可奈何，則曰：「吾素不知館閣體，今夕諸公共議
之，如諸公避其名，但書某名在諸公後。」于是，裕之引紙落
筆草其事。王丈又曰：「此文姑使裕之作，以為君作又何妨？
且君集中不載亦可也。」予曰：「裕之作政宜，某復何言？」碑
文既成，以示王丈及余，信之欲相商評，王丈為定數字。

6 銘詞碑序元氏皆參與

其銘詞，則王丈、裕之、信之及余舊數言；其碑序全裕之筆
也。然其文止實敘事，亦無褒稱立言。時夜幾四鼓，裕之趣曹
益甫書之，裕之即於燭前焚其稿。遲明，予輩趨去。

7 劉祁獲賞賜

後數日，立（崔立）坐朝堂，諸執宰首領官共獻其文為壽，遂召余、信之等俱詣崔立第受官。余輩深懼見立，俄而，諸首領官齎告身（委狀）三通以出，付余輩曰：「特賜進士出身」，因為余輩賀。後聞求巨石不得，省門左舊有宋徽宗時甘露碑，有司取而磨之。工書人張君庸者求書。刻方畢，北兵入城縱剽，余輩狼狽而出，不知其竟能否立也？

8 碑文皆眾筆

嗟乎！諸公本畏立禍，不敢不成其言。已而又欲避其名，以賣布衣之士，余輩不幸有虛名，一旦為人之所劫，欲以死拒之，則發諸公嫁名之機，諸公必怒，怒而達崔立，禍不可測！則吾二親何以自存？吾之死，所謂自經于溝瀆而莫之知，且輕殺吾身以憂吾親，為大不孝矣！況身未祿仕，權義之輕重，親莫重焉！故余姑隱忍保身為二親計，且其文皆眾筆，非余全文，彼欲嫁名於余，余安得而辭也。今天下士議，往往知裕之所為，且有曹通甫詩，楊叔能詞在，亦不待余辯也。因書其首尾之詳，以誌少年之過。空山靜思，可發一笑！[31]

四　〈錄崔立碑事〉一文之分析

在上述引文中，劉祁公開揭露崔立碑作者問題的真相，把事件每一個環節都披露出來。在現存史料中，有關報導崔立碑作者的問題，

---

31 〔金〕劉祁：《歸潛志》（北京市：中華書局，1983 年），卷 11，〈錄崔立碑事〉，頁 131。

可以說是第一手資料。

（一）公開事實之原因

　　劉祁為什麼要公開事件的真相呢？主要是反擊元好問及王若虛在事件上陷他於不義。他痛恨元好問利用崔立的威勢及假借京官父老的意願，迫使他為崔立撰碑文，更不滿元好問運用手段，甚至「因劫以行」的暴力方式迫他去省中參加王若虛的酒會。這個酒會是一個有預謀的安排，由元王二人幕後策劃，目的是誘他撰寫碑文。在事件上，最令他失望的是王若虛，這位素來德高望重的長者，明知為崔立撰寫碑文是一件傷義的事，卻哄騙自己身屬布衣，撰文「亦不傷於義」，這種己所不欲而強施於人的不義行為，劉祁看在眼裡，處處提防。在他被誘至省中會飲之夜，王若虛用威嚇的態度告訴劉祁不撰碑文的後果，責他「以一人而累眾」，甚至禍及「老祖母」和「老母」。雖然這樣，劉祁始終不肯就範，只答應其「名在諸公後」，但當「裕之（元好問）引紙落筆草其事」之際，王若虛為了顧全元好問的名節，又再提出有害於他的要求，說「此文姑使裕之作，以為君作又何妨？君集中不載亦可也！」這種不合理要求，充份表現出他的奸邪行為。

（二）崔立碑文作者

　　至於崔立碑文的作者是誰？劉祁毫不隱瞞，承認初稿是他「略為草定」，但不獲接納。其原因是劉祁明知撰文的後果，會嚴重影響自己個人的名節，在極不願意的心情下動筆撰文，行文時又諸多顧忌及要保護自己，寫成的碑文自然不合王若虛等人的心意，正如劉祁說的「不合諸公意」，於是遂有「省中會飲」之夜的發生。那夜，劉祁雖被困於省中，但始終不肯再動筆，結果該文只好由元好問親撰，「信之（麻信之）欲商評，王丈（王若虛）為定數字，其銘詞，則王丈、裕

之、信之及余（劉祁）舊數言，其碑序全裕之筆也。」至於文中內容也是據實報導，「亦無褒立（崔立）言」，碑文完成後，「裕之趣曹益甫書之」，之後「即於燭前燒其稿」，顯示出元好問心虛，懼怕文稿字跡外泄，有損其名節。

在〈錄崔立碑事〉一文的結語中，劉祁總結其被脅迫撰文的理由及經過，並且說「其文皆眾筆，非余全文。」又說：「今天下士議，往往知裕之所為。」元好問在辯無可辯的環境下，惟有將撰文責任推給劉祁。劉祁不得不指出「彼欲嫁名於余，余安得而辭也。」

最後要一提的，崔立碑文稿完成後，由王若虛及元好問向上呈報，他們二人當然不敢具名邀功，報稱謂太學生劉祁所作。故此，事後劉祁獲「特賜進士出身」，而元、王二人因未具名呈報，故未獲新官銜。

五　元好問對撰崔立碑文自辯

元好問在崔立碑文作者的問題上，先後發表了〈秋夜詩〉、〈外家別業上梁文〉、〈內翰王公墓表〉三篇作品為自己辯誣，尤其是前二者，大吐冤情，可惜遣辭用字深晦，不易明白，茲將詩文依次引述如下：

（一）〈秋夜詩〉

> 九死餘生氣息存，蕭條門巷似荒村，
> 春雷謾說驚坯戶，皎日何曾入覆盆，
> 濟水有情添別淚，吳雲無夢寄歸魂，

百年世事兼身事，尊酒何人與世論。[32]

此詩為傷懷之作，詩中第三句謂自己雖如同蟄居之蟲，從泥土爬出來，回復了自由身，但第四句則說自己仍有覆盆之冤，無法伸雪。他的冤，除指撰崔立碑文事件外，也可能包括上書耶律楚材事件，詩語極其沉痛。

(二)〈外家別業上梁文〉

> ⋯⋯初，一軍構亂，群小歸功，劫太學之名流，文鄭人之逆節。命由威制，佞豈願為？就磨甘露御書之碑，細刻錦溪書叟之筆。蜀家降款，具存李昊之世修；趙王禪文，何豫陸機之手跡？《文選》：〈謝平原內史表〉伊誰受賞，於我嫁名？悼同聲同氣之閑，有無罪無辜之謗。耿孤懷之自信，聽眾口之合攻。果吮癰舐痔之自甘，雖竄海投山其何恨！惟彼證龜而作鱉，始於養虺以成蛇。追韓之騎甫還，射羿之弓隨彀。予北渡之初。獻書中令君。請以一寺觀所費，養天下名士。造謗者二三，亦書中敘舉之類也。以流言之自止，知神理之可憑。[33]

元好問的〈外家別業上梁文〉，這一篇文字，詞意隱晦，絕口不提崔立碑文事件的原因、經過，與及未曾就劉祁的〈錄崔立碑事〉一文，作出全面回應及舉出有力證據為己洗冤，反而在遣責對方，申訴自己受辱方面用了相當多的筆墨。文分五段，上段文字是文章的第四

---

32 姚奠中編：《元好問全集》（太原市：山西人民出版社，1990 年），上冊，卷 8，頁 228。

33 姚奠中編：《元好問全集》（太原市：山西人民出版社，1990 年），下冊，卷 40，頁 98。

段，也是文章的重心所在。文中的「劫太學之名流，文鄭人之逆節」
句，是指劉祁在威迫下為崔立撰寫碑文。元好問不作點名道姓之舉，
可能怕開罪劉祁。元好問曾有詩說過「阿京吾所畏」[34]，劉祁，字京
叔，阿京是指劉祁。劉祁可能是一個性梗直，不能夠開罪的人，所以
元好問對他小心翼翼，不敢冒犯。在「省中會飲」之夜，元好問」已
領得教訓，瞭解到劉祁確是一個不易順從的太學生。當日，王若虛等
人早有佈局，誘騙劉祁至省中會飲，並有意耽誤時間，使劉祁錯過出
省門的時間，迫得要留宿省中。那夜，王若虛連番向劉祁施加壓力，
並語出哄騙威嚇，迫令劉祁重作碑文，但劉祁始終不為所動，拒絕再
動筆。最後由元好問「引紙落筆」。

　　事後，劉祁極為憤慨，嘗撰〈錄崔立碑事〉一文，以當事人身份
公開撰碑文事件的始末經過，令到元好問無話可說，忍受「聽眾口之
合攻」[35]的批評。況且金已亡，二人同為亡國人，彼此地位對等，如果
元好問撰文點名批評劉祁的話，劉祁亦必會撰文反駁，事情就弄得更
糟更大，後果對他更為不利。他自知理虧，又有前車可鑑的教訓，故
不敢明言劉祁是撰崔立碑文的作者。元好問為了向友好交待自己的人
格，但又不便把實情和盤托出，只好隱晦其詞，轉移讀者的目光，偏
向於申訴及責備的方面去，以博取友好的同情。

　　元好問在〈上梁文〉中指出，撰碑文的作者是在「命由威制」的
勢力壓迫下撰文，但仍然不肯出賣良心，「不作佞語」，「佞語」是巧
言諂語，這跟劉祁在〈錄崔立碑事〉中說元好問撰碑文「止實敘事，

34 姚奠中編：《元好問全集》（太原市：山西人民出版社，1990 年），上冊，卷 1，〈贈
　　答劉御史雲卿四首〉之二，頁 15。
35 姚奠中編：《元好問全集》（太原市：山西人民出版社，1990 年），下冊，卷 40，頁
　　98。

亦無褒稱立言」[36]的意義同。依此看來，元劉二人都承認碑文是據實報導。

　　元好問又強調崔立碑文好像降款文一樣，屬於失節文人的作品。但他說的「趙王禪文，何預陸機之手跡？」兩句話，卻不自覺洩露了崔立碑文作者是他自己。所謂禪文，是一種歌功頌德的文字。元好問以陸機自比，而陸機在西晉八王之亂時，極力否認曾為趙王倫撰寫禪文，建議其新主成都王司馬穎可以核驗禪文筆跡與自己無關[37]。劉祁在〈錄崔立碑事〉中，說元好問「引紙落筆」撰寫碑文後，並於「燭前焚其稿」以免留有物證，那麼，元好問說「趙王禪文，何預陸機之手跡？」這兩句話，好像不打自招洩露了自己是撰碑文的作者。

　　元好問以「伊誰受賞」為理由去指證劉祁於寫完碑文後，獲崔立頒賜「特賜進士出身」。其實劉祁之所以獲封官，主要原因是王若虛自始至終把撰文之責推於劉祁身上。王若虛曾對劉祁說：「此文姑使裕之作，以為君作又何妨？君集中不載亦可也。」碑文寫成後，呈報手續由王元二人辦理，他們可向崔立呈報碑文作者是劉祁等人。劉祁面對王元二位「仕金顯貴」的官員，當然任其擺佈，無法拒絕。

　　在〈外家別業上梁文〉中，元好問又指摘劉祁不顧「同聲同氣」之情，嫁名於他，累他蒙受「無罪無辜之謗」，並且發出毒誓，若有做過「吮癰舐痔」的諂媚行為，就會遭受「竄海投山」的懲罰，最後責劉祁「證龜而作鱉」，意即指鹿為馬，又怪自己「養虺以成蛇」，意即養虎為患，悔恨自己於汴京陷前，在上書蒙相耶律楚材推薦人才的信中，有劉祁的名字。所以後悔說「追韓之騎甫還」，又憤劉祁恩將仇

---

36 〔金〕劉祁：《歸潛志》（北京市：中華書局，1983 年），卷 12，〈錄崔立碑事〉，頁 133。

37 〔唐〕李善：《文選注》（臺北市：世界書局，1962 年），陸士衡：〈謝平原內史表〉，頁 521。

報，故說「射羿之弓隨觳」。

元好問撰此文又說自己有歸隱之志，期盼在「菊花兩岸，松聲一丘」的地方，過著平淡的日子終老，「使鄉里稱善人」便心滿意足了。話雖如此，他始終不忘記朝上某些當官的人，正「扶搖直上，擊水三千，韋社城南，去天五尺，坐廟堂，佐天子，蓋有命焉。」[38]流露出口隱而心不隱，仍有功名之念的心態。他甚至趁此篇〈上梁文〉表達自己與東諸侯嚴實的關係，所謂東諸侯，實即軍閥，並且感謝「東諸侯助竹木之養」的恩惠。考嚴實《元史》有傳，原係金將，率三十萬戶降蒙古，受任為金紫光祿大夫，行尚書省事[39]。後授東平路行軍萬戶[40]。元好問竟然「客公（嚴實）幕下久」[41]而不知避忌，還接受嚴實的「竹木之養」，可想而知，元好問對於名節的要求並不那麼高。

（三）〈內翰王公墓表〉

元好問曾為王若虛撰墓表，表中有提及為崔立立碑事的經過，茲引述如下：

> 天興初，冬十二月，車駕東狩，明年春正月，京城西面元帥崔立劫殺宰相，送款行營，群小獻諂，請為立建功德碑，以都堂命，召公為之，喋血之際，翟奕輩恃勢作威，頤指如意，人或

---

38 姚奠中編：《元好問全集》（太原市：山西人民出版社，1990 年），下冊，卷 40，頁 98。

39 〔明〕宋濂：《元史》（臺北市：鼎文書局，1979 年），卷 148，列傳第 35〈嚴實傳〉，頁 3505。

40 〔明〕宋濂：《元史》（臺北市：鼎文書局，1979 年），卷 148，列傳第 35〈嚴實傳〉，頁 3506。

41 姚奠中編：《元好問全集》（太原市：山西人民出版社，1990 年），上冊，卷 26，〈東平行臺嚴公祠堂碑銘有序〉，頁 621。

小忤，則橫遭讒構，立見屠滅。公自分必死，私謂好問言：「今
召我作碑，不從則死，作之則名節掃地，貽笑將來，不若死之
為愈也。雖然，我姑以理喻之。」乃謂奕葷言：「丞相功德碑，
當指何事為言？」奕葷怒曰：「丞相以京城降，城中人百萬，
皆有生路，非功德乎？」公又言：「學士代王言，功德碑謂之
代王言可乎？且丞相以城降，則朝官皆出丞相之門，自古豈有
門下人為主帥頌功德，而為後人所信者？」問答之次，辭情閒
暇，奕葷不能奪，竟脅太學生託以京城父老意為之，公之執義
不回者，蓋如此。[42]

在墓表中，有關崔立碑事件的問題上，元好問把所有一切的謬輚
都推在王若虛身上，絕口不提自己扮演的角色，更把自己置身於碑文
事件之外，實在令人難以置信。在死無對證的情況下，若不是劉祁有
錄崔立碑事一文面世，否則這宗無頭公案便永沉大海。

元好問在墓表中，承認王若虛是最先應崔立黨羽翟奕要求撰寫崔
立碑文，故說「以都堂命召公為之」。王若虛「不從則死，作之則名節
掃地」，在推無可推的情況下，建議由太學生撰文比朝官更為適合，
翟奕亦覺得有理，於是同意此建議，並由王若虛領命執行，於是發生
了日後一連串的事情，詳載於劉祁《歸潛志》卷十二〈錄崔立碑事〉
一文中。假使王若虛沒有另行推舉撰文作者，相信翟奕亦不會罷休，
結果劉祁遂成為代罪羔羊。

---

42 姚奠中編：《元好問全集》（太原市：山西人民出版社，1990 年），上冊，卷 19，〈內
翰王公墓表〉，頁 513。

六　清人論碑文作者孰劉祁議

清代學者翁方綱、凌廷堪均認為崔立碑文的作者是劉祁,與元好問無關,茲將他們的意見分析如下:

(一)翁說

清人翁方綱於所輯《元遺山先生年譜》中,論及崔立碑之作者云:

> 其曰今天下士議,往往知裕之所為者,則即遺山上梁文所云於我嫁名者也,其曰止實敘事,無褒稱立之言者,則後來據以入史,即今《金史》王若虛傳所本也,撰《金史》者於若虛一傳,前半則依好問之文,後半則依劉祁之文,是參錯致疑也,其曰銘詞則王丈、裕之、信之及存余舊數言,其碑序全裕之筆,是固以滹南(王若虛)、遺山同入事中矣,而論史家於王則稱之,於元則有微詞,何哉?且遺山〈上梁文〉一則曰同聲同氣之間,有無罪無辜之謗,再則曰,造謗二三,亦書中枚舉之類,是其詞微而隱,未嘗明指劉祁也,而祁《歸潛志》則若惟恐世之不知此事有遺山者,以是二者較之,孰為嫁名,後世學人必有公論矣,況郝經詩兄弟之言,已自曉然,林希之稱,或為廋語,而其言極口吠堯,則必郝目見此文,安得謂之止實敘事而已,郝之詩,憤此碑也,非止辨此碑也,如是而其出遺山與否,固不待更考矣[43]。

---

43 〔清〕吳重憙輯:《遺山先生年譜(翁輯)》,收入《九金人集》(臺北市:成文出版社,1967 年),頁 1064。

翁方綱說元好問在〈上梁文〉中，「未嘗明指劉祁也，而祁《歸潛志》則若惟恐世之不知此事有遺山者，以是二者較之孰為嫁名，後世學人，必有公論矣。」個人認為，劉祁憤元好問等人以威迫恐嚇手段迫他撰碑文，故此他心有不甘，於事後撰錄崔立碑事一文，把事件有關的人物、地點、時間及各細節詳細公開，甚合情理，相反元好問心中有難言之語，欲辯又不能辯，故此，其「詞微而隱」，文勝於質。

郝經（1223-1275）為元好問入室弟子，嘗作〈辨磨甘露碑詩〉，目的是平息時人議論崔立碑文的作者問題。翁方綱說「郝之詩，憤此碑也」，然此碑亦未面世，內容如何，無人知曉。翁方綱曾說「郝詩云且莫獨罪，尚是渾淪之詞耳」[44]，其論恐未客觀，乃坦護之言。

（二）凌說

清人凌廷堪所撰的〈元好問年譜〉記載崔立碑事件云：

> 崔立功德碑事，為先生生平一大疑案，今反覆詳考，知其為劉京叔（劉祁）所撰無疑也，他不具論，《歸潛志》乃京叔自著之書，載撰文始末甚詳，其語皆游移無定，蓋有愧於中，而不覺其詞之遁也。試即其所記而論之：其曰，以是知揚子雲劇秦美新出於不得已，是以揚雄自解其撰文之慚也。其曰欲以死拒，則吾二親何以自存，是以二親自釋其撰文之罪也。其曰知不能辭，即略為草定，則已自承不諱矣，乃云其文皆眾筆，其誰信之？其曰齎告身三通付余筆，則已受賞不辭矣，乃云諸公欲嫁名，又誰信之。既以碑序誣先生矣，而曰銘辭存余舊數

---

44 〔清〕吳重憙輯：《遺山先生年譜（翁輯）》，收入《九金人集》（臺北市：成文出版社，1967 年），頁 1061。

語，則天良蓋不容盡泯焉。既以起草屬先生矣，而曰書某名在
諸公後，則真情或有時一露焉，其曰並無褒稱崔立之言，夫謏
詞非出己手，何煩代為抹減乎，況淩川集有林希極口吠堯之語
為明徵也。其曰王丈為定數字，夫惡名已有所歸，何事過為株
連乎，況《金史》有王若虛以死自誓之文為左驗也，良由當時
迫於威勢，事後物論不容，欲辭其名，難昧其實，聊為此以分
己之謗耳，易傳曰：「誣善之人，其辭游，失其守者，其辭屈。」
其京叔之謂歟[45]。

　　淩氏批評劉祁的〈錄崔立碑事〉一文，「其語皆游移無定，蓋有
愧於中，而不覺其詞之遁也。」此為空泛之說，並不具體。劉祁並不
諱言，承認碑文初稿是他「略為草定付裕之」[46]，已交待清楚他對碑文
的負責。淩氏又說劉祁「事後物論不容，欲辭其名，難昧其實，聊為
此以分己之謗耳」。此論也不確，劉祁自始至終都承認參與其事，他
所憤者，是王若虛等人用手段迫他參與撰文，及不滿元好問一直想把
撰文的事置身事外，由他去承擔責任。碑文寫成後，有一個不排除的
可能，元王二人持碑文向上呈報謂劉祁及麻信之所作，結果事實證
明，劉麻二人於事後獲「特賜進士出身」，而王元二人竟無賞賜，顯然
是王元二人不敢居功，嫁名於他，益增劉祁憤恨元王二人。
　　淩氏引用《易經》說話「其辭游」、「其辭屈」來責備劉祁的〈錄
崔立碑事〉一文，似覺與事實不符，若以此兩句話來轉去批評元好問
的〈上梁文〉，則頗為恰當。

45　〔清〕吳重憙輯：《遺山先生年譜（翁輯）》，收入《九金人集》（臺北市：成文出
　　版社，1967 年），頁 1035。

46　〔金〕劉祁：《歸潛志》（北京市：中華書局，1983 年），卷 12，〈錄崔立碑事〉，
　　頁 132。

凌氏又說：「京叔屬草，已足塞立之請，何取更為之耶？」[47]此論也不確。劉祁明白崔立碑文乃一失節文章，他在無可奈何的情況下，撰寫初稿，本來應沒有甚麼的困難。問題是他畢竟屬太學生身份，朝上的國家大事，所知有限，只能就所知而「止敘實，無褒立言」，又在某些內容上交待欠明確亦未可預料。而負責跟進其事的元好問及王若虛當然不感滿意，要他重寫，故劉祁斷然拒絕。

凌氏雖說：「郝經作〈辨磨甘露碑詩〉，始為之力白其誣」[48]，但郝經也同意元好問要對崔立碑文事件負責，故此說：「且莫獨罪元遺山。」

近人繆鉞先生評翁凌二家之說有以下的意見：

> 翁凌二家，極力為先生出脫，而斷定撰碑者為劉祁，固出於愛護先賢之美意。然若謂此事與先生毫無關涉，似亦未得其平。趙（翼）畢（沅）兩家所論，頗合於當時情事，蓋先生及劉祁為名所累，被迫撰文，皆出於至不得已。後人惟應諒其心，矜其遇，不必深加呵責，亦不必巧為辯護。[49]

繆氏所言，亦對元好問寄予同情的態度，故「諒其心，矜其遇，不必深加呵責」云。

---

47 〔清〕吳重憙輯：《遺山先生年譜（翁輯）》，收入《九金人集》（臺北市：成文出版社，1967 年），頁 1042。

48 〔清〕吳重憙輯：《遺山先生年譜（翁輯）》，收入《九金人集》（臺北市：成文出版社，1967 年）頁 1040。

49 姚奠中編：《元好問全集》（太原市：山西人民出版社，1990 年），下冊，附錄 10，卷 59，〈繆輯元好問年譜〉，頁 680。

七　清人論碑文作者孰元好問議

清代亦有三位學者認為元好問應對崔立碑文事件負責。這三位學者分別是施國祁、李慈銘,及全祖望。茲將他們的意見分述如下:

(一)施說

施國祁撰《元遺山年譜》云:

> 嗚呼,先生此時,俯仰隨人,不能奮身一決,遂至汙偽職,納降款,剃髮改巾,甚而碑序功德。幸門一開,他日臨川東澗輩得以藉口,而先生究非其倫也。此生不辰,尚何言哉?名職之累人,不敢為先生諱。[50]

施國祁一生服膺元好問的文學成就,譽他為「詩文大家,傑出金季,為一代後勁,上接杜、韓,中揖歐、蘇,下開虞、宋,其精光浩氣,有決不可滅者,是以歷朝傳刻不絕。」[51]但談到崔立碑文一事,他對好問的遭遇,深表同情,也「不敢為先生諱」。可見施國祁的論史態度是對事不對人。

(二)李說

李慈銘《越縵堂讀書記》論《遺山集》云:

---

50 〔清〕施國祁:《新校元遺山箋注》(臺北市:世界書局,1964 年),上冊,〈年譜〉,頁 51。

51 〔清〕施國祁:《新校元遺山箋注》(臺北市:世界書局,1964 年),上冊,〈序例〉,頁 21。

然崔立功德碑一事，遺山終不能辭咎，《歸潛志》所敘情事，曲
折甚明，凌氏必欲歸獄京叔（劉祁），力詆其誣，則可不必耳。[52]

劉祁在《歸潛志》寫的〈錄崔立碑事〉一文，詞句明白易曉，敘事詳
細，各項細節都能交待清楚，足證凌廷堪為元好問辯誣之非。李氏說
「《歸潛志》所敘情事，曲折甚明」，與事情相符。

（三）全說

全祖望《鮚埼亭集外編》云：

遺山之於金，雖有為崔立撰碑之累，事由劫脅，要其志節不可盡
歿也。其力求修《金史》、亦思以效忠於金、卒被阻而罷。然
其惓惓亦至矣。唯是遺山以求修史之故，不能不委蛇於元之貴
臣、讀其碑版文字，有為諸佐命作者，至加先太師、先相、先
東平之稱，以故國之逸民，而致稱於新朝之佐命者如此，則未
免降且辱也。遺山又致書耶律中令，薦上故國之臣四十餘人[53]勸
其引進，是非可以已而不已者耶。願言呼諸子、相從潁水濱，
昔人風節尚哉。要之遺山祇成為文章之士、後世之蒙面異姓、
而託於國史以自脫者，皆此等階之屬也。嗚呼！宗社亡矣，寧
為聖予所南之介，不可為遺山之通，豈予之過為責備哉。[54]

---

52 〔清〕李慈銘：《越縵堂讀書記》（臺北市：世界書局，1961 年），「元遺山集」條，
頁 657。

53 據《元好問全集》下冊，卷 39，〈癸巳寄中書耶律公書〉，元好問是推薦五十四人，
並非全祖望說的四十餘人。

54 〔清〕全祖望：《鮚埼亭外編》，收入《四部叢刊正編》（臺北市：臺灣商務印書館，
1979 年），卷 31，〈跋遺山集〉，頁 132。

全祖望猛烈地抨擊元好問自毀名節，斥他「降且辱」，又譏諷他「祇成為文章之士」。此外，「志」與「節」不可混為一談，元好問在文學及歷史上的貢獻可以說是「志」的表現，但為叛將崔立撰功德碑則是「節」的表現，其功與過是不可互相對消的。

八　碑文出眾手議

劉祁是崔立碑文事件的當事人，承認碑文初稿是他自己「略為草定付裕之」[55]，又說元好問不滿意其稿，於是好問「引紙落筆草其事，……碑文既成，以示王丈（若虛）及余（劉祁）。麻信之欲相商評，王丈為定數字，其銘詞則王丈、裕之、信之及存予舊數言。其碑序全裕之筆也。」[56]如此看來，崔立碑文並非一人之作。有些學者如郝經、郭元釪、畢沅、趙翼、和陳衍也同意此說，茲分述如下：

（一）郝說

郝經〈辨磨甘露碑詩〉云：

> 國賊反城以為功，萬段不足仍推崇。勒文頌德召學士，灄南先生付一死。林希更不顧名節，兄為起草弟親刻。省前便磨甘露碑，書丹即用宰相血。百年涵養一塗地，父老來看闇流涕。數樽黃封幾斛米，賣卻家聲都不計。盜據中原責金源，吠堯極口

---

55 〔金〕劉祁：《歸潛志》（北京市：中華書局，1983 年），卷 12，〈錄崔立碑事〉，頁 132。
56 〔金〕劉祁：《歸潛志》（北京市：中華書局，1983 年），卷 12，〈錄崔立碑事〉，頁 133。

無靦顏。作詩為告曹聽翁，且莫獨罪元遺山。[57]

郝經作此詩目的為平息當日有關崔立碑作者問題的紛陳意見，他強烈表示崔立碑文，乃眾人之筆，不能獨罪於元好問，其結句「且莫獨罪元遺山」，最為中肯，亦為人接受。

（二）郭說

清人郭元釪在《全金詩》中，曾就崔立碑文事件的主要四種原始史料，即〈秋夜詩〉、〈上梁文〉、〈內翰王公墓表〉、〈辨磨甘露碑詩〉作出逐句詳細解釋。他也同意崔立碑文非一人之作。在解說〈秋夜詩〉中，他表示「則當時碑文皆以為裕之所作，其不免於物議可知」[58]；在解說〈辨磨甘露碑詩〉中，他說：

> 作詩為告曹聽翁，且莫獨罪元遺山，則所以為裕之訟冤者雖切，然亦未嘗謂不與其事者，蓋裕之自尚書省掾擢左右司員外郎，實為崔立所署，其受謗亦未為無因也。[59]

由於元好問「未嘗謂不與其事」，換句話說，可知崔立碑文非一人之作。不過，郭元釪在解說〈上梁文〉中，他則表示「似乎當時碑文仍出劉京叔手」[60]；在解說〈王翰王公墓表〉中，他亦持相同的見解說：

---

57 姚奠中編：《元好問全集》（太原市：山西人民出版社，1990 年），下冊，卷 51，〈附錄二〉，頁 439。

58 〔清〕郭元釪輯：《全金詩》（臺北市：新興書局，1968 年），卷 65，頁 963。

59 〔清〕郭元釪輯：《全金詩》（臺北市：新興書局，1968 年），卷 65，頁 968。

60 〔清〕郭元釪輯：《全金詩》（臺北市：新興書局，1968 年），卷 65，頁 965。

「則碑文之出於劉京叔手可知」[61]。於此可見，郭氏對於碑文的作者問題，亦未確定是誰。

（三）畢說

畢沅《續資治通鑑》云：

> 當日變起倉卒，好問諸人不能潔身遠去，巽詞免禍，均有不得辭其咎者，事過之後，互相推諉，恐皆未得其平允也，郝經陵川集，有甘露碑詩云：勒文誦德召學士，濟南先生付一死，林希更不顧名節，兄為起草弟親刻，作詩為告曹聽翁，且莫獨罪元遺山，此持平之論也。[62]

畢氏認為「好問諸人不能潔身遠去」，「事過之後，互相推諉」責任，可見崔立碑文非一人之作。他亦同意郝經詩的「且莫獨罪元遺山」之見，余亦云然。

（四）趙說

趙翼《甌北詩話》云：「遺山以崔立功德碑一事，大不理於眾口」[63]。《詩話》又說：「祁不得已，為草定以示好問。好問未愜。乃自為之，然止直敘，其事而已。據此則碑文係祁所作，好問改正。」[64]可見元好問和劉祁均有份參與撰作碑文。不僅這樣，劉祁之弟也有份

---

61 〔清〕郭元釪輯：《全金詩》（臺北市：新興書局，1968年），卷65，頁967。

62 〔清〕畢沅：《續資治通鑑》（臺北市：世界書局，2010年），卷166，〈考異〉，頁4537。

63 〔清〕趙翼：《甌北詩話》（臺北市：廣文書局，1971年），卷8，頁4。

64 〔清〕趙翼：《甌北詩話》（臺北市：廣文書局，1971年），卷8，頁4。

參與撰作碑文。他說：「郝詩所云林希兄弟，是此碑必有兄弟二人共為之者。……則郝詩所云林希兄弟必指祁郁而言。」[65]趙翼《廿二史劄記》載「朝臣欲為樹碑紀功，以屬祁，祁屬草後，好問又加點竄」[66]，據此，趙氏亦同意崔立碑文非一人之作。

（五）陳說

近人陳衍於《金詩紀事》云：

> 按甘露碑文，必遺山推諉，劉京叔、麻信之起草，而為之刪定者。郝伯常為遺山門人，但曰且莫獨罪，可見非遺山一人所為，而固未嘗不與其事，此一語可據以定讞矣。上梁文之命由威制，佞豈願為，非自吮癰舐痔等語，明係自辯其出於強逼耳。不然受賞彀弓，遺山於京叔信之，詆之已不餘力，此威制數語，豈反為二人訟冤乎？《金史》謂若虛亦共刪定，自不足信。其謂遺山不愜祁等所作，乃自為之者，亦太過之言也。[67]

陳氏亦指出崔立碑文「非遺山一人所為，而固未嘗不與其事，此一語可據以定讞矣」，持論客觀，有關爭議可作結。

九 《金史》王若虛傳的取材

崔立碑作者問題爭拗的導火線，源自《金史》〈王若虛傳〉，為了

---

65 〔清〕趙翼：《甌北詩話》（臺北市：廣文書局，1971 年），卷 8，頁 5。

66 〔清〕趙翼：《二十二史劄記》（臺北市：世界書局，2001 年），「金史」條，頁373。

67 〔清〕陳衍：《金詩紀事》（上海市：上海商務印書局，1926 年），卷 9，頁 10。

進一步瞭解事情的真相，茲將該文摘錄如下：

> 天興元年，哀宗走歸德。明春崔立變，群小附和，請為建立功
> 德碑。翟奕以尚書省令，召若虛為文。時奕輩恃勢作威，人或
> 少忤，則讒構立見屠滅。若虛自分必死，私謂左右司員外郎元
> 好問曰：「今召我作碑，不從則死；作之則名節掃地，不若死
> 之為愈。雖然，我姑以理喻之。」及謂奕輩曰：「丞相功德碑，
> 當指何事而言？」奕輩怒曰：「丞相以京城降，活生靈百萬，
> 非功德乎？」曰：「學士代王言，功德碑謂之代王言可乎？且
> 丞相既以城降，則朝官皆出丞相之門，自古豈有門下人為主帥
> 誦功德，而可信乎後世哉？」奕輩不能奪。
> 乃召太學生劉祁、麻革輩赴省；好問、張信之喻以立碑事曰：
> 「眾議屬二君，且已白鄭王矣，二君其無讓！」祁等固辭而別。
> 數日促迫不已，祁即為草定，以付好問。好問意未愜，乃自為
> 之。既成以示若虛，乃共刪定數字，然只敘其事而已。後兵入
> 城，不果立也。[68]

　　文中由「天興元年」至「奕輩不能奪」這前半部，是抄錄自元好
問的〈內翰王公墓表〉；文中下半部由「乃召太學生劉祁」至「不果立
也」則載自劉祁《歸潛志》的〈錄崔立碑事〉。為什麼修撰《金史》者
撰王若虛傳時，既然取材於元好問的〈內翰王公墓表〉，但又怎會取材
於劉祁《歸潛志》的〈錄崔立碑事〉呢？考《金史》完成於一三四四

---

68 〔元〕脫脫等撰：《金史》（北京市：中華書局，1975 年），卷 126，列傳第 64〈王
　　若虛傳〉，頁 2738。

年[69]，剛好是金亡後一百年，趙翼對於修撰《金史》者的工作態度評價
很高。他說「修史諸人，臨文不苟，非全恃鈔者也」[70]。但修撰《金史》
者，在王若虛傳的取材方面，鑑於元好問為金代著名文學家，也是朝
官，其詩文為世推崇，而劉祁的文名亦很高，且做過元朝的官，在取
材敍述崔立碑一事時，認為元劉二人作品都各有可信的條件。由於元
好問在〈內翰王公墓表〉中，竟把自己置身於崔立碑事件之外，最惹
人懷疑其文的真實性，何況有郝經〈辨磨甘露碑詩〉為證。故此，修
《金史》者顧及劉祁《歸潛志》方面居多，於是《金史》〈王若虛傳〉
的史料前半部取自元文，後半部則取自劉文。結果遂掀起崔立碑文作
者問題的爭議了。

　　王若虛是元好問的師長輩，元對王的景仰及尊重是相當高的，這
可從元的作品讀到。但他卻在〈內翰王公墓表〉中，先把撰碑文的責
任推到師長身上，然後再為之化解而推到劉祁身上，而自己卻仍舊置
身事外，若果沒有劉祁的《歸潛志》及郝經〈辨磨甘露碑詩〉面世，
劉祁就會蒙上不白之冤了。〈內翰王公墓表〉屬碑記文章，內容上是歌
功頌德，隱惡揚善，為死者諱之類的文章；而《歸潛志》是一本回憶
錄，主要以紀實為主。故此，劉祁《歸潛志》的可信程度較高。

十　結論

　　有關崔立碑文的作者問題，清人頗多爭議，翁方綱、凌廷堪二位
說碑文為劉祁所作，與元好問無關，不過翁凌二家的解釋，頗為主

---

69 《金史》完成於一三四四年，見《金史》第 1 冊中〈出版說明〉，頁 1。
70 〔清〕趙翼：《二十二史劄記》（臺北市：世界書局，2001 年），「金史」條，頁
　　373。

觀，未足令人信服。施國祁、全祖望、李慈銘三位之評論，意見同出一轍，都說碑文是元好問所作，但理由尚待補充。郝經、郭元釪、趙翼、陳衍諸位都說碑文是元好問有份參與其事，其立論皆以郝經的「且莫獨罪元遺山」一語為支柱。郝經雖是元好問弟子，但在童年時代，「已獲拜先生（劉祁）於館舍」[71]。劉祁死後，郝經也曾為劉祁撰寫哀辭[72]。可見郝經與劉祁的關係是不錯的。元好問與劉祁的恩怨，相信郝經是最清楚的，也在心中有數。故此他的〈辨磨甘露碑詩〉斷不會無的放矢，必然有他的根據。換句話說，即碑文出自眾手之說較合理。

——此文為修訂稿，原載於筆者《元好問之名節研究》

一書內（臺北市：天工書局，1997 年）。

---

71 〔金〕劉祁：《歸潛志》（北京市：中華書局，1983 年），卷 14，郝經撰〈渾源劉先生哀辭並序〉，頁 183。

72 〔金〕劉祁：《歸潛志》（北京市：中華書局，1983 年），卷 14，郝經：〈渾源劉先生哀辭並序〉，頁 183。

王若虛《滹南詩話》之詩文論及對歐蘇黃之評議

一　前言

　　王若虛（1174-1243）生於金元易代之際，是著名的文學批評家，其文學批評成就早有定論。元好問在《中州集》說：「從之沒，經學、史學、文章、人物，公論遂絕。」[1]元初文學家李冶在《滹南遺老先生集》〈序〉中指出：「今百餘年，鴻生碩儒，前後踵相接。考其撰著，訇磕彪炳，今文古文，無代無之，唯於議論之學，殆為闕如，惟滹南先生學博而要，才大而雅，識明而遠。所謂雖無文王，猶興者也。」[2]在清代，王若虛的歷史評價亦很高，《四庫全書總目提要》載他「頗足破宋人之拘攣……統觀全集，偏駁之處誠有，然金元之間學有根柢者，實無人出若虛右」[3]。王若虛雖擅長論辨，但「偏駁之處誠有」，則是事實。

　　王若虛針對當日盛行的尚尖新、尚奇險、尚次韻、無真情、無真意，以雕琢堆砌為能事的文風，提出以意為主、巧拙相濟、文無定

1　姚奠中編：《元好問全集》（太原市：山西古籍出版社，2004年），下冊，卷41，《中州集》，〈王內翰若虛小傳〉，頁881。

2　吳重熹輯：《九金人集》（臺北市：成文出版社，1967年），第1冊，《滹南王先生文集》，〈李冶滹南王先生文集引〉，頁340。

3　吳重熹輯：《九金人集》（臺北市：成文出版社，1967年），第1冊，《滹南王先生文集》卷首提要，頁335。

體、平易自然及反對次韻等論文主張。他精研文法修辭，雖稱頌歐陽
修及蘇軾的文學成就，但亦具體地指出他們兩人的文章在修辭上都有
失誤之處，更猛烈抨擊黃庭堅（山谷）及江西詩派，譴責他們所謂「點
鐵成金」及「奪胎換骨」的創作技巧，美其名變故作新，實質形同剽
竊。

二　王若虛生平概述

王若虛，金末著名文學批評家，字從之，號慵夫，又號滹南遺
老，藁城（今屬河北）人，幼穎悟，「少日師其舅及劉正甫，得其議論
為多，博學強記，誦古詩至萬餘首，他文稱是，善持論」[4]。承安二年
（1197），王若虛登第，為經義進士，「調鄜州錄事，歷管城門山二縣
令，皆有惠政，秩滿，老幼攀送，數日乃得行」[5]，其後，幾度擢升，
官至延州刺史，入為直學士。金末，哀宗棄城出走歸德，守城大將崔
立作亂，王若虛與元好問捲入崔立碑事件，有名節之累[6]。《中州集》
載王若虛「天資樂易，負海內重名而不立崖岸。雖小書生登其門，亦
折行輩交之，滑稽多智，而以雅重自持，謀事詳審，出人意表」[7]。金
亡後，王若虛不仕，返里終老，享年七十，有《滹南先生遺老集》傳
世。

4　姚奠中編：《元好問全集》（太原市：山西古籍出版社，2004 年），下冊，卷 41，《中
　　州集》，〈王內翰若虛小傳〉，頁 881。

5　《四部備要》（上海市：中華書局，據武英殿本校刊），史部，《金史》下冊，卷
　　126，列傳，頁 785。

6　《四部備要》（上海市：中華書局，據武英殿本校刊），史部，《金史》下冊，卷
　　126，列傳，頁 785。

7　姚奠中編：《元好問全集》（太原市：山西古籍出版社，2004 年），下冊，卷 41，《中
　　州集》，〈王內翰若虛小傳〉，頁 881。

　　王若虛學問淵博，擅於評議，舉凡經、史、子、集及名家作品都在月旦之列，作風大膽，新意迭出，發前人所未發，甚得文壇重視，是一位卓越的文學批評家。文壇領袖趙秉文（1159-1232）品評當世人才，對王若虛另眼相看，視為名家，曾說：「議論經學，許王從之，散文許李之純、雷希顏，詩頗許麻知幾、元裕之。」[8]

三　王若虛之詩文論

　　王若虛「主文盟幾三十年，出入經傳，未嘗釋卷，為文不事雕篆，唯求當理，尤不喜四六」[9]，其文論主張源出其舅周昂。周昂（約1155-1211）「學術醇正，文筆高雅，以杜子美、韓退之為法，諸儒皆師尊之」[10]。詩文同源，王若虛的論文主張以意為主、巧拙相濟、文無定體、平易自然及反對次韻，分述如下：

（一）以意為主

　　王若虛論文首重以意為主，《滹南詩話》卷上載：

> 吾舅嘗論詩云：「文章以意為之主，字語為之役。主強而役弱，則無使不從。世人往往驕其所役，至跋扈難制，甚者反役其主。」[11]

8　〔金〕劉祁：《歸潛志》（北京市：中華書局，1983 年），卷 8，頁 87。

9　吳重熹輯：《九金人集》（臺北市：成文出版社，1967 年），第 1 冊，《滹南王先生文集》，〈李冶滹南王先生文集引〉，頁 341。

10　〔清〕郭元釪輯：《全金詩》（臺北市：新興書局，1968 年），卷 21，〈常山周昂小傳〉，頁 349。

11　吳重熹輯：《九金人集》（臺北市：成文出版社，1967 年），第 2 冊，卷 38，《滹南王先生文集》，〈詩話〉，頁 478。

所謂「意」，涵蓋中心思想、內容、及目的，所謂「字語」，就是文辭，也是工具，其作用是為「意」服務。「文章以意為主」這個概念，已是老生常談，並非新意，古已有之，漢之范曄、唐之杜牧，早有談及。范曄〈獄中與諸甥侄書〉說：

> 文患其事盡於形，情急於藻，義牽其旨，韻移其意。雖時有能者，大較多不免此累，政可類工巧圖繢，竟無得也。常謂情志所托，故當以意為主，以文傳意。以意為主，則其旨必見；以文傳意，則其詞不流。[12]

范曄提出的「以意為主，以文傳意」已是作文公論，後世宗之。
杜牧〈答莊允書〉亦載：

> 凡為文以意為主，氣為輔，以辭采章句為之兵衛。未有主強盛而輔不飄逸者，兵衛不華赫而莊整者。苟意不先立，止以文彩辭句，繞前捧後，是言愈多而理愈亂。……是以意全勝者，辭愈朴而文愈高；意不勝者，辭愈華而文愈鄙。是意能遣辭，辭不能成意。大抵為文之旨如此。[13]

杜牧除提出「為文以意為主」外，還加上「文氣」及「辭彩」，似乎他的要求比王若虛高。

王若虛有鑑於金末文風腐敗，主役不分，文質倒亂，重形式而輕

---

12 〔南朝〕范曄：〈書後序〉，《後漢書》（北京市：中華書局，1995 年），第 12 冊，頁 1。
13 〔唐〕杜牧《樊川文集》（南京市：江蘇古籍出版社，1978 年），卷 13，頁 194-195。

內容，遂鼓吹「文章以意為主」之論以針砭時弊。當時的文壇領袖趙
秉文也有相同見解，其〈竹溪先生文集引〉說：

> 文以意為主，辭以達意而已。古之文，不尚虛飾，因事遣辭，
> 形吾心之所欲言者，而能形之于文，斯亦文之至乎！譬之水不
> 動則平，及其石激淵洄，紛然而龍翔，宛然而鳳蹙，千變萬
> 化，不可殫窮，此天下之正文也。[14]

趙秉文「文以意為主，辭以達意」及「不尚虛飾，因事遣辭」的理念
跟王若虛的「文章以意為主」的主張，二者目標一致。

（二）巧拙相濟

文章貴乎巧拙相濟，即文章的形式及內容同等重要，需要互濟協
調。所謂「巧」，是指工巧，有來自雕琢，也有來自天然；所謂
「拙」，是指質樸，以「真」為內涵。周昂說：「以巧為巧，其巧不足。
巧拙相濟，則使人不厭。惟甚巧者，乃能就拙為巧。所謂遊戲者，一
文一質，道之中也。」[15]如果刻意求巧，則流於雕琢，王若虛引用其舅
周昂之言曰：「雕琢太甚，則傷其全。經營過深，則傷其本。」[16]如果
巧拙恰當，則「文章巧於外而拙於內者，可以驚四筵而不可適獨坐；

---

14 〔清〕吳重憙輯：《九金人集》（臺北市：成文出版社，1967 年），第 1 冊，《閒閒
老人滏水文集》，卷 15，〈竹溪先生文集引〉，頁 248。

15 〔清〕吳重憙輯：《九金人集》（臺北市：成文出版社，1967 年），第 2 冊，《滹南
王先生文集》，卷 38，〈詩話〉，頁 478。

16 〔清〕吳重憙輯：《九金人集》（臺北市：成文出版社，1967 年），第 2 冊，《滹南
王先生文集》，卷 38，〈詩話〉，頁 478。

可以取口稱而不可得首肯」[17]。王若虛並非反對「巧」，但不能過份，他補充說：「凡為文章，須是典實過於浮華，平易多於奇險，始為知本。」於此可見，王若虛為文，雖力主「典實」及「平易」，但卻並非絕對排斥「浮華」及「奇險」，只要不過份及不本末倒置，仍可接受的。

（三）文無定體

王若虛為了糾正文壇歪風，提出「文無定體」，所謂「體」，是指文章外在的體式或體裁，其意義有別於「文無定法」，「文無定法」的「法」，是指文章的內在結構及表達技巧。王若虛〈文辨〉說：

> 或問：「文章有體乎？」曰：「無。」問：「無體乎？」曰：「有。」
> 「然則果何如？」曰：「定體則無，大體須有。」[18]

「定體」是指形式，具規範條件，「大體」是指作文的基本要求，如何去表達則是活的，視乎個人才氣而定。王若虛又認為「法」要跟「意」配合，強調說：「夫文豈有定法哉？意所至則為主題，意適然殊無害也。」[19]跟王若虛同期的詩人李純甫（1177-1223），二人的文學見解雖異，但文無定體的觀念是相同的。李純甫說：

---

17 〔清〕吳重熹輯：《九金人集》（臺北市：成文出版社，1967 年），第 2 冊，《滹南王先生文集》，卷 38，〈詩話〉，頁 475。

18 〔清〕吳重熹輯：《九金人集》（臺北市：成文出版社，1967 年），第 2 冊，《滹南王先生文集》，卷 38，〈詩話〉，頁 475。

19 〔清〕吳重熹輯：《九金人集》（臺北市：成文出版社，1967 年），第 2 冊，《滹南王先生文集》，卷 36，〈詩話〉，頁 472。

人心不同如面，其心之聲發而為言，言中理謂之大，文而有節而謂之詩。然而詩者，文之變也，豈有定體哉！故《三百篇》，什無定章，章無定句，句無定字，字無定音。大小長短，險易輕重，惟意所適。[20]

李純甫的「豈有定體」及「惟意所適」，其理念大概與王若虛的「文無定體」及「文以意為主」相同。

王若虛的「文無定體」論，並非毫無要求的，而是有基本要求的，故接著說「大體須有」，尤其是不能失體，其〈文辨〉具體指出說：

凡人作文字，其他都得自由，唯史書、實錄，制誥、王言、決不可失體。[21]

退之評伯夷叔齊止是議論文，而以頌名之，非其體也。[22]

陳後山云：「退之之記，記其事耳。今之記，乃論也。」予謂不然。唐人短於議論，故每如此，議論雖多，何害為記。蓋文之大體固有不同，而其理則一。[23]

---

20 姚奠中編：《元好問全集》（太原市：山西古籍出版社，2004 年），下冊，卷 41，《中州集》，〈劉西岩汲小傳〉，頁 854。

21 〔清〕吳重憙輯：《九金人集》（臺北市：成文出版社，1967 年），第 2 冊，《滹南王先生文集》，卷 37，〈詩話〉，頁 475。

22 〔清〕吳重憙輯：《九金人集》（臺北市：成文出版社，1967 年），第 2 冊，《滹南王先生文集》，卷 35，〈詩話〉，頁 468。

23 〔清〕吳重憙輯：《九金人集》（臺北市：成文出版社，1967 年），第 2 冊，《滹南王先生文集》，卷 35，〈詩話〉，頁 468。

　　劉祁（1203-1259）的《歸潛志》卷八載錄一則文體論爭事件，主角正是王若虛與金末名詩人雷淵，引錄如下：

> 　　正大中，王翰林從之在史院領史事，雷翰林希顏為應奉兼編修官，同修《宣宗實錄》。二公由文體不同，多紛爭。蓋王平日好平淡紀實，雷尚奇峭造語也。王則云：「實錄止文其當時事，貴不失真。若是作史，則又異也。」雷則云：「作文字無句法，委靡不振，不足觀。」故雷所作，王多改革。雷大憤不平，語人曰：「請將吾二人所作令天下文士定其是非。」王亦不屑。王嘗曰：「希顏作文好用惡硬字，何以為奇？」雷亦曰：「從之持論甚高。文章亦難止以經義科舉法繩之也」。[24]

　　金末，在挽救頹敗文風的陣營中，有兩派學者由於對見解不同，時有文學論爭。一派以趙秉文為首，王若虛為副，另一派以李純甫為首，雷淵為副。王若虛為文「平淡紀實」求真，而雷淵則「奇峭造語」求險，二者風格迥異，時有爭拗。

（四）平易自然

　　白居易詩平易近人，老嫗能解，以「通俗」見稱，蘇軾譽之為「白俗」。王若虛「詩學白樂天」[25]，並得其心法，劉祁說他「議論文有體致，不喜出奇字，下字止欲如家人語言」[26]。「如家人語言」就是樂天「俗」的特色。對於樂天，王若虛極為推崇說：

---

24 〔金〕劉祁：《歸潛志》（北京市：中華書局，1983 年），卷 8，頁 89。

25 姚奠中編：《元好問全集》（太原市：山西古籍出版社，2004 年），上冊，卷 36，〈內翰王公墓表〉，頁 443。

26 〔金〕劉祁：《歸潛志》（北京市：中華書局，1983 年），卷 8，頁 88。

> 樂天之詩，坦白平易，直以寫自然之趣，合乎天造，厭乎人
> 意，而不為奇詭以駭末俗之耳目。[27]

「坦白平易」、「自然」到「合乎天造」，乃「自然」中最高境界。王若
虛又說：

> 樂天之詩，情致曲盡，入人肝脾，隨物賦形，所在充滿，殆與
> 元氣相侔。至長韻大篇，動數百千言，而順適愜當，句句如
> 一，無爭張牽強之態。此豈撚斷吟鬚、悲鳴口吻者之所能至
> 哉！而世或以「淺易」輕之，蓋不足與言矣。[28]

王若虛稱譽樂天詩真情流露，故能「情致曲盡，入人肝脾」及「元氣
相侔」，並反對「撚斷吟鬚」式的苦吟。雖然，「郊寒白俗，詩人類鄙
薄之，然鄭厚評……樂天如柳陰春鶯，東野如草根秋蟲，皆造化中一
妙」[29]，王若虛予以認同。白居易詩淺白通俗，平易近人，不懂詩者以
為易寫易作，故有「學退之不至，即一白樂天耳！」[30]之笑話鬧出。平
淡詩具有高層次的內涵，正如李純甫說「質而不野，清而不寒，淡而

---

27 〔清〕吳重憙輯：《九金人集》（臺北市：成文出版社，1967 年），第 2 冊，《滹南
王先生文集》，卷 43，〈高思誠詠白堂記〉，頁 500。

28 〔清〕吳重憙輯：《九金人集》（臺北市：成文出版社，1967 年），第 2 冊，《滹南
王先生文集》，卷 38，〈文辨〉，頁 480。

29 〔清〕吳重憙輯：《九金人集》（臺北市：成文出版社，1967 年），第 2 冊，《滹南
王先生文集》，卷 38，〈文辨〉，頁 480。

30 姚奠中編：《元好問全集》（太原市：山西古籍出版社，2004 年），下冊，卷 41，《中
州集》，〈劉西岩汲小傳〉，頁 854。

有味」[31]。

在遣詞用字方面，王若虛強調「字語為役」，表達思想感情時要典實平易，「勿怪、勿僻、勿猥」[32]，不需「字字求異」[33]，並強調說：

> 凡文章須是典實過於浮華，平易多於奇險，始為知之本末。世之作者，往往致力於其末，而終身不返，其顛倒亦甚矣！[34]

> 哀樂之真，發乎情性，此詩之正理也。[35]

> 文章唯求真是而已。[36]

> 條達迅快，如肺肝中流出，自是好文章。[37]

> 古之詩人，雖趣尚不同，體制不一，要皆出於自得，至其辭達

---

31 姚奠中編：《元好問全集》（太原市：山西古籍出版社，2004 年），下冊，卷 41，《中州集》，〈劉西岩汲小傳〉，頁 854。

32 〔清〕吳重熹輯：《九金人集》（臺北市：成文出版社，1967 年），第 2 冊，《滹南王先生文集》，卷 44，〈送呂鵬舉赴試序〉，頁 505。

33 〔清〕吳重熹輯：《九金人集》（臺北市：成文出版社，1967 年），第 2 冊，《滹南王先生文集》，卷 36，〈文辨〉，頁 470。

34 〔清〕吳重熹輯：《九金人集》（臺北市：成文出版社，1967 年），第 2 冊，《滹南王先生文集》，卷 37，〈文辨〉，頁 475。

35 〔清〕吳重熹輯：《九金人集》（臺北市：成文出版社，1967 年），第 2 冊，《滹南王先生文集》，卷 38，〈文辨〉，頁 480。

36 〔清〕吳重熹輯：《九金人集》（臺北市：成文出版社，1967 年），第 2 冊，《滹南王先生文集》，卷 34，頁 464。

37 〔清〕吳重熹輯：《九金人集》（臺北市：成文出版社，1967 年），第 2 冊，《滹南王先生文集》，卷 36，〈文辨〉，頁 471。

理順，皆足以名家。[38]

以文章正理論之，亦惟適其宜而已。[39]

王若虛作詩為文力主「典實平易」、「哀樂真情」、「肺肝中流出」、「文章求真是」、「辭達理順」及「適其宜」，反對「浮華」「奇險」。

（五）反對次韻

次韻詩始於唐，盛於宋，在金更蔚為風氣，詩人酬唱，以用險韻及次韻為能事，劉祁《歸潛志》記其情況：

> 凡作詩，和韻為難，古人贈答，皆以不拘韻字，迨宋蘇黃，凡唱和，須用元韻，往往數回以出奇。余先子頗留意，故每與人唱和，韻益狹，語益工，人多稱之。嘗與雷希顏、元裕之論詩，元云：和韻非古，要為勉強。[40]

「韻益狹，語益工，人多稱之」，可見次韻詩無形中鼓勵文人互相逞才，有失詩之旨。當日次韻之風吹遍整個詩壇，並有次韻專書問世，元好問〈十七史蒙求序〉說：「詩家以次韻相誇尚，以《蒙求》韻語也，故姑汾王涿，又有《次韻蒙求》出焉。評者謂次韻是近世人之弊，以

---

38 〔清〕吳重熹輯：《九金人集》（臺北市：成文出版社，1967 年），第 2 冊，《滹南王先生文集》，卷 40，〈文辨〉，頁 486。

39 〔清〕吳重熹輯：《九金人集》（臺北市：成文出版社，1967 年），第 2 冊，《滹南王先生文集》，卷 36，〈文辨〉，頁 472。

40 〔金〕劉祁：《歸潛志》（北京市：中華書局，1983 年），卷 8，頁 90。

志之所之而合求他人律度，遷就傅會。」[41]「評者謂次韻是近世人之弊」，相信是當時一種公論。元好問〈論詩三十首〉其二十一：「窘步相仍死不前，唱酬無復見前賢。縱橫正有淩雲筆，俯仰隨人亦可憐。」是詩乃諷刺次韻詩之作，王若虛也極力反對次韻和詩，認為是詩之大病，其《滹南詩話》卷中載：

> 鄭厚云：「魏晉以來，作詩倡和，以文寓意；近世倡和，皆次其韻，不復有真詩矣。詩之有韻，如風中之竹，石間之泉，柳上之鶯，牆下之蛩，風行鐸鳴，自成音響，豈容擬議！夫笑而呵呵，歎而唧唧，皆天籟也，豈有擇呵呵而笑，擇唧唧而歎哉！」慵夫曰：鄭厚此論，似乎太高；然次韻實作詩之大病也。詩道至宋人已自衰弊，而又專以此相尚。才識如東坡，亦不免波蕩而從之，集中次韻者幾三之一，雖窮極技巧，傾動一時，而害于天全多矣。使蘇公而無此，其去古人何遠哉？[42]

王若虛大聲疾呼指出次韻詩「實作詩之大病也」及「害于天全多矣」。他所敬重的蘇軾，雖能挾其才氣，在次韻詩中無人匹敵，但也為他可惜，故有「其去古人何遠哉」之語。

次韻詩有失天全，結果不倫不類，王若虛說：「〈歸去來辭〉本是一篇自然真率文字，後人仿真，已自不宜，況可次其韻乎？次韻則牽

---

41 姚奠中編：《元好問全集》（太原市：山西古籍出版社，2004 年），上冊，卷 36，〈十七史蒙求序〉，頁 754。

42 〔清〕吳重熹輯：《九金人集》（臺北市：成文出版社，1967 年），第 2 冊，《滹南王先生文集》，卷 39，〈詩話〉，頁 482。

合而不類矣！」⁴³《滹南詩話》卷中又載：「東坡酷愛〈歸去來辭〉，既次其韻，又衍為長短句，又裂為集字詩，破碎甚矣。」⁴⁴古人的名作，隨意次韻，如此看來，金代次韻之風，可謂氾濫極矣，難怪王若虛、元好問等有識之士站出來重整文風。

四　王若虛對歐蘇黃之評議

歐陽修、蘇軾及黃庭堅三人都是北宋著名的詩家，是文壇中的領袖，除對當時文學界有影響外，對後世詩壇也影響巨大。上述三人，王若虛給予歐、蘇的評價是有褒有貶，但批評黃庭堅不但毫無褒語，並譏諷他「特剽竊之黠」，古今罕見。以下逐一介紹王若虛對歐蘇黃三人的評價，及揭示他們文法修辭之失：

（一）歐陽修

王若虛「文以歐蘇為正脈，詩學白樂天」⁴⁵，嘗言「擷歐、蘇之菁英」⁴⁶。歐陽修和蘇軾都是「唐宋八大家之一」，他們的作品各具特色，在文學史上，作出過卓越的貢獻。歐陽修是北宋文學運動革新派領袖，文章風格平易流暢，清新自然，婉約含蓄。趙秉文說「亡宋百餘年間，歐陽公之文不為尖新艱險之語，而有從容閒雅之態，豐而不

---

43 〔清〕吳重熹輯：《九金人集》（臺北市：成文出版社，1967 年），第 2 冊，《滹南王先生文集》，卷 34，〈文辨〉，頁 465。

44 〔清〕吳重熹輯：《九金人集》（臺北市：成文出版社，1967 年），第 2 冊，《滹南王先生文集》，卷 39，〈詩話〉，頁 481。

45 姚奠中：《元好問全集》（太原市：山西古籍出版社，2004 年），上冊，卷 36，〈內翰王公墓表〉，頁 443。

46 〔清〕吳重熹輯：《九金人集》（臺北市：成文出版社，1967 年），第 2 冊，《滹南王先生文集》，卷 44，〈送呂鵬舉赴試序〉，頁 505。

餘一言，約而不失一辭，使人讀之者，亹亹不厭，蓋非務奇之為尚，
而其勢不得不然之為尚也。」[47]歐陽修之文「不為尖新艱險之語」及不
「務奇」，王若虛譽他「散文為一代之祖」[48]。不過，王若虛對歐陽修
要求極高，屢屢指出其文美中不足之處，摘錄如下：
歐陽修文法之失舉隅

> 歐陽〈晝錦堂記〉大體固佳，然辭困而氣短，頗有爭張裝飾之
> 態。[49]

> 歐公〈秋聲賦〉云：「如赴敵之兵，不聞號令，惟聞人馬之行
> 聲。」多卻「聲」字。又云：「豐草綠縟而爭茂，佳木蔥蘢而可
> 悅。草拂之而色變，木遭之而葉落。」多卻上二句。[50]

> 歐公所謂俚語，必詩話所載者也。然後世讀之，安能知其意
> 邪，刪之可也！[51]……「然春秋之法，常責備於賢者。」此一
> 「然」字甚不順……必以「蓋」字為安。……又云：「自古功德
> 兼備，由漢以來，未之有。既曰：「由漢以來，」則「自古」字

---

47 〔清〕吳重憙輯：《九金人集》（臺北市：成文出版社，1967 年），第 1 冊，《滹南
王先生文集》，卷 15，〈竹溪先生文集引〉，頁 248。

48 〔清〕吳重憙輯：《九金人集》（臺北市：成文出版社，1967 年），第 2 冊，《滹南
王先生文集》，卷 36，〈文辨〉，頁 471。

49 〔清〕吳重憙輯：《九金人集》（臺北市：成文出版社，1967 年），第 2 冊，《滹南
王先生文集》，卷 36，〈文辨〉，頁 470。

50 〔清〕吳重憙輯：《九金人集》（臺北市：成文出版社，1967 年），第 2 冊，《滹南
王先生文集》，卷 36，〈文辨〉，頁 471。

51 〔清〕吳重憙輯：《九金人集》（臺北市：成文出版社，1967 年），第 2 冊，《滹南
王先生文集》，卷 36，〈文辨〉，頁 471。

亦重複。[52]

歐公多錯下「其」字，……故其愈久而益明，……故其疑蕭復之輕己，……故其常視文章為末業，故其雖短章醉墨，……故其卒窮以死，此等其字皆當去之。[53]

歐公志蘇子美墓云：「短章醉墨，往往爭為人所傳。」「爭」字不妥。[54]

歐公五代史論，多感歎又多設疑，蓋感歎則動人，設疑則意廣，……歐公之論則信然矣。而作文之法不必在是也。[55]

歐公散文為一代之祖，而所不足者，精潔峻健耳。五代史論，曲折大過，往往支離蹉跌，或至渙散而不收，虛字亦多不愜。[56]

歐陽修為一代文豪，王若虛指出其疵漏，除讀者有眼福之外，亦可見王若虛之修辭造詣，凌駕前人。

---

52 〔清〕吳重熹輯：《九金人集》（臺北市：成文出版社，1967 年），第 2 冊，《滹南王先生文集》，卷 36，〈文辨〉，頁 471。

53 〔清〕吳重熹輯：《九金人集》（臺北市：成文出版社，1967 年），第 2 冊，《滹南王先生文集》，卷 36，〈文辨〉，頁 471。

54 〔清〕吳重熹輯：《九金人集》（臺北市：成文出版社，1967 年），第 2 冊，《滹南王先生文集》，卷 36，〈文辨〉，頁 471。

55 〔清〕吳重熹輯：《九金人集》（臺北市：成文出版社，1967 年），第 2 冊，《滹南王先生文集》，卷 36，〈文辨〉，頁 471。

56 〔清〕吳重熹輯：《九金人集》（臺北市：成文出版社，1967 年），第 2 冊，《滹南王先生文集》，卷 36，〈文辨〉，頁 471。

（二）蘇軾

　　王若虛讚譽「東坡，文中龍也。理妙萬物，氣吞九州島，縱橫奔放，若遊戲然，莫可測其端倪」[57]。「文中龍」喻文林中之冠，乃極高的評價。蘇軾詩追求「平淡」、「自然」、「神似」及「遠韻」，自評其文「如萬斛泉源，不擇地而出，滔滔汩汩，一日千里無難。及其與山石曲折，隨物賦形而不自知；所知者，常行於所當行，而止於不可不止」[58]。蘇軾的自評，引起「論者或譏其太誇」[59]，但王若虛卻強調「唯東坡可以當之」[60]，並讚賞蘇軾文章「以一日千里之勢，隨物賦形之能，而理盡輒止，未嘗以馳騁自喜，此其橫放超邁，而不失為精絕也邪」[61]。

　　王若虛除高度評價蘇軾文章「橫放超邁」外，並讚賞「東坡之文，具萬變而一以貫之者也。為四六而無俳諧偶儷之弊；為小詞而無脂粉纖豔之失；楚辭則略依仿其步驟，而不以奪機杼為工；禪語則姑為談笑之資，而不以窮葛藤為勝。此其所以獨兼眾作，莫可端倪」[62]。蘇軾多才多藝，才氣縱橫，尤其是其四六文無「俳諧偶儷」之弊，小詞無

57 〔清〕吳重憙輯：《九金人集》（臺北市：成文出版社，1967 年），第 2 冊，《滹南王先生文集》，卷 39，〈詩話〉，頁 483。
58 〔清〕吳重憙輯：《九金人集》（臺北市：成文出版社，1967 年），第 2 冊，《滹南王先生文集》，卷 36，〈文辨〉，頁 473。
59 〔清〕吳重憙輯：《九金人集》（臺北市：成文出版社，1967 年），第 2 冊，《滹南王先生文集》，卷 36，〈文辨〉，頁 473。
60 〔清〕吳重憙輯：《九金人集》（臺北市：成文出版社，1967 年），第 2 冊，《滹南王先生文集》，卷 36，〈文辨〉，頁 473。
61 〔清〕吳重憙輯：《九金人集》（臺北市：成文出版社，1967 年），第 2 冊，《滹南王先生文集》，卷 36，〈文辨〉，頁 473。
62 〔清〕吳重憙輯：《九金人集》（臺北市：成文出版社，1967 年），第 2 冊，《滹南王先生文集》，卷 36，〈文辨〉，頁 473。

「脂粉纖豔」之失，王若虛殊為欣賞之。此外，王若虛也欣賞蘇軾作品「妙在形似之外，而非遺其形似，不窘於題，而要不失其題」[63]，兼備「形似」及「神似」之妙。

王若虛雖對蘇軾推崇備至，但蘇軾文章有失誤之處，就算是名作也好，王若虛亦直道不諱，指出其錯誤，摘錄資料如下：

蘇軾文法修辭之失舉隅

> 蘇軾〈韓文公廟碑〉云：「其不眷戀於潮也，審矣。」「審」字當作「必」，蓋「必」者，料度之詞；「審」者，證驗之語。差之毫釐，而實若白黑也。[64]

> 蘇軾〈祭歐公文〉云：「奄一去而莫予追。」「予」字不妥，去之可。[65]

> 蘇軾用「矣」字有不安者，〈超然台記〉云：「……物有以蔽之矣。」〈大悲閣記〉云「……則物有以亂之矣。」〈韓文公廟碑〉云：「……不隨沒而亡者矣。」此三「矣」字皆不安，明者自見，蓋難以言說也。[66]

---

63 〔清〕吳重憙輯：《九金人集》（臺北市：成文出版社，1967 年），第 2 冊，《滹南王先生文集》，卷 39，〈詩話〉，頁 482。

64 〔清〕吳重憙輯：《九金人集》（臺北市：成文出版社，1967 年），第 2 冊，《滹南王先生文集》，卷 36，〈文辨〉，頁 472。

65 〔清〕吳重憙輯：《九金人集》（臺北市：成文出版社，1967 年），第 2 冊，《滹南王先生文集》，卷 36，〈文辨〉，頁 472。

66 〔清〕吳重憙輯：《九金人集》（臺北市：成文出版社，1967 年），第 2 冊，《滹南王先生文集》，卷 37，〈文辨〉，頁 474。

王若虛擅文法修辭，評蘇軾修辭之失，眼光獨到。

評歐蘇優劣

　　歐陽修與蘇軾二人都是王若虛敬重之大家，究竟誰優誰劣？王若虛《滹南王先生文集》卷三十六載：

> 邵公濟云：「歐公之文，和氣多，英氣少；東坡之文，英氣多，和氣少。其論歐公似矣，若東坡豈少和氣者哉？文至東坡，無復遺恨矣」。[67]

> 趙周臣云：「党世傑嘗言文當以歐陽子為正。東坡雖出奇，非文之正。歐文信妙，詎可及坡？坡冠絕古今，吾未見其過正也。」[68]

從上述資料顯示，蘇軾「冠絕古今」，似勝歐陽修一著。

（三）黃庭堅

　　黃庭堅（1045-1105）「以俗學雅，以故作新」，詩學主張「無一字無來處」、「點鐵成金」及「奪胎換骨」，其〈答洪駒父書〉說：

> 自作語最難，老杜作詩，退之作文，無一字無來處。蓋後人讀書少，故謂韓、杜自作此語耳。古人之為文章，真能陶冶萬

---

67 〔清〕吳重熹輯：《九金人集》（臺北市：成文出版社，1967 年），第 2 冊，《滹南王先生文集》，卷 36，〈文辨〉，頁 472。

68 〔清〕吳重熹輯：《九金人集》（臺北市：成文出版社，1967 年），第 2 冊，《滹南王先生文集》，卷 36，〈文辨〉，頁 472。

物，雖取古人陳，言入翰墨，如靈丹一粒，點鐵成金也。[69]

所謂「無一字無來處」，著眼於多讀書以提高詩才，所謂「點鐵成金」，是化用古人的詞句，變為己語。釋惠洪《冷齋夜話》卷一引載黃庭堅論詩之語說：「山谷云：詩意無窮，人才有限。以有限之才，追無窮之意，雖少陵、淵明不得工也。然不易其意而造其語，謂之換骨法。規模其意而形容之，謂之奪胎法。」「奪胎」和「換骨」都是翻新別人的詩意，以納入詩句，予人有剽竊之嫌，引起很多誹議。

王若虛「詩不愛黃魯直，著評論之，凡數百條」[70]，嚴厲批評說：

魯直論詩，有「奪胎換骨、點鐵成金」之喻，世以為名言。以予觀之，特剽竊之點者耳。[71]

嘗論黃魯直詩，穿鑿太好異。[72]

黃詩語徒雕刻，而殊無意味。[73]

山谷之詩，有奇而無妙，有斬絕而無橫放，鋪張學問以為富，

---

69 〔宋〕黃庭堅著，黃寶華選注：《黃庭堅選集》（上海市：上海古籍出版社，1991年），頁380。

70 姚奠中編：《元好問全集》（太原市：山西古籍出版社，2004年），上冊，卷19，〈內翰王公墓誌〉，頁443。

71 〔清〕吳重憙輯：《九金人集》（臺北市：成文出版社，1967年），第2冊，《滹南王先生文集》，卷40，〈詩話〉，頁486。

72 〔金〕劉祁：《歸潛志》（北京市：中華書局，1983年），卷9，頁215。

73 〔清〕吳重憙輯：《九金人集》（臺北市：成文出版社，1967年），第2冊，《滹南王先生文集》卷40，〈詩話〉，頁486。

點化陳腐以為新，而渾然天成，如肝肺中流出者，不足也。[74]

上述諸批評，措辭激烈，斥山谷詩「剽竊之黠」、「穿鑿好異」、「雕刻無意味」、「有奇而無妙，有斬絕而無橫放」，並評山谷詩側重於「鋪張學問」，欠缺真情流露。由於山谷堆砌學問，作品不能一氣呵成，「或得一句而終無好對，得一聯而卒不能成篇，或偶有得而未知可以贈誰」[75]。王若虛極度不滿山谷詩，連其得意之作也要批評一番，《滹南詩話》載：「山谷〈牧牛圖〉詩，自謂平生極至語。是固佳矣，然亦有何意味？黃詩大率如此，謂之奇峭，而畏人說破，元無一事。」[76]王若虛諷山谷得意之作「有何意味」，可謂大煞風景。近人錢鍾書在《談藝錄》中說：「古今來詆訶山谷最嚴厲者，莫如王從之」。[77]

黃庭堅詩雖不為周昂兩舅甥欣賞，但卻有一宗尷尬事件發生在他們身上，據《滹南詩話》載：

> 史舜元作吾舅詩集序，以為有老杜句法，蓋得之矣；而復云「由山谷以入」，則恐不然。吾舅兒時便學工部，而終身不喜山谷也。若虛嘗乘間問之，則曰：「魯直雄豪奇險，善為新樣，固有過人者；然于少陵初無關涉，前輩以為得法者，皆未能深見耳。」舜元之論，豈亦襲舊聞而發歟？抑其誠有所見也？更

---

74 〔清〕吳重熹輯：《九金人集》（臺北市：成文出版社，1967 年），第 2 冊，《滹南王先生文集》卷 39，〈詩話〉，頁 483。

75 〔清〕吳重熹輯：《九金人集》（臺北市：成文出版社，1967 年），第 2 冊，《滹南王先生文集》卷 40，〈詩話〉，頁 486。

76 〔清〕吳重熹輯：《九金人集》（臺北市：成文出版社，1967 年），第 2 冊，《滹南王先生文集》卷 40，〈詩話〉，頁 485。

77 錢鍾書：《談藝錄》（香港：龍門書局，1965 年），頁 188。

當與知者訂之。[78]

周昂「學工部，終身不喜山谷」，其詩卻被史舜元指出「由山谷入」，雖然事實並非如此，但亦可見山谷學杜的功力已瑧亂真境界。周昂雖不喜山谷，但不得不承認「魯直雄豪奇險，善為新樣，固有過人者」，相對王若虛評山谷一文不值，有頗大的差距。

黃庭堅文法修辭之失舉隅

王若虛從文法修辭學的觀點去批評山谷詩，指出其失誤之處：

山谷詩云：「羅幃翠幕深調護，已被游蜂聖得知。」此「知」字何所屬邪？若以屬蜂，則「被」字不可用矣。[79]

魯直〈雪詩〉：「臥聽疎疎還密密，起看整整復斜斜」……慵夫（若虛）曰：予于詩固無甚解；至於此句，猶知其不足賞也。[80]

山谷〈閔雨詩〉云：「東海得無冤死婦，南陽應有臥雲龍。」「得無」猶言「無乃」耳，猶欠「有」字之義。「臥雲龍」，真龍邪，則豈必南陽！指孔明邪，則何關雨事！若曰遺賢所以致旱，則

---

78 〔清〕吳重熹輯：《九金人集》（臺北市：成文出版社，1967 年），第 2 冊，《濾南王先生文集》，卷 38，〈詩話〉，頁 478。

79 〔清〕吳重熹輯：《九金人集》（臺北市：成文出版社，1967 年），第 2 冊，《濾南王先生文集》，卷 38，〈詩話〉，頁 480。

80 〔清〕吳重熹輯：《九金人集》（臺北市：成文出版社，1967 年），第 2 冊，《濾南王先生文集》，卷 39，〈詩話〉，頁 483。

迂闊甚。[81]

詩人之語，詭譎寄意，固無不可；然至於太過，亦其病也。山
谷〈題惠崇畫圖〉云：「欲放扁舟歸去，主人云是丹青。」使主
人不告，當遂不知！[82]

蜀馬良兄弟五人，而良眉間有白毫，時人為之語曰：「馬氏五
常，白眉最良。」蓋良實白眉，而良不在於白眉也。而北齊陽
休之贈馬子結兄弟詩云：「三馬皆白眉」，山谷送秦少遊云：「秦
氏多英俊，少游眉最白」，豈不可笑哉！[83]

《冷齋夜話》云：「前輩作花詩，多用美女比其狀。如曰『若教
解語能傾國，任是無情也動人。』塵俗哉！山谷作《酴醾詩》
曰：『露濕何郎試湯餅，日烘荀令炷爐香。』乃用美丈夫比之，
特為出類。」……山谷易以男子，有以見其好異之僻；淵材又
雜而用之，益不倫可笑。此固甚紕繆者，而惠洪乃節節歎賞，
以為愈奇。不求當而求新，吾恐他日復有以白皙武夫比之者
矣，此花無乃太麤鄙乎？[84]

---

81 〔清〕吳重熹輯：《九金人集》（臺北市：成文出版社，1967 年），第 2 冊，《滹南
王先生文集》，卷 40，〈詩話〉，頁 485。
82 〔清〕吳重熹輯：《九金人集》（臺北市：成文出版社，1967 年），第 2 冊，《滹南
王先生文集》，卷 40，〈詩話〉，頁 485。
83 〔清〕吳重熹輯：《九金人集》（臺北市：成文出版社，1967 年），第 2 冊，《滹南
王先生文集》，卷 40，〈詩話〉，頁 486。
84 〔清〕吳重熹輯：《九金人集》（臺北市：成文出版社，1967 年），第 2 冊，《滹南
王先生文集》，卷 40，〈詩話〉，頁 487。

從上述資料顯示，山谷詩頗多缺點，例如：「臥聽疎疎還密密，起看整整復斜斜」、「主人云是丹青」、「少游眉最白」都是乏味之作，「臥雲龍」跟詠雨何關？及以男子與花作相比，屬於「不求當而求新」，殊難被接受。

蘇黃優劣

　　蘇軾與黃庭堅都是宋詩的代表人物，世稱蘇黃，對這個並稱名字，王若虛有異議說：「近讀《東都事略》〈山谷傳〉云：『庭堅長於詩，與秦觀、張耒、晁補之游蘇軾之門，號四學士。獨江西君子以庭堅配軾，謂之蘇、黃。』蓋自當時已不以是為公論矣。」[85]在宋代，坡谷互比，時有發生，《濾南詩話》載「蘇、黃各因玄真子〈漁父詞〉增為長短句，而互相譏評」[86]。江西詩派有一祖三宗的招牌，一祖是杜甫，三宗以黃庭堅為首，陳師道及陳與義次之。由於江西詩派陣容龐大，以詩學主流自居，在當時流行的坡谷優劣問題上，「江西諸子以為黃勝蘇」[87]。王若虛卻說：「山谷自謂得法於少陵，而不許東坡。以予觀之：少陵，（典謨）也；東坡，《孟子》之流；山谷，則揚雄《法言》而已。」[88]如此看來，東坡為優矣！王若虛又指出：

　　　　魯直欲為東坡之邁往而不能，於是高談句律，旁出樣度，務以

---

85 〔清〕吳重熹輯：《九金人集》（臺北市：成文出版社，1967 年），第 2 冊，《濾南王先生文集》，卷 39，〈詩話〉，頁 484。

86 〔清〕吳重熹輯：《九金人集》（臺北市：成文出版社，1967 年），第 2 冊，《濾南王先生文集》，卷 39，〈詩話〉，頁 484

87 〔清〕吳重熹輯：《九金人集》（臺北市：成文出版社，1967 年），第 2 冊，《濾南王先生文集》，卷 35，〈詩話〉，頁 469。

88 〔清〕吳重熹輯：《九金人集》（臺北市：成文出版社，1967 年），第 2 冊，《濾南王先生文集》，卷 40，〈詩話〉，頁 486。

自立而相抗，然不免居其下也，彼其勞亦甚哉！向使無坡壓
之，其措意未必至是。[89]

魯直之於辭章翰墨……品藻標置，見於言論之間，誇而好名，
亦其短處。東坡蓋無此病。[90]

東坡〈薄薄酒〉二篇，皆安分知足之語，而山谷稱其憤世嫉邪，
過矣。或言「山谷所擬勝東坡」，此皮膚之見也。彼雖力加奇
險，要出第二，何足多貴哉！且東坡後篇自破前說，此乃眼
目；而山谷兩篇只是東坡前篇意，吾未見其勝之也。[91]

王若虛直斥黃庭堅「高談句律，旁出樣度」、「誇而好名，亦其短處」、
「雖力加奇險，要出第二」。

五 結論

　　王若虛是金末著名的文學批評家，主持文盟凡三十年，是一位文
名滿天下的文壇領袖。金元易代之際，文風尚尖新，尚奇險，次韻詩
盛行，他認為是詩之大忌，極力予以反對。其文學創作主張以意為
主、巧拙相濟、文無定體、典實平易及反次韻詩。王若虛「詩學白樂

89　〔清〕吳重憙輯：《九金人集》（臺北市：成文出版社，1967 年），第 2 冊，《滹南
　　王先生文集》，卷 39，〈詩話〉，頁 483。

90　〔清〕吳重憙輯：《九金人集》（臺北市：成文出版社，1967 年），第 2 冊，《滹南
　　王先生文集》，卷 32，〈詩話〉，頁 455。

91　〔清〕吳重憙輯：《九金人集》（臺北市：成文出版社，1967 年），第 2 冊，《滹南
　　王先生文集》，卷 39，〈詩話〉，頁 482。

天」，高度評價「樂天之詩，坦白平易，直以寫自然之趣，合乎天造」，又說「樂天之詩，情致曲盡，入人肝脾」及「與元氣相侔」，崇敬之情，似乎凌駕歐蘇。王若虛「文以歐蘇為正脈」，對於歐蘇二人，譽前者「散文為一代之祖」，頌後者為「文中龍」，但二人的文章，在文法修辭上仍有失誤之處，王若虛獨具慧眼，予以一一指出，充份展現其學識之淵博及文法修辭之功力。同時，亦可體會到王若虛秉筆直書名家文章之失，好比董狐評史一樣，公正不阿，古今罕見。

在宋詩中，王若虛不滿黃庭堅以杜甫承傳人自居，對其詩論「點鐵成金」及「奪胎換骨」，予以大加撻伐，認為是「特剽竊之點」，並痛陳「不求當而求新」之害，尤其是黃庭堅以男子與花作喻，更歪常理。由於江西詩派與黃庭堅同聲同氣，門人自視以「法嗣」弟子為榮，王若虛攻訐為「斯文之蠹」，並作詩譏諷，最為膾炙人口句子「已覺祖師低一著，紛紛法嗣復何人」。王若虛又指出黃庭堅才識器宇無法與東坡相比，只不過黃庭堅「誇而好名」，其門人弟子刻意製造「蘇黃」配之聲勢，王若虛強調「當時已不以是為公論」，然而「蘇黃」並稱已是歷史的事實，反映出黃庭堅詩有其過人之處才會如此。

王若虛對整個江西詩派都無好感，指出「宋之文章至魯直已是偏仄處，陳後山而後，不勝其弊」[92]，並猛烈抨擊說：「楊雄之經，朱祁之史，江西諸子之詩，皆斯文之蠹也。」[93]王若虛又不滿「魯直開口論句法，此便是不及古人處。而門徒親党，以衣缽相傳，號稱『法嗣』，豈詩之真理也哉！」故此，撰詩諷之：

---

92 〔清〕吳重熹輯：《九金人集》（臺北市：成文出版社，1967 年），第 2 冊，《滹南王先生文集》，卷 39，〈詩話〉，頁 483。

93 〔清〕吳重熹輯：《九金人集》（臺北市：成文出版社，1967 年），第 2 冊，《滹南王先生文集》，卷 37，〈詩話〉，頁 477。

山谷於詩，每與東坡相抗，門人親黨，遂有言文首東坡，論詩
右山谷之語。今之學者亦多以為然，漫賦四詩為之商略之云：
駿步由來不可追，汗流余子費奔馳。誰言直詩南遷後，始是江
西不幸時。
信手拈來世已驚，三江滾滾筆頭傾。莫將險語誇勍敵，公自無
勞與若爭。
戲論誰知是至公，蜣蜋信美恐生風。奪胎換骨何多樣，都在先
生一笑中。
文章自得方為貴，衣鉢相傳豈是真。已覺祖師低一著，紛紛法
嗣復何人。[94]

上述四詩，攻訐的對象，直指黃庭堅及江西詩派的門人，「已覺祖師低
一著，紛紛法嗣復何人」，譏諷何其深矣！不過，朱少章論江西詩
律，以為可「用昆體功夫而造老杜渾全之地」。王若虛駁之曰：「用『昆
體』功夫，必不能造老杜之渾全；而至老杜之地者，亦無事乎『昆體』
功夫；蓋二者不能相兼耳。」[95]王若虛之識見，於此可見。

——本文原刊於香港大學中文學院主編：《東方詩話學
第七屆國際學術研討會論文集》（臺中市：文听閣，
2012 年），冊下 ，頁 1329-1344。

---

94 〔清〕吳重熹輯：《九金人集》（臺北市：成文出版社，1967 年），第 2 冊，《滹南
王先生文集》，卷 45，〈詩話〉，頁 510。
95 〔清〕吳重熹輯：《九金人集》（臺北市：成文出版社，1967 年），第 2 冊，《滹南
王先生文集》，卷 40，〈詩話〉，頁 486。

金末儒士事新朝的政治取向析論

一　緒言

　　在中國歷史上，大凡改朝換代之際，知識份子的名節就會面臨考驗，有人成了舊朝的烈士，有人成了新朝的新貴，也有人成了山林的隱士。

　　金末，蒙金交戰，大批金國臣民壯烈殉國，其壯烈犧牲事蹟載於《金史》者，斑斑可考。金哀宗末年，汴梁陷，遷都蔡州，天興三年（1234）正月，蒙軍及宋軍聯合攻蔡，城困缺糧，「圍城以來，戰歿者四帥、三都尉，其餘總帥以下，不可勝紀」。時守將完顏仲德為督軍，「率精兵一千巷戰，自卯及巳，俄見子城火起，聞上自縊，謂將士曰：『吾君已崩，吾何以戰為？吾不能死於亂兵之手，吾赴汝水，從吾君矣。諸君其善為計。』言訖，赴水死。」其部屬從死者五百餘人，事件可歌可泣，場面震憾悲壯。《金史》贊曰：「仲德天綱諸臣，不變所守，豈愧古義士哉！」[1]元儒虞集〈田氏先友翰墨序〉亦云：「女真人入中州，是為金國，凡百年，國朝發 大漠，取之，士大夫死以千百數。自古國亡，慷慨殺身之士，未有若此之多者也。」[2]元臣郝經〈金

1　粹自〔元〕脫脫等撰：《金史》（北京市：中華書局，1975 年），第 8 冊，卷 119，列傳第 57，頁 2609。

2　〔元〕虞集：《道園學古錄》，收入《四庫全書》（臺北市：臺灣商務印書館，1983年），第 1207 冊，卷 5，頁 5。

源十節士歌〉有詩哀悼說:「金源國士多國人,與國俱死皆大臣。」[3]
但與此同時,亦有大批金臣及所謂時代俊傑,面對國家正處於危急存
亡之秋,竟然叛金事元。史載忽必烈(1215-1294)早年傾慕儒術,常
「思大有為於天下」,在金蓮川府邸「招集天下英俊,訪問治道,一時
賢士大夫,雲合輻湊,爭進所聞」[4],場面十分熱鬧,知名儒士郝經、
趙璧、宋子貞、姚樞、許衡、商挺、王鶚、劉秉忠、張文謙、李冶
等,都是主要的幕客。這批「英俊」及「賢士」一反傳統讀書人常態,
輕蔑名節,「爭進所聞」,博取主子賞識。在亂世時代,士人的「出」
與「處」,最難抉擇,名儒許衡有詩作名句「又愛功名又愛山」[5],「功
名」與「山」,其實質是「功名」與「名節」,兩者焉能共得?這種矛
盾心態,可代表當日士人的內心世界。

二 殉金烈士事跡

　　金代女真人以異族政權入主中原,實施漢化政策,相當成功,就
以世宗一朝為例,是為盛世,有「小堯舜」之美譽,並以繼承中原道
統國自居。過去「華夷大防」的禁忌,早成歷史陳跡,反之忠君愛國
的儒家傳統思想,仍為儒士的操守之一。金朝統治者為了維護政權的
鞏固,大力提倡忠孝節義思想,尤其對死節的忠臣,更待遇優厚,《金
史》載:「金代褒死節之臣,既贈官爵,仍錄用其子孫。貞佑以來,其

3　〔元〕郝經:《陵川集》,收入《四庫全書》(臺北市:臺灣商務印書館,1986 年),
　　第 1192 冊,卷 11,〈金源節士歌〉頁 1140。

4　〔元〕蘇天爵:《元文類》(臺北市:世界書局,1988 年),卷 58,李謙:〈中書左
　　丞張公神道碑〉,頁 9。

5　〔元〕許衡:《魯齋遺書》,收入《四庫全書》(上海市:上海古籍出版社,1987
　　年),第 1198 冊,卷 11,〈題武郎中桃溪歸隱圖五首〉之四,頁 431。

禮有加，立祠樹碑，歲時致祭，可謂至矣。」[6]為人臣者，死後能夠獲
朝廷「立祠樹碑，歲時致祭」的褒揚，是夢寐以求的事，故當時做就
了不少忠臣烈士，有關他們的忠烈事蹟，見載於《金史》〈忠烈傳〉。
這批朝臣盡忠金廷，當中除有女真族外，還有漢族及契丹族。據《金
史》〈忠義傳〉載有名垂史冊者，共七十五人，其中進士出身者凡十七
人。茲據《金史》〈忠義傳〉摘錄七則殉金烈士事蹟如下：

　　（1）李演（1180-1213），字巨川，任城人（山東濟寧）。金宣宗
時，中第狀元，居鄉丁父母憂。貞祐初，蒙兵來犯，任城陷兵困。李
演召集州人為兵，與敵「搏戰三日，眾皆市人不能戰，逃散。演被
執，大將見其冠服非常，且知其名，問之曰：『汝非李應奉乎？』演答
曰：『我是也。』使之跪，不肯，以好語撫之，亦不聽，許之官祿，演
曰：『我書生也，本朝何負於我，而利人之官祿哉！』大將怒，擊折其
脛，遂曳出殺之，時年三十餘。」[7]演死後獲朝廷追贈濟州刺史，並下
詔有司立碑，予以褒揚。

　　（2）完顏陳和尚（1192-1232），名彝，字良佐，豐州人（今內蒙
古呼和浩特東），女真血統，是金末著名將領。天興元年（1232），他
兵敗三峰山，被俘押軍帥前，寧死不降，並慷慨曰：「我忠孝軍總領陳
和尚也。大昌原之勝者我也，衛州之勝亦我也，倒回谷之勝亦我也。
我死亂軍中，人將謂我負國家，今日明白死，天下必有知我者。」蒙
帥「時欲其降，斫足脛折不為屈，豁口吻至耳，嚼血而呼，至死不
絕。大將義之，酹以馬湩（馬乳），祝曰：『好男子，他日再生，當令
我得之。』」陳和尚的忠義行為，敵將為之動容，死年四十有一，後獲

6　〔元〕脫脫等撰：《金史》（北京市：中華書局，1975 年），第 8 冊，卷 121，列傳
　　第 59〈忠義一〉，頁 2634。
7　〔元〕脫脫等撰：《金史》（北京市：中華書局，1975 年），第 8 冊，卷 121，列傳
　　第 59〈忠義一〉，頁 2651。

金廷「詔贈鎮南軍節度使，塑像褒忠廟，勒石紀其忠烈。」[8]陳和尚之忠烈，震驚中外，蒙使臣曾言：「中國百數年，唯養得一陳和尚耳！」[9]名人郝經有詩〈陳和尚馬〉悼其忠烈云：「陳侯膽勇絕世無，也曾深入身陷敵。……三峰失利還被執，植立不拜尤憤激。彼此皆帥敗則死，椎碎兩脛終不屈。……壯哉國士當代無，一死又勝移剌都。」[10]

（3）朮甲法心，薊州（今河北省薊縣）猛安人，仕金官至北京副留守。貞祐二年（1233），奉命守密雲縣（今河北省密雲縣）抗蒙。蒙軍俘其薊州家屬，押至軍前，以示法心曰：「若速降當以付汝，否則殺之。」法心不為所動，曰：「吾事本朝受厚恩，戰則速戰，終不能降也，豈以家人生死為計耶？」城破，死於陣，後獲詔「樹碑，以時致祭。」[11]

（4）馬驥，禹城（今山東省禹城縣西南）人，金進士，歷官有政聲。貞祐三年（1334），為曹州濟陰令，城破，為蒙兵所執，寧死不跪，曰：「吾膝不能屈，欲殺即殺，得死為大金鬼，足矣。」遂死。[12]驥死後，獲「贈朝列大夫、泰定軍節度副使，仍樹碑於州，歲時致祭」[13]，其哲嗣亦奉詔獲聘用。

---

8 上引資料，粹自〔元〕脫脫等撰：《金史》（北京市：中華書局，1975 年），第 8 冊，卷 121，列傳第 61〈忠義三〉，頁 2680-2682。

9 姚奠中編：《元好問全集》（太原市：山西人民出版社，1990 年），上冊，卷 27，〈贈鎮南軍節度使良佐碑〉，頁 641。

10 〔元〕郝經：《陵川集》，收入《四庫全書》（臺北市：臺灣商務印書館，1986 年），第 1192 冊，卷 11，〈金源節士歌〉，頁 1140。

11 〔元〕脫脫等撰：《金史》（北京市：中華書局，1975 年），第 8 冊，卷 121，列傳第 59〈忠義一〉，頁 2654。

12 〔元〕脫脫等撰：《金史》（北京市：中華書局，1975 年），第 8 冊，卷 122，列傳第 60〈忠義二〉，頁 2660。

13 〔元〕脫脫等撰：《金史》（北京市：中華書局，1975 年），第 8 冊，卷 122，列傳第 60〈忠義二〉，頁 2660。

（5）移剌阿裡合，遼人，仕金，累遷霍州剌使。蒙兵至，阿裡合領兵出擊，力戰不能敵，兵敗被執。蒙軍誘使降，阿裡合曰：「吾有死無貳」[14]。蒙軍無奈，使跪，但向闕而立，於是叢矢射殺之。[15]阿裡合以遼人身份殉金，委實難得，箇中原因惟忠義而已。

（6）楊沃衍（1179-1231），朔州（今山西省朔縣）人，貞祐二年（1233）為岢嵐節度使，以身許國，曰：「為人不死王事而死於家，非大丈夫也。」[16]三峰山之役，敗走鈞州（今河南省禹縣），蒙帥遣人向他召降，「降則當授大官」，但他斷然拒絕，望汴京拜且哭曰：「無面目見朝廷，惟有一死耳。」即自縊而死，其「部曲舉火拼所寓屋焚之，從死者十餘人」[17]。沃衍死年五十有二，其忠義殉國行為，永垂青史。

（7）郭蝦蟆（1192-1236），會州（今甘肅省靖遠縣）人，以善射見稱，是金末一位知名武將，其人忠心耿耿。天興三年（1234）春，那時金國已亡，西部各州府相繼降蒙，但他仍堅決不降，與部眾堅守孤城三年殉國，據《金史》載：

> 城破，兵填委以入，鏖戰既久，士卒有弓盡矢絕者，挺身入火
> 中。蝦蟆獨上大草積，以門扇自蔽，發二三百矢無不中者，矢

---

14 〔元〕脫脫等撰：《金史》（北京市：中華書局，1975 年），第 8 冊，卷 122，列傳第 60〈忠義二〉，頁 2667。

15 〔元〕脫脫等撰：《金史》（北京市：中華書局，1975 年），第 8 冊，卷 122，列傳第 60〈忠義二〉，頁 2667。

16 〔元〕脫脫等撰：《金史》（北京市：中華書局，1975 年），第 8 冊，卷 123，列傳第 61〈忠義三〉，頁 2684。

17 〔元〕脫脫等撰：《金史》（北京市：中華書局，1975 年），第 8 冊，卷 123，列傳第 61〈忠義三〉，頁 2685。

盡，投弓劍於火自焚，城中無人肯降者。[18]

郭蝦蟆死年四十五，其壯烈事蹟，當地人大受感動，立祠予以紀念。[19]

上述這些為金國壯烈犧牲的朝臣，臨危不偷生，慷慨赴義，正氣凜然，其殉國事蹟，可歌可泣，足可比美漢族歷朝的民族英雄，亦可見金國漢化之深，儒化之深，其政教觀承傳了儒家的忠孝節義精神。

三　儒士棄金仕元的政治觀分析

金亡後，劫後餘生的亡金遺臣以及中原儒士，親歷了亡國之痛，目睹大勢已去，江山已定，面對在眼前的，是一個異族政權。這時候，依傳統觀念，個人的「仕」與「隱」，都成為評定名節的標準，尤其是以遺臣身份事新朝，更公認為有乖氣節，為世所恥。對於「仕」與「隱」的抉擇，金名詩人元遺山（1190-1257）也感到困惑，因其人偏向於仕，所以〈論詩三十首〉其十四有「出處殊途聽所安，山林何得賤衣冠」之句，對選擇仕進者，具開脫之意。按：元好問晚年，曾獲已事元的金狀元王鶚（1190-1273）舉薦，《金史》載王「屢以史事為言，嘗舉楊奐、元好問、李冶宜合秉筆」[20]，又《元史》也載金名儒臣張德輝（1195-1275）「舉魏璠，元裕（裕之），李冶等二十餘人。……壬子，德輝與元裕北觀，請世祖為儒教大宗師，世祖悅而受

18　〔元〕脫脫等撰：《金史》（北京市：中華書局，1975 年），第 8 冊，卷 124，列傳第 62〈忠義四〉，頁 2708-2710。

19　〔元〕脫脫等撰：《金史》（北京市：中華書局，1975 年），第 8 冊，卷 124，列傳第 62〈忠義四〉，頁 2711。

20　〔元〕蘇天爵：《元名臣事略》，收入《四庫全書》（臺北市：臺灣商務印書館，1986 年），第 451 冊，卷 12，〈內翰王文康公〉，頁 3825。

之」[21]。於此可見，金末儒士與元朝新主關係非常密切。難怪清人全祖望（1705-1755）論評元遺山時慨嘆說：「昔人風節尚哉！要之，遺山祇成為文章之士，後世之蒙面異性而託於國史自脫者，皆此等階之屬也。」[22]全氏洞悉政治投機者的心態，其言以古諷今，頗堪玩味，尤其是心中有愧者，無不悚然！

金末元初，歸附蒙古的儒士，打著為蒼生社稷、為民族利益、為文化存亡的旗幟，實踐儒家所謂「聖之於時」的靈活處世精神，投奔新朝政府。他們為博取新主賞識，鼓吹天命論、大一統論，致君行道論，其言論既可獲新朝主子欣賞，也可自我開脫，洗脫從敵失節的罪名。

（一）天命論

蒙古人乃草原民族，其族篤信天命，認為汗權天授，尊崇「長生天」（永恆最高天神），認為人的一切自有天命安排，故在祭天大禮中，表現得至誠及隆重。《元史》〈祭祀志〉載：「元興朔漠，代有拜天之禮。衣冠尚質，祭器尚純，帝后親之，宗戚助祭。」[23]元太祖本名孛兒只斤・鐵木真（1162-1227），「成吉思汗」乃其謐號，意謂賴長生天之力而為汗者。其生時「手握凝血如赤石」[24]，寓意天命授其手握生

---

21 〔明〕宋濂：《元史》（北京市：中華書局，1976 年），第 13 冊，卷 163，列傳第 50〈張德輝傳〉，頁 3825。

22 〔清〕全祖望：《鮚埼亭集》（臺北市：臺灣商務印書館，1979 年），外編，卷 31，〈跋遺山集〉，頁 836。

23 〔明〕宋濂：《元史》（北京市：中華書局，1976 年），第 6 冊，卷 72，志第 23，祭祀一，郊祀上，頁 1781。

24 〔明〕宋濂：《元史》（北京市：中華書局，1976 年），第 1 冊，卷 1，本紀第一，太祖，頁 3。

殺大權之兆。鐵木真是傑出軍事家,「沉有大略,用兵如神」[25],但行軍出征,每言天命,如與金交戰,遣使諭金主曰:「汝山東、河北郡縣悉為我有,汝所守惟燕京耳。天既弱汝,我復迫汝於險,天其謂我何?」[26]此言金弱蒙強,強者滅弱者,乃天命安排,天亦無言責蒙。

　　成吉思汗篤信天命論,是基於其民族的傳統信仰,而投奔蒙古的金儒,為了迎合主子心意,也鼓吹天命論,認為當前蒙人入主中原,為中國之主,乃屬天意。他們此種識時務智慧,甚得蒙主歡心。耶律楚材(1190-1244)及丘處機(1148-1277)在鼓吹天命論方面,表現得最出色及獲最高回報。耶律楚材叛金事元,在十三年間已位居中書令,而方外道人丘處機只憑一次覲見,便獲國師之遇,二人的成就,震驚儒林,對有志於仕進者,帶來極大的鼓舞和誘惑。

　　耶律楚材(1189-1243)是元代開國功臣,在金亡前二十年已叛金仕元,到金亡時已位居蒙廷領導層中書令。楚材為遼東丹王八世孫,其祖輩於遼亡後仕金,年十七,中甲科。其人學問淵博,「凡星曆、醫卜、雜算、內算、音律、儒釋、異國之書,無不通究」[27]。西元一二一五年,蒙軍大舉圍攻金中都燕京(北京),金宣宗遷都於汴(開封),楚材奉命留守中都。蒙兵攻陷中都時,他遁跡佛門,潛心學佛三年,並「受顯訣於萬松老人」[28]。楚材後來獲成吉思汗寵召,置之左右,隨軍征伐,每有征戰,必命其占卜吉凶,頗多靈驗,故為篤信天命的成

---

25 〔明〕宋濂:《元史》(北京市:中華書局,1976 年),第 1 冊,卷 1,本紀第一,太祖,頁 25。

26 〔明〕宋濂:《元史》(北京市:中華書局,1976 年),第 1 冊,卷 1,本紀第一,太祖,頁 17。

27 〔元〕蘇天爵:《元文類》(臺北市:世界書局,1988 年),附錄〈宋子貞‧中書令耶律公神道碑〉,頁 22。

28 〔元〕耶律楚材:《湛然居士文集‧序》,收入《四部叢刊(集部)》(上海市:涵芬樓線裝本),第 3 冊,頁 1。

吉思汗所器重。據《元史》〈耶律楚材傳〉載：

> 西域歷人奏五月望夜月當蝕，楚材曰：「否。」卒不蝕。明年十月，楚材言月當蝕，西域人曰不蝕，至期果蝕八分。壬午八月，長星見西方，楚材曰：「女直將易主矣。」明年，金宣宗果死。[29]

成吉思汗對於楚材預知金宣宗之死，十分折服，故「每征討，必命楚材卜，帝（成吉思汗）亦自灼羊胛，以相符應」，又嘗指楚材謂太宗（窩闊臺）曰：「此人天賜我家。爾後軍國庶政，當悉委之。」楚材獲主子歡心，加上表現出色，官至中書令宰相。

楚材乃儒家子弟，相信天命安排人生，儒書《論語》〈憲問〉所謂「道之將行也與？命也。道之將廢也與？命也」。楚材亦嘗言「樂天知命，吾復何憂」[30]，又有詩句「而方知命正宜歸」[31]及「遇不遇分皆是命」[32]等句，可見其人相信天命主宰一切。楚材由於深悉草原民族相信天命論，故此常以洞悉天命學問取信於蒙主鐵木真，從而逐步高陞以踐其志。

金亡前，另一位名人全真教領袖丘處機，也曾向成吉思汗輸誠，並以「天命」命題作出互動。金元之際，全真教活躍於河朔地區，形

---

29 〔明〕宋濂：《元史》（北京市：中華書局：1976年），第11冊，卷146，列傳第33〈耶律楚材傳〉，頁3456。

30 〔元〕耶律楚材：〈貧樂庵記〉，《湛然居士文集》卷8，收入《四部叢刊（集部）》（線裝）（上海市：涵芬樓線裝本，冊3），頁27。

31 〔元〕耶律楚材：〈貧樂庵記〉，《湛然居士文集》卷8，收入《四部叢刊（集部）》（線裝）（上海市：涵芬樓線裝本，冊3），頁17。

32 〔元〕耶律楚材：〈貧樂庵記〉，《湛然居士文集》卷8，收入《四部叢刊（集部）》（線裝）（上海市：涵芬樓線裝本，冊3），頁13-14。

成一股龐大的宗教力量，成為成吉思汗統戰的對象。歷史上有名的統戰詔書〈成吉思皇帝賜丘神仙手詔碣〉，其文有「非朕之行有德，蓋金之政無恆，是以受之天佑，獲承至尊」等語，強調「天佑」之庇而「獲承至尊」。丘處機為了諫阻蒙古人好殺惡行，以年邁之身，於太祖十七年（1222），不辭萬里勞苦，率領十八弟子應詔而至，會見地點在今的阿富汗興都庫什山。二人會晤，成吉思汗尊丘為「神仙」，待以國師之禮，又問以長生之道，丘則答以「節慾保躬，天道好生惡殺，治尚無為清靜之理」[33]。《元史》〈釋老傳〉〈丘處機〉又載：「及問為治之方，則對以敬天愛民為本。」此次會晤，丘先後三次告誡成吉思汗「敬天愛民」及「天道好生」[34]，其著眼點是依天命，存好生之德，勿犯天威及勿違天德。成吉思汗欣然接納，表示「神仙三說養生之道，我甚入心」[35]，並作出承諾說：「諄諄道誨，敬聞命矣。斯皆難行，然則敢不依仙命，勤而行之！傳道之語，已命近臣錄之簡冊，朕將親覽。」[36]此次丘處機覲見成吉思汗，可謂成功之旅。他點化成吉思汗「衛生之道」是「節慾保躬」，而治國之道則需「敬天愛民」，後者乃天命之所託，為天子必須奉行。在歷史上，丘處機此行壯舉稱雪山講道，為道教史上的美談。

　　金元之際，社會動盪，民生凋弊，斯時「天綱絕，地軸折，人理

---

33 〔元〕李道謙：〈七真年譜〉，收入《正統道藏‧洞真部‧譜錄類》（香港：世界書局出版，1962 年，線裝本），冊玫十。

34 〔明〕宋濂：《元史》（北京市：中華書局，1976 年），第 15 冊，卷 220，〈釋老列傳：邱處機〉，頁 4524-4525。

35 〔元〕李志常：《長春真人西遊記》卷下（《正統道藏‧洞真部‧普錄類》王一部）。

36 〔元〕移刺楚材（即耶律楚材）：《玄風慶會錄》，《道藏》第 76 冊。

滅」[37]，尤其是河朔地區，「天理蕩然，人紀為之大擾」[38]，儒士於此
亂世時代，存活殊非易事，為自救及救他計，迫於無奈委身事元，企
圖改變生活困境。他們找準機會，拋出天命論之說，藉以呼應成吉思
汗的天命思想。茲引錄當日名儒關於天命論的言論如下：

許衡（1209-1281），字仲平，號魯齋，為元代理學先驅，開國大
儒，入元仕官，為官至集賢大學士兼國子祭酒，其代表名作〈與竇先
生書〉一信中，大談治亂與天命的關係。他說：

> 天下古今，一治一亂。治無常治，亂無常亂。亂之中的治焉，
> 治之中有亂焉。亂極而入於治，治極而入於亂。亂之終始之治
> 也，治之終亂之始也。治亂相尋，天人交勝……亂非一日之為
> 也，其來有素矣，折而言之：有天焉，究而言之，莫非命也。
> 命之所在，時也，時之所向，勢也。勢不可違，時不可犯。順
> 而處之，則進退出處，窮達得失，莫非義也。[39]

信中收件者「竇先生」，即竇默（1196-1280），為元初名醫、名臣、名
理學家。許衡這番話的主要目的，是強調士子立身處世，不可違背天
命時勢，應該順應潮流，所謂「順而處之，則進退出處，窮達得失，
莫非義也」。這番話意味著士君子立身處世，要識時務，順勢而行，
正如孟子稱譽孔子所謂「聖之時者也」。

---

37 〔元〕蘇天爵：《元文類》（臺北市：世界書局，1988 年），卷 57，宋子貞：〈中書
令耶律公神道碑〉，頁 22。

38 〔元〕劉因：《靜修先生文集》（北京市：中華書局，1985 年），〈翟節婦詩並序〉，
卷 6，頁 105。

39 〔元〕許衡：《魯齋遺書》，收入《四庫全書》（臺北市：臺灣商務印書館，1986
年），集部一三七，別集類，卷 9，〈與竇先生〉，頁 410。

元胡祗遹（1227-1295）號紫山，為元初能臣，學出宋儒，是著名戲曲評論家，嘗於金元鼎革之際，擁護新朝政府，放言天命在北說，撰文曰：

> 金自道陵崩，逆臣擅命，乾綱解弛。宗室貴戚，素無威柄，重以宴安佚樂，昇平日久，平居無事，日脂面藥，軟媚如婦人女子，一旦內亂遽起，惶駭憂懼，莫知所為。我（蒙古）太祖提兵南下，所過城邑，從風而靡，公（舒穆魯氏）歎曰：「天時人事，上下相應，仰視俯察，事可知矣。中憂而外潰，吾以窮身孤軍，其將疇依，天命其在北乎？」[40]

文中盡數金廷的腐敗，以致「一旦內亂遽起，惶駭憂懼，莫知所為」，其亡是應當的，新的政權來自北方，這是天命的安排，故有「天命在北乎」之語。

金末元初文壇盟主元好問（1190-1257）亦說「洪維大朝，受天景命，薄海內外，罔不臣屬，武克剛矣」[41]，也認同元統一天下，乃受命於天。

對於天命與人心關係的政治作用，元好問弟子郝經（1223-1275）則認為：「王統繫於天命，天命繫於人心，人心之去就，即天命之絕續，統體存亡於是乎在。」[42]郝經強調「人心之去就」，影響「天命之

---

40 〔元〕胡祗遹：《紫山大全集》，收入《四庫全書》（臺北市：臺灣商務印書館，1986 年），第 1196 冊，卷 16，〈舒穆嚕氏神道碑〉，頁 276。

41 姚奠中：《元好問全集》（太原市：山西人民出版社，1990 年），上冊，卷 32，〈令旨重修真定朝記〉，頁 727。

42 李修生編：《全元文》（南京市：江蘇古籍出版社，1999 年），第 4 冊，〈涿郡漢昭烈皇帝廟碑〉，頁 391-392。

絕續」。

元初的天命觀影響深遠，有「元詩四大家」之稱的虞集（1272-1348），其〈經世大典序錄〉帝號條也載：

> 聖祖之生，受命自天，肇基朔土，龍奮虎躍，豪傑雲附。歷艱難而志愈厲，處高遠而氣彌昌。神明協符，以聖繼聖。至我太祖皇帝而大命彰、大號著、大位正矣。於是東征西伐，莫敢不庭。大王小侯，稽首奉命。而聖子神孫，德日以隆、業日以盛。靈旗所向，如草偃風。至於世祖皇帝，天經地緯，聖武神文，無敵於天下矣。[43]

文中對受命於天的統治者，極盡讚美，聖祖「受命自天」，太祖「大王小侯，稽首稱命」，世祖「無敵於天下」。

（二）大一統論

耶律楚材強調南北文物制度一致，有詩名句「朔南一混車書同」[44]，其〈贈遼西李郡王〉詩云：「我本東丹八葉花，先生賢祖相林牙。而今四海歸正化，明月青天卻一家。」[45]從上詩可見，耶律楚材是一個跨民族主義者，

郝經更把大一統論發揮得淋漓盡致，其〈周易外傳序〉載：「合

---

43 〔元〕蘇天爵：《元文類》（臺北市：世界書局，1988年），卷40，〈經世大典序錄〉「帝號」條，頁4。

44 〔元〕耶律楚材：《湛然居士文集》，收入《四部叢刊（集部）》（上海市：涵芬樓線裝本，冊3），卷10，〈和謝昭先韻〉，頁3。

45 〔元〕耶律楚材：《湛然居士文集》，收入《四部叢刊（集部）》（臺北市：臺灣商務印書館，1979年），卷7，〈贈遼西李郡王〉，頁153。

天下以一心，通天下以一理，貫古今以一易，聖一而後世百之，聖十
而後世千之。」[46]郝經的大一統觀是以萬物皆一為中心，突破了時間、
空間、地域的藩籬，甚至連思想的意識形態也要統一起來。他又指出
天下分裂的禍害，其〈上宋國主陳請歸國萬言書〉說：

> 夫天下之禍，始於天下之不一。自兩日並照，海宇分裂，各土
> 其地，各分其民，事乎此者則遺乎彼，謀於北者則不及南。一
> 元之氣散而兆人被其害，相與爭奪並滅而公天下之義廣。[47]

郝經的言論，屬政治性的統戰言論，在社會上起到一定的影響作用，
尤其是「天下之禍，始於天下之不一」，指出國家的動亂，起因是政權
不一統，所謂「兩日並照」，是指兩個政權分治，形成國土分裂，「各
土其地，各分其民」，所以國家亟需大一統。金亡元興，士人為爭仕
進，高唱「海宇混一」及「華夷一統」論。仕元的大儒許衡更鼓吹華
夷一家，「所謂善大則天下一家，一視同仁，無所往而不為善也。二小
兒同父母兄弟也，或因小事物即咒其爺娘，令死不知，彼父母亦我父
母也」[48]。許氏的跨民族觀也流露於詩情，其〈病中雜言〉詩說：「直
須眼孔大如輪，用得前途遠更真。百年光景都有我，華夷千載也皆
人。……」[49]可見郝經是個無種族界限的儒士，對於這種無種族界限的

---

46 〔元〕郝經：《陵川集》，收入《四庫全書》（臺北市：臺灣商務印書館，1986 年），
　　集部一三一，別集類，第 1192 冊，卷 29，〈周易外傳序〉，頁 319。

47 〔元〕郝經：《陵川集》，收入《四庫全書》（臺北市：臺灣商務印書館，1986 年），
　　集部一三一，別集類，第 1192 冊，卷 39，〈上宋國主陳請歸國萬言書〉，頁 4530。

48 〔元〕許衡：《許衡集》（北京市：東方出版社，2007 年），卷 2，《語錄》（下），
　　頁 45。

49 〔元〕許衡：《魯齋遺書》，收入《四庫全書》（臺北市：臺灣商務印書館，1986
　　年），第 1198 冊，〈病中雜言五首〉其四，頁 429。

意識，其師元好問也有之。家鉉翁在〈題中州詩集後〉嘗評好問「生於中原，而視九州之人物，猶吾同國之人；生於數十百年後，而視數十百年前人，猶吾生並世之人」[50]。元好問也嘗言：「通天地人為一體，人與天地之間又同之同者也。」[51]他主張生於天地間的都是人，不應有界限之分，更不應有華夷之別。當朝主政者，能實行仁政，就是王道政府，應享有正統的地位。正如儒士楊奐（1186-1255），其人在金屢試不第，在元初則獲進士第一，大聲呐喊謂「夷而進於中國，則中國之也」，「王道之所在，正統之所在」[52]。郝經的大一統名句也說：「今日能用士而能行中國之道，則中國之主也。」[53]又謂：「聖人有云：夷而進於中國，則中國之，苟有善者，與之可也，從之可也。」[54]他進一步申述說：「故符秦三十年而天下稱治，元魏數世而四海幾平。……天之所與，不在於地而在於人，不在於人而在於道。」[55]郝經更列舉史實，只要能行「道」，「道」就是仁政，無論是「苻秦」或「元魏」等外夷民族當政，在仁政主導下，都能使「天下稱治」，「四海幾平」。郝經又在其〈寓興詩〉指出：「漢鼎既已墜，海內必有歸，誠能正德

---

50 姚奠中編：《元好問全集》（太原市：山西人民出版社，1990 年），下冊，卷 51，頁 453-454。

51 姚奠中編：《元好問全集》（太原市：山西人民出版社，1990 年），下冊，卷 35，〈龍門川大清安禪寺碑〉，頁 8。

52 〔元〕楊奐：《還山遺稿》，收入《四庫全書》（臺北市：臺灣商務印書館，1986 年），集部一三七，別集類，第 1198 冊，卷上，〈正統八例總序〉，頁 228。

53 〔元〕郝經：《陵川集》，收入《四庫全書》（臺北市：臺灣商務印書館，1986 年），集部一三一，別集類，第 1192 冊，卷 37，〈與宋兩准制置使書〉，頁 432。

54 〔元〕郝經：《陵川集》，收入《四庫全書》（臺北市：臺灣商務印書館，1986 年），集部一三一，別集類，第 1192 冊，卷 19，〈時務〉，頁 211。

55 〔元〕郝經：《陵川集》，收入《四庫全書》（臺北市：臺灣商務印書館，1986 年），集部一三一，別集類，第 1192 冊，卷 19，〈時務〉，頁 211。

業，亦足為王基。」⁵⁶這首詩直言金亡易鼎，呼籲中原儒士歸順新朝，其個人也表示效忠新朝，嘗撰文說：

> 將以慧積年之凶爨，頓百萬之鋒銳，存億兆之性命，合三光五嶽之氣，一四分五裂之心，推九州四海之仁，發萬世一時之機……是以主人以是命僕而不疑，僕也受之而不辭。⁵⁷

郝經以中原儒士身份，表明甘做蒙主的「僕」，「僕也受之而不辭」，毫不考慮「名節」之事。不過，他也明白到名節是儒士身份的象徵，故此在撰寫元好問墓誌銘⁵⁸時，盡量把元氏美化成一個高風亮節的讀書人，稱道他「不事舉業」⁵⁹「金亡不仕」，為避免影響其名節，隻字不提元好問與蒙古王朝有關的人和事，反映出「名節」是有其存在價值的，亦可反映出當日仕元的中原儒士的內心世界，是非常矛盾和痛苦的。郝經〈金源十節士歌〉有句云：「從今莫把夷狄看，試問幾人

---

56 〔元〕郝經：《陵川集》，收入《四庫全書》（臺北市：臺灣商務印書館，1986年），集部一三一，別集類，第1192冊，卷2，〈寓興詩〉（之十四），頁29。

57 〔元〕郝經：《陵川集》，收入《四庫全書》（臺北市：臺灣商務印書館，1986年），集部一三一，別集類，第1192冊，卷37，〈與宋兩准制置使書〉，頁432。

58 姚奠中編：《元好問全集》（太原市：山西人民出版社，1990年），〈附錄〉，卷51，頁432。

59 郝經撰的遺山墓誌銘說：「或者識其不事舉業，先大父（郝經祖父郝天庭）言：『吾政不欲渠為舉子爾，區區一算不足道也。』」修金史者撰元好問傳據郝經的銘寫成「年十四，從陵川郝音卿學，不事舉業。」其實，元好問並不是郝經說得那麼清高，不事舉業。元好問在〈贈答郝經伯常〉詩序中說：「伯常（郝經字伯常）之大父，余少日從之學科舉。」（見《元好問全集》卷9，頁267）又元遺山編的《中州集》〈郝天挺小傳〉亦說：「好問十四五，先人令陵川時，從先生學舉業。」（見《翰苑英華中州集（四）‧中州壬集》第九），頁5。

能自守？」[60]郝氏此兩句詩語帶相關，在悲悼死者之餘，亦有勸諫有意來歸之士無需死守華夷立場。

從上可知，元初中原儒士為了尋找個人的政治出路，但亦深懼背上從敵仕夷的失節罪名，於是大放厥辭，高唱天命論、大一統論，強調不管那一個民族執掌政權，只要「能行中國之道」，就是「中國之主」，也就是中國正統的合法王朝。

金元易鼎，有關國朝道統問題，在金朝亡後八個月，即一二三四年九月，已有士人修端等人急不及待，商議正統問題，指出「金太祖舉兵平遼克宋，奄有中原三分之二，子孫帝王，坐受四方朝貢百有餘年……宋祚已絕，當承宋統」[61]，金國應是道統正朔，而當前繼金的蒙古王朝，也該毫無疑問屬於正統王朝。修端的言論，指出王朝道統無分華夷，正好為蒙古政權鳴道開鑼，對華夷一統觀，產生了深遠的影響作用。

元大一統後，閩海名儒陳旅（1288-1343）謂「則天地氣運之盛，無有盛於今日者矣。」[62]元人以大一統自豪，曲家貫雲石（1286-1324）在其散曲〔殿前歡〕有「賽唐虞，大元至大古今無」之句。元朝名宦許有壬（1287-1364）曾為《大元大一統誌》撰序云：「……我元四極之遠，載籍之所未聞，振古之所未屬者，莫不渙其群而混於一。則是古之一統，皆名浮於實；而我（元）則實協於名矣！」[63]其文指出元朝

---

60 〔元〕郝經：《陵川集》，收入《四庫全書》（臺北市：臺灣商務印書館，1986年），集部一三一，別集類，第1192冊，卷11，〈金源節士歌〉，頁1140。

61 〔元〕修端：〈辯遼宋金正統〉，收入〔元〕蘇天爵：《元文類》（臺北市：世界書局，1988年），卷45，頁4-8。

62 〔元〕蘇天爵：《元文類》（臺北市：世界書局，1988年），陳旅：〈國朝文類序〉，頁4。

63 〔元〕許有壬：《至正集》（臺北市：新文豐出版公司，1985年），卷35，〈大一統志序〉，頁252。

的大一統，乃名實相副。士人張沖為元代學者蕭㪺（1241-1318）《勤齋集》作序，更指出國家大一統對文風發展有利，其序云：

> 以近代言之，宋末金前，理昏而氣衰，或病乎繁文而委靡不振，或溺於駢儷而破碎支離，體裁既失，蕭散不存，古意無餘矣。我元以寬仁英武，混一天下，氣因國雄，理緣氣勝。[64]

上引文指出，宋末金前的文風「委靡不振」，元大一統後，則「氣因國雄，理緣氣勝」。元「閩中名士」陳旅（1288-1343）指出「四海混一」之後，文風轉盛，撰文曰：

> 先民有言：「三光五嶽之氣分，大音不完，必混一而後大振。」……我國家奄有六合，自古稱混一者，未有如今日之無所不一。則天地氣運之盛，無有盛於今日者矣。……作為文章，龐蔚光壯。前世陋靡之風，於是乎盡變矣。[65]

陳旅稱道大一統後，國運與文風皆由「陋靡」轉「光壯」。

（三）致君行道論

　　金亡前後，棄金仕元的中原知識分子，也有一個堂而皇之的理由，為自己開脫事敵的借口，就是致君行道。楚律楚材嘗言「行道澤

---

64 〔元〕蕭㪺：《勤齋集》，收入《四庫全書》：（上海市：上海古籍出版社，1987 年），第 1206 冊，頁 378。

65 〔元〕蘇天爵：《元文類》（臺北市：世界書局，1988 年），陳旅：〈國朝文類序〉，頁 4。

民，亦僕之素志也」[66]，又說：「夫君子之學道也，非為己也。合君堯
舜之君，吾民堯舜之民，此其志也。使一夫一婦不被堯舜之澤者，君
子恥之。是故君子之得志也，位足以行道，財足以博施，不亦樂
乎！」[67]所以當他獲新主成吉思汗賞識後，踏上生命另一里程碑，對日
後挽救天下蒼生的事業，作出了重大的貢獻。此外，方外道人丘處機
在觀見成吉思汗時，提出長生宜「節欲保躬」，履行「天道好生惡殺」
之命，治國則「尚無為清靜之理」，即無為而治。丘處機乃宗教家，以
霖雨蒼生為職志，其思想領域不受種族及國界所限，他觀見鐵木真的
目的是執行宗教使命工作，盼能致君行道。

關於士人能否有機會致君行道，郝經認為其先決條件是君主「能
用士，能行中國之道」[68]，其〈秋風賦〉有序云：「驚仁壽於吾民，厝
治安於吾君。是餘所以樂也。」[69]可見其人忠君愛民的思想相當濃烈。
忽必烈嘗「開邸以待天下士，征車絡繹，訪以治道，期於湯、武」[70]。
這個「道」，是以仁政為中心，「參用漢法」，以「漢法為政」，「以國
朝之成法，援唐、宋之古典，參遼、金之遺志，設官分職，立政安
民，成一王法」[71]，並指出「自古帝王之興，莫不以有為而後可以無

---

66 〔元〕耶律楚材：《湛然居士集》，收入《四部叢刊（集部）》（臺北市：臺灣商務
　　印書館，1979 年），卷 8，〈寄趙元帥書〉，頁 85。

67 〔元〕耶律楚材：《湛然居士集》收入《四部叢刊（集部）》（臺北市：臺灣商務印
　　書館，1979 年），卷 8，〈貧樂庵記〉，頁 89。

68 李修生編 ：《全元文》（南京市：江蘇古籍出版社，1999 年），第 4 冊，卷 121，郝
　　經：〈與宋國淮制置使書〉，頁 103-104。

69 〔元〕郝經：《陵川集》，收入《四庫全書》（臺北市：臺灣商務印書館，1986 年），
　　集部一三一，別集類，第 1192 冊，卷 1，〈秋風賦〉，頁 22。

70 李修生編：《全元文》（南京市：江蘇古籍出版社，1999 年），第 4 冊，卷 121，郝
　　經：〈與宋國兩淮制置使書〉，頁 103。

71 李修生編：《全元文》（南京市：江蘇古籍出版社，1999 年），第 4 冊，卷 121，郝
　　經：〈立政議〉，頁 88。

為」[72]。郝經強調以漢法和仁政治國，乃合中國國情所需。元初理學家許衡上奏的〈時務五事〉也指出：

> 古今立國規模，雖各不同。然其大要，在得民心。而考之前
> 代，北方奄有中夏，必行漢法，乃可長久。故魏、遼、金能用
> 漢法，歷年最多。其他不能用漢法者，皆亂亡相繼。史冊具
> 載，昭昭可見也。國朝仍處遠漠，無事論此，必若今日形勢，
> 非用漢法不可也。[73]

許衡在奏疏中，強調蒙人入主中原，施行漢法的話，則國祚長久，否則「皆亂亡相繼」，評估「今日形勢，非用漢法不可」。

許衡為元初大儒，為「朱子之後第一人」，在學術上，其學「尊明孔、孟之遺經，以及伊、洛諸儒之訓傳，使夫道德之言，衣被四海。故當時學術之正，人才之多而文正之有功於聖世，蓋有所不可及焉」[74]。在華夷問題上，他突破華夷界限，正如孟子所謂「舜，……東夷之人也。文王……，西夷之人也。……，得志行乎中國，若合符節。先聖後聖，其揆一也」[75]。在志向上，許衡有志於「致君行道」，懷抱濟世，其〈訓子詩〉有句「身居畎畝思致君，身在朝廷思濟民」。在政治上，他強調「用夏變夷」，積極推行漢法治國，詳見奏議〈時務

---

72 李修生編：《全元文》（南京市：江蘇古籍出版社，1999 年），第 4 冊，卷 121，郝
　經：〈便宜新政〉，頁 92。

73 李修生編：《全元文》（南京市：江蘇古籍出版社，1999 年），第 2 冊，卷 69，許
　衡：《許文正公遺書》，〈奏疏·時務五事〉，頁 428。

74 〔元〕蘇天爵：《滋溪文稿》（北京市：中華書局，1997 年），卷 5，〈伊洛源淵錄
　序〉，頁 73-74。

75 〔宋〕朱熹：《四書章句集注》（北京市：中華書局，1983 年），《孟子·離婁下》，
　頁 289。

五事〉。許氏又指出推行漢法，不能急進，「以北方之俗，改用中國之法，非三十年不可成功」[76]。關於致君行道的成敗，許衡提出警告說：「為人君止於仁，天地之心仁而已矣。麟鳳為羽毛鱗介之長，中國夷狄君子小人俱要得所……樂殺人者，不可得志於天下。」[77]許衡認為「道」的實踐，是以仁君仁政為基本條件。

元初，大量儒士致君行道，投身於新朝政府，位居領導層，《元史》〈許衡傳〉載：「（至元）六年，（世祖）命（許衡）與太常卿徐世隆定朝儀，儀成，帝臨觀，甚悅。又詔（許衡）與太保劉秉忠、左丞張文謙定官制，（許）衡歷考古今分並統屬之序，去其權攝增置冗長側置者，凡省部、院台、郡縣與夫後妃、諸藩、百司所聯屬統制，定為圖。」[78]許衡、徐世隆、劉秉忠、張文謙等儒士備獲重用，制定了不少國策和制度。

關於許衡事元的歷史評價，明儒何瑭予以正面批評說：

> 元之君，雖未可與古之君並論，然敬天勤民，用賢圖治。蓋也駸駸乎中國之道矣。夷狄之俗，以伐殺戮為賢，其為生民之害大矣，苟有可以轉移其俗，使生民不至於魚血糜爛者，仁人君子當盡心焉。況元主知尊禮公（許衡），而以行道濟時望之，

---

76 李修生編：《全元文》（南京市：江蘇古籍出版社，1999年），第2冊，卷69，許衡：《許文正公遺書》，〈奏疏・時務五事〉，（南京市：江蘇古籍出版社，1999年），頁429。

77 〔元〕許衡：《魯齋遺書・語錄下》，收入《四庫全書》（臺北市：臺灣商務印書館，1986年），第1198冊，卷2，頁306。

78 〔明〕宋濂：《元史》（北京市：中華書局，1976年），第12冊，卷158，列傳〈許衡傳〉，頁3726。

公亦安忍以夷狄外之，固執而不仕哉？[79]

元主「敬天動民，用賢圖治」，行「中國之道」，即漢化政策，廢棄其
殘虐之性，「使生民不至於魚血糜爛」，所以許衡不以「夷狄外之」，
及豈能「固執而不仕哉？」。

金亡後，許衡高姿態事元，但與他同一地位「元北方兩大儒」的
劉因卻恥事元朝。元末明初學者陶宗儀（1329-1410）嘗論評許、劉二
人對新朝政府的態度說：

> 中統元年，（許衡）應召赴都日，道謁文靖公靜修劉先生（因），
> 謂曰：「公一聘而起，毋乃太速乎。」答曰：「不如此，則道不
> 行。」至元二十年，徵劉先生至，以為贊善大夫，未幾，辭去。
> 又召為集賢學士，復以疾辭。或問之，乃曰：「不如此，則道
> 不尊。」[80]

從上錄引文可見，許衡急不及待事元，並言「不如此，則道不行」，而
劉因則二次拒受元主徵召，並強調「不如此，則道不尊」，劃清華夷界
限。劉因有另一篇名作〈退齋記〉暗諷許衡云：「挾老子之術以往者，
以一身之利害，節量天下之休戚，其終必至于誤國而害民。然而特立
于萬物之表，而不受其責。而彼方以孔、孟之時義，程、朱之名理，

---

79 〔元〕許衡：《魯齋遺書》，收入《四庫全書》（臺北市：臺灣商務印書館，1986
年），集部一三七，別集類，第 1198 冊，卷 14，〈郡人何塘題河內祠堂記〉，頁
474。

80 〔元〕陶宗儀：《南村輟耕錄》（北京市：中華書局，1959 年），〈微聘〉，卷 2，頁
21。

自居不疑，而人亦莫知奪之，是乃以術欺世，而即以術自免。」[81]劉因雖未點名批判許衡，但名字卻呼之欲出，文中末句責許衡利用恐孔孟程朱之學，「以術欺世」及「以術自免」，有責言太過之失。至於劉因的氣節評價，明人劉寬評他「俯視一世，藐焉不滿，其風節孤峻，真有鳳凰翔於千仞之意」[82]。清人全祖望也予以論評說：「蓋知元之不足有為也，其建國規模無可取者，故潔身自退……睹時政之謬，而思晦跡以自保。」[83]劉因處於易朝之際，重視個人名節，潔身自愛，隱居不仕，嘗自題畫像自警云：「所以承先世之統者，如是其孤；所以當眾人之望者，如是其虛。嗚呼危乎！不有以持之，其何以居？」[84]自警要堅持道統，不為他物所擾。元人蘇天爵〈靜修先生劉公墓表〉云：「先生杜門授徒，深居簡出，性不苟合，不妄接人。保定密邇京邑，公卿使過者眾，聞先生名，往往來謁，先生多遜避不與相見。不知者或以為傲，先生弗恤也。」劉因「深居簡出」，避見權貴，其高風亮節，元人虞集予以推許云：「以予觀乎國朝混一之初，北方之學者，高明堅勇孰有過於靜修者哉？」[85]虞氏評劉因「高明堅勇」，無人能及，可謂恰當。

---

81 〔元〕劉因：《劉文靖公文集》，收入《四庫全書》（臺北市：臺灣商務印書館，1986 年），第 1198 冊，卷 18，〈退齋記〉，頁 5a-7a。

82 〔明〕吳寬：《匏翁家藏集》，收入《四部叢刊（集部）》（上海涵芬樓，線裝本），第 5 冊，卷 38，〈新安縣重修靜修書院記〉，頁 17。

83 〔清〕全祖望：《鮚埼亭集》外編，收入《續修四庫全書》本（上海市：上海古籍出版社，2002 年），第 1430 冊，卷 33，〈書劉文靖公渡江賦後〉，頁 77。

84 〔元〕劉因：《劉文靖公文集》，收入《四庫全書》（臺北市：臺灣商務印書館，1986 年），集部一三七，別集類，第 1198 冊，卷 18，〈書畫像自警〉，頁 8b。

85 〔元〕虞集：《道園學古錄》，收入《四庫全書》（臺北市：臺灣商務印書館，1983 年），第 1207 冊，卷 6，〈安敬仲文集序〉，頁 3b-5a。

四　結論

　　金末，國運危急存亡之際，朝臣壯烈殉國者為數不少，但也有朝臣為了尋求新的政治出路，理不得「忠」與「不忠」，「節」與「不節」的顧忌，紛紛設法爭事蒙古新政府。他們打著天命論的旗幟，大放辭詞，高唱金亡元興乃天命安排的言論，又指出山河一統對政府及民生均兩利，繼而高唱種族應平等，地域應無界限，至於誰是「中國之王」，更不成問題，只要當權者「今日能用士而能行中國之道，則中國之主也」，最後又稱頌當世元主「敬天勤民，用賢圖治」，並且進一步強調「漢鼎已墜」，即金亡已成事實，勿作懷想，掌握今天，扶助新主，所謂「誠能正德業，亦足為王基」，在個人而言，「致君行道」也是履行知識份子的責任，唯有如此才能協助君主推行漢法治國，實施仁政，達致「用夏變夷」的和平演變目的，至於個人的名節問題，則見人見智，留待後人定奪。

耶律楚材「以儒治國，以佛治心」之探析

一　前言

　　十二世紀之初，成吉思汗領導蒙軍東伐西征，連戰皆捷，所向披靡，勢力橫跨歐亞，建立起一個版圖龐大的國家。由於各佔領區的宗教及文化背景不同，若強行使用單一政策去管治，勢必引起各管治區民眾對抗或叛亂。成吉思汗深明其理，制定一套宗教政策，長期執行，宣佈「信教自由」[1]，又「命其后裔勿偏重何種宗教，應對各教之人待遇平等」，並給「各宗派之教師、教士、貧民、醫師，以及其他學者，悉皆豁免賦役」[2]。成吉思汗基於政治管治因素，實施並行兼容的宗教策略，締造了一個宗教多元化的汗國。當時，流行於境內外的宗教有薩滿教、景教、佛教、道教、回教、天主教、基督教等。蒙古人以信奉薩滿教為主，成吉思汗亦是薩滿教的信徒。

　　雖然如此，有元一代，其俗是皇帝登位，需先受戒九次，可謂奇跡。元末明初史家陶宗儀《南村輟耕錄》指出：「受佛戒累朝皇帝，先受佛戒九次。方正大寶，而近侍陪位者，必九人或七人，譯語謂之暖答世。此國俗然也。」[3]清末洪鈞《元史譯文證補》的〈元世各教名考〉

1　馮承鈞譯：《多桑蒙古史》（上海市：上海書店出版社，2001 年），上冊，頁 81。
2　馮承鈞譯：《多桑蒙古史》（上海市：上海書店出版社，2001 年），上冊，頁 158。
3　〔元〕陶宗儀：《南村輟耕錄》（瀋陽市：遼寧教育出版社，1998 年，新世紀萬有文庫），卷 2，頁 19。

也說：「世祖（忽必烈）混一區夏，雖弈以儒術飾治，然帝師佛子，殊寵絕禮。百年之間，朝廷之上，所以隆奉敬信之者無所有用其至。」[4]由於佛教盛行於皇室，朝上公卿大夫及士庶平民等深受影響，信佛之風深入各社會階層，使佛教文化發揮了強大的影響力。追朔其源，蒙古丞相耶律楚材推行的「以儒治國，以佛治心」的治國理念有一定的先導作用。

二 楚材出身儒佛家庭

耶律楚材（1189-1244），字晉卿，號湛然居士，義州弘政（遼寧義縣）人，生於燕京，具契丹血緣，是遼宗室後人，故他自言「遼東丹王突八世孫」[5]。契丹族與漢族關係密切，漢化甚早，儒佛文化深植其族，不僅民間盛行，連帝王宗室及大臣都深受影響，並以之為治國策略。根據《遼史》〈義宗倍傳〉載：「時太祖問侍臣：『受命之君，當事天敬神。有大功德者，朕欲祀之，何先？』皆以佛對。太祖曰：『佛非中國教。』倍（耶律）曰：『孔子大聖，萬世所尊，宜先。』太祖大悅，即建孔子廟。詔皇太子春秋釋奠。」[6]從上述的君臣對話，可見雙方都對儒佛文化有深刻瞭解，反映出當時的契丹族，根本上是一個漢化已久的民族。楚材有詩云：「遼家尊漢制，孔教祖宣尼。」[7]耶

4　〔清〕洪鈞：《元史譯文補正》（清光緒二十三年刻本），卷 29，〈元世各教名考〉頁 1。

5　〔明〕宋濂：《元史》（北京市：中華書局，1976 年），第 11 冊，卷 146，列傳第 33〈耶律楚材傳〉，頁 3456。

6　〔元〕脫脫等撰：《遼史》（北京市：中華書局，1974 年），第 5 冊，卷 72，〈義宗倍傳〉，頁 1209。

7　〔元〕耶律楚材：《湛然居士文集》，收入《四部叢刊（集部）》（臺北市：臺灣商務印書館，1979 年），卷 12，〈憶古一百韻寄張敏之〉，頁 118。

律楚材乃遼宗室後裔，對於遠祖用來治國治心的儒佛學問，非常醉心嚮往，遂努力學習，期盼有朝一日，得君行道，以儒治國，以佛治心。

楚材的父親，耶律履「以學行事金世宗，特見親任，終尚書右丞」[8]，位居宰相。耶律履除通儒外，對於佛學亦有湛深的造詣，曾著書立說，寫成《天竺三藏吽哈羅悉利幢記》一書啟迪後人。自幼失去父愛的楚材，對於亡父的遺作，視如至寶，愛不惜手，為自己播下崇佛的種子，自言「余幼而喜佛，蓋天性也，壯而涉獵佛書，稍有所得，頗自矜大」[9]。在儒方面，「學而優則仕」，楚材有詩透露其顯赫家世，有〈為子鑄作詩三十韻〉之作：

> ……赫赫東丹王，讓位如夷伯。藏書萬卷堂，丹青成畫癖。四世皆太師，名德超今昔。我祖建四節，功勳冠黃閣。先考文獻公，弱冠已卓立。[10]

「藏書萬卷」，「四世皆太師」，著著都顯示出楚材來自一個讀儒書，行儒事的家庭。楚材少孤，未足三歲，正是牙牙學語之際，便有喪父之痛，幸賴通翰墨的母親楊氏悉心撫育，「教之學」。對於慈母之遺教，楚材念念不忘，其〈思親用舊韻二首〉[11]有句云：「琴斷五言忘舊譜，

---

8 〔明〕宋濂：《元史》（北京市：中華書局，1976 年），第 11 冊，卷 146，列傳第 33〈耶律楚材傳〉，頁 3454。

9 〔元〕耶律楚材：《湛然居士文集》，收入《四部叢刊（集部）》（臺北市：臺灣商務印書館，1979 年），卷 12，頁 118。

10 〔元〕耶律楚材：《湛然居士文集》，收入《四部叢刊（集部）》（臺北市：臺灣商務印書館，1979 年），卷 12，頁 126。

11 〔元〕耶律楚材：《湛然居士文集》，收入《四部叢刊（集部）》（臺北市：臺灣商務印書館，1979 年），卷 6，頁 62。

菊芳三徑負疏籬」，及「燈下兒時哦麗句（太夫人昔有詩云：挑燈教子哦新句，冷淡生涯樂有餘），筵前何日舞斑衣？」楊氏「挑燈教子」，刻意栽培，望子成龍，重振家聲，對楚材之期望，是何等殷切。楚材亦自知境況，奮發自勵，讀書養志，勤習詩書，寄望將來「行道澤民」，以功業為先，其〈再和世榮二十韻寄薛玄之〉詩云：「尚記承平日，為學體自強，經書與我志：功業迫人忙。」[12]楚材另一首詩〈為子鑄作詩三十韻〉更說得具體，「……我受先人體，兢兢常業業。十三學詩書，二十應制策。」[13]年紀小小的楚材，在十三歲時除學習儒家的「詩書」等經典著作外，連其他的專業知識都大量吸收，《元史》載他「及長，博極群書，旁通天文、地理、律曆術數及釋老、醫卜之說，下筆為文，若宿構者。」[14]這些「天文、地理、律曆術數及釋老、醫卜」等學問，都有利於其日後仕途的發展。

三　楚材拜師學佛

楚材跟佛結緣，除來自家庭因素外，亦有向外拜師學佛。其文集有載：「在京師時，禪伯甚多。惟聖安澄公和尚，神氣嚴明，言詞磊落，予獨重之。」[15]他想拜澄公和尚為師，但受到推辭，原因是澄公和尚明白楚材的要求很高，既要學佛，又要學儒，而儒學並不是他的專

---

12 〔元〕耶律楚材：《湛然居士文集》，收入《四部叢刊（集部）》（臺北市：臺灣商務印書館，1979 年），卷 12，頁 122。

13 〔元〕耶律楚材：《湛然居士文集》，收入《四部叢刊（集部）》（臺北市：臺灣商務印書館，1979 年），卷 12，頁 126。

14 〔明〕宋濂：《元史》（北京市：中華書局，1976 年），第 11 冊，卷 146，列傳第 33〈耶律楚材傳〉，頁 3456。

15 〔元〕耶律楚材：《湛然居士文集》，收入《四部叢刊（集部）》（臺北市：臺灣商務印書館，1979 年），卷 8，〈萬松老人評唱天童覺和尚頌古從容庵錄序〉，頁 86。

長，故此以「年老矣」及「不通儒」為理由予以婉拒，但仍推薦「儒釋兼備，宗說精通」的萬松老人（1166-1246）給他。萬松老人法號行秀禪師，是佛教曹洞宗長老，除精於佛禪外，「於孔、老、莊周百家之學無不會通」[16]，並「素有將相之才」[17]。在當時，萬松地位崇高，嘗奉金章宗之詔入宮，在內廷說法，由「帝親迎禮……后妃貴戚羅琴拱跪」[18]。貞祐二年（1214），蒙兵圍燕，城破後，楚材時年二十五，把功名束之高閣，潛修學佛於萬松老人，苦學三年，學習期間，生活艱苦，「執菜根，蘸油鹽，脫飯粟」[19]，「杜絕人跡，屏斥家務，雖祁寒大暑，無日不參，焚膏繼晷，廢寢忘餐者三年。」[20]經苦學後，楚材「大會其心，精究入神，盡棄宿學，冒寒暑無晝夜者三年，盡得其道。」[21]上述所言的 1.「盡棄宿學」、2.「盡得其道」、3.「冒寒暑無晝夜者三年」，需要作出補充說明：

（1）盡棄宿學：「宿學」為何要「盡棄」？顯然這些「宿學」層次膚淺，境界不高，楚材嘗言「壯而涉獵佛書稍有所得，頗自矜大」[22]，學佛「頗自矜大」，無異於當日一般知識份子，欠缺內涵，好

16 《五燈嚴統》卷14，《卍續藏》，第139冊。
17 〔元〕耶律楚材：《湛然居士文集》，收入《四部叢刊（集部）》（臺北市：臺灣商務印書館，1979年），卷13，〈釋氏新聞序〉，頁130。
18 《佛祖歷代通載》卷20，北京圖書館古籍珍本叢刊本。
19 〔元〕耶律楚材：《湛然居士文集》，收入《四部叢刊（集部）》（臺北市：臺灣商務印書館，1979年），〈萬松野老序〉，頁2。
20 〔元〕耶律楚材：《湛然居士文集》，收入《四部叢刊（集部）》（臺北市：臺灣商務印書館，1979年），卷8，〈萬松老人評唱天童覺和尚頌古從容庵錄序〉，頁86。
21 〔元〕耶律楚材：《湛然居士文集》，收入《四部叢刊（集部）》（臺北市：臺灣商務印書館，1979年），〈萬松野老序〉，頁2。
22 〔元〕耶律楚材：《湛然居士文集》，收入《四部叢刊（集部）》（臺北市：臺灣商務印書館，1979年），卷12，〈為子鑄作詩三十韻〉，頁118。

以「公案助談資，賣弄猾頭禪」[23]，把談禪當作賣弄語言技巧。澄公和
尚坦言當日「儒者多不諦信佛書。唯搜摘語錄，以資談柄」[24]。「盡棄
宿學」的原因可能是「宿學」不合時宜，有待革新或者個人對「宿學」
的認知有所改變，需要作出深化。總之，這些「宿學」，他自言「回視
平昔所學，皆塊礫耳！」[25]「塊礫」乃無用的廢物，「盡棄」之而不感
到可惜。

（2）盡得其道：楚材避世學佛，經過三年的刻苦磨練，繼承萬松
老人衣砵，對佛的體悟，大別於從前所學，嘗言「其參學之際，機鋒
罔測，變化無窮，巍巍然若萬仞峰，莫可攀仰，滔滔然若萬頃波，莫
能涯際。瞻之在前，忽然在後，回視平昔所學，皆塊礫耳！噫！登東
山而小魯，登泰山而小天下者，豈虛語哉！」[26]此時的他，「年二十有
七，受顯訣於萬松。其法忘生死，外身世，毀譽不能動，哀樂不能
入」[27]。生逢亂世，面對國亡家破，又為朝廷小官，人微言輕，護國無
力，個人的「生死」、「毀譽」、「哀樂」，此刻受到嚴峻的考驗，如何
去擺脫複雜的思想枷鎖，殊非容易。在學佛成果上，楚材已進入一個
悠然自得的新境界，傲然一世，今非昔比，佛學修維，已臻化境。所

---

23 〔元〕耶律楚材：《湛然居士文集》，收入《四部叢刊（集部）》（臺北市：臺灣商
　務印書館，1979 年），卷 12，〈琴道五十韻以勉忘慢進道並序〉，頁 119。

24 〔元〕耶律楚材：《湛然居士文集》，收入《四部叢刊（集部）》（臺北市：臺灣商
　務印書館，1979 年），卷 8，〈萬松老人評唱天童覺和尚頌古從容庵錄序〉，頁 86。

25 〔元〕耶律楚材：《湛然居士文集》，收入《四部叢刊（集部）》（臺北市：臺灣商
　務印書館，1979 年），卷 8〈萬松老人評唱天童覺和尚頌古從容庵錄序〉，頁 86。

26 〔元〕耶律楚材：《湛然居士文集》，收入《四部叢刊（集部）》（臺北市：臺灣商
　務印書館，1979 年），卷 8〈萬松老人評唱天童覺和尚頌古從容庵錄序〉，頁 86。

27 〔元〕耶律楚材《湛然居士文集・序》，收入《四部叢刊（集部）》（臺北市：臺灣
　商務印書館，1979 年），頁 81。

以，萬松老人「面授衣頌，目之為湛然居士從源」[28]。楚材以萬松的法嗣弟子自居，法號「從源」，取其服從佛教本源之意，外號「湛然居士」，其意義是除敬重唐代佛教天台宗九祖湛然和尚外，並寓意一脈相承，得其真傳衣缽。楚材對於「湛然居士」這名字十分喜愛，其傳世作品，統稱「湛然居士文集」，詩中屢有提及「湛然」一詞，如：「好放湛然雲水去，」[29]、「湛然有琴癖」[30]、「湛然揮墨試續貂」[31]，「湛然扈從狼山東」[32]等。

（3）冒寒暑無晝夜者三年：這句話的「三年」，實在值得商榷，貞祐二年（1214），楚材二十五歲，是時，蒙兵大軍壓境，圍首都燕，王國維《耶律文正公年譜》記載，「是歲，始參萬松老人」，又載「宣宗南渡，公兄辨才、善才皆扈駕。公（楚材）留中都，丞相元顏承暉留守燕京，行尚書省，表公為左右司員外郎。是歲，夏五月，金主遷汴，六月蒙古兵圍中都。」[33]楚材面對國亡家破之際，皇帝及朝臣四散奔逃，臨危受命，表為左右司員外郎，這是一個六品小官。年譜載該年「夏五月金主遷汴，六月蒙兵圍中都」，從時代背景來看，是時社會動盪，兵荒馬亂，作為一個負責任的守城官員，在危急存亡之秋，怎

---

28 〔元〕耶律楚材：《湛然居士文集》，收入《四部叢刊（集部）》（臺北市：臺灣商務印書館，1979 年），〈湛然居士集序〉，頁 1。

29 〔元〕耶律楚材：《湛然居士文集》，收入《四部叢刊（集部）》（臺北市：臺灣商務印書館，1979 年），卷 4，〈和搏霄韻代水陸疏文因其韻為詩十首其二〉，頁 38。

30 〔元〕耶律楚材：《湛然居士文集》，收入《四部叢刊（集部）》（臺北市：臺灣商務印書館，1979 年），卷 11，〈冬夜彈琴頗有所得亂道拙語三十韻以遺猶子蘭并序〉，頁 112。

31 〔元〕耶律楚材：《湛然居士文集》，收入《四部叢刊（集部）》（臺北市：臺灣商務印書館，1979 年），卷 1，〈和黃華老人題獻陵吳氏成趣園詩〉，頁 8。

32 〔元〕耶律楚材：《湛然居士文集》，收入《四部叢刊（集部）》（臺北市：臺灣商務印書館，1979 年），卷 10，〈扈從羽獵〉，頁 102。

33 王國維：《王國維遺書》（上海市：上海書店出版社，1983 年），第 7 冊，頁 153。

敢擅離職守，那裡有時間及有心情，離棄家庭，拋妻棄子，隔絕師
友，過著閉關學佛的避世日子。故此，楚材為了學佛，「冒寒暑無晝夜
者三年」，這句話恐與事實不符。《耶律文正公年譜》有以下的記載可
作證明：

> 乙亥二十六歲
> 公圍閉京城，絕粒六十日，守職如恆。是歲夏五月，中都陷。
> 丙子二十七歲
> 受顯訣於萬松老人。
> 丁丑二十八
> （資料空白）[34]

從上述三年的年譜資料來看，時年二十六的耶律楚材仍在「守職如
恆」，未離守城崗位。照理上，耶律楚材追隨萬松老人學佛，時間上
該是燕都淪陷以後的事，即時年二十七及二十八。另一個值得思考的
問題，按照蒙兵慣用的攻城策略，就是在攻城時遇有抵抗，城破例有
屠城之舉。耶律楚材是一個守城官員，城破後未受到傷害或拘管，並
且有機會去出家修行，矢志學佛，用功程度達「杜絕人跡，屏斥家
務」，這會否跟逃避政治追捕有關？

四　楚材之禪詩與禪慧

耶律楚材好像其他詩人一樣，除崇儒外，也好佛，例如唐代的白
香山居士、王維居士、宋代的東坡居士等，都是儒佛雙修的文人，尤

---

34 王國維：《王國維遺書》（上海市：上海書店出版社，1983 年），第 7 冊，頁 203。

其在宋代，儒佛雙修，蔚成風氣，宋理學家周敦頤及儒學大師朱熹等名儒，都經常引用佛經去解說儒家理論，而出家人亦相對一樣，釋儒並用，楚材之師萬松禪師，都是這一類人物。

楚材是一位虔誠佛弟子，除愛坐禪外，還有早晚做功課，誦佛經的習慣，有詩句為證：「淨几明窗誦太玄」[35]，此詩的寫作時間，正值隨軍西征，戎馬倥傯之際；另一詩句「睡起焚香誦圓覺」[36]，此詩寫於任中書令，日理萬機時刻。

耶律楚材雖是儒家弟子，滿腦子都是四維八德思想，但內心世界卻瀰漫著一片佛境，在其詩文中，隨處可見，引錄如下：

〈題西庵所藏佛牙〉

殷勤敬禮辟支牙，緣在西庵居士家。午夜飛光驚曉月，六時騰焰燦朝霞。一番頂帶因初結，七轉生天果不差。庸士執方猶未信，防風安得骨專車。[37]

這是一首禮佛詩，詩中可窺見詩人具佛心佛性，對於禮佛之事，表現出恭恭敬敬，並且誠心地關心佛教事業。楚材飽閱蒼桑，人生幾番起伏，在失意之時，受盡欺凌白眼，在風生水起之時，則有權傾朝野的日子。他看破一切皆空，眼前展現的都是幻影，是短暫的，個人的成敗得失，也是變幻無常的。這種感受，他常寄託於詩歌，其詩〈和搏

---

35 〔元〕耶律楚材：《湛然居士文集》，收入《四部叢刊（集部）》（臺北市：臺灣商務印書館，1979 年），卷 6，〈西域和王君玉詩之六〉，頁 57。

36 〔元〕耶律楚材：《湛然居士文集》，收入《四部叢刊（集部）》（臺北市：臺灣商務印書館，1979 年），卷 14，〈再和萬壽禪師書字韻五首之投老〉，頁 149。

37 〔元〕耶律楚材：《湛然居士文集》，收入《四部叢刊（集部）》（臺北市：臺灣商務印書館，1979 年），卷 2，〈題西庵所藏佛牙〉，頁 126。

霄韻代水陸疏文因其韻為十詩〉其五有句云：「窮通榮辱皆真夢，毀譽
稱譏盡假音」[38]，又〈示忘憂並序〉云：

> 余作懷古詩百韻，非徒作已。使世之人知成敗之可鑒，出世之
> 人識興廢之不常也，因作偈以見意云：
> 歷代興亡數張紙，千年勝負一盤棋。因而識破人間夢，始信空
> 門一著奇。[39]

詩中談到的「興亡」、「勝負」、「人間夢」、「一著奇」，最後都是空。

金元之際，曹洞宗法嗣萬松行秀，通佛通儒，在北方弘禪，儒佛
互闡，人稱孔門禪，楚材更是孔門禪的中堅份子。楚材的詩作中，談
禪的作品很多，他把禪與詩結合，稱為禪詩，使詩洋溢哲理，禪味十
足，內涵更深，境界更高，其詩作如：

〈和景賢十首其五〉

> 文章自愧不如君，敢以玄言瀆所聞。有道居塵何異俗，無心入
> 獸不驚群。重玄消息無多子，半紙功名值幾文。回首死生猷是
> 幻，自餘何足更云云。[40]

楚材在詩中結句「回首死生猷是幻，自餘何足更云云」，道出看破人生

---

38 〔元〕耶律楚材：《湛然居士文集》，收入《四部叢刊（集部）》（臺北市：臺灣商
　務印書館，1979 年），卷 4，〈和摶霄韻代水陸疏文因其韻為十詩〉其五，頁 38。

39 〔元〕耶律楚材：《湛然居士文集》，收入《四部叢刊（集部）》（臺北市：臺灣商
　務印書館，1979 年），卷 2，〈示忘憂並序〉，頁 121。

40 〔元〕耶律楚材：《湛然居士文集》，收入《四部叢刊（集部）》（臺北市：臺灣商
　務印書館，1979 年），卷 3，〈和景賢十首其五〉，頁 30。

的感受。茲再引其他具禪味的詩，如：

〈用劉潤之韻〉

個中消息本忘言，一念從渠一萬年。大地遍開皆是水，頑石不激固無煙。成佛莫落謝公後，建業從教祖氏先。萬法悉從心地起，元來禍福不由天。[41]

上詩充滿禪味，流露出萬念皆空，一看就知是佛門作品，好句如「萬法悉從心地起，元來禍福不由天」。楚材一生無論在得志或失意之時，就算位居中書令，權高位重，一人之下，萬人之上，他都有逃禪之念，把一切功名利祿視如浮雲，對於個人的「生死」、「身世」、「毀譽」和「哀樂」也看得平淡。言為心聲，他把內心世界純真一面，赤裸地展現在詩中，其詩作如〈太陽十六題〉、〈趙州柏樹頌〉、〈黃龍三關頌〉等都是可讀的禪詩。清王士禛說：「耶律文正《湛然居士文集》十四卷，中多禪悅之語，其詩亦質率，間有可採者。」[42]可謂知言。

五　楚材之儒志與儒思

耶律楚材懷「天下志」，以拯救天下蒼生為己任，嘗自責「蒼生

41　〔元〕耶律楚材：《湛然居士文集》，收入《四部叢刊（集部）》（臺北市：臺灣商務印書館，1979 年），卷 11，頁 117。

42　〔清〕王士禛：《帶經堂詩話》（北京市：人民文學出版社，1982 年），卷 11，合作類，頁 270。

未濟歸何益，一見吾山一度羞」[43]、「未濟蒼生曷敢歸」[44]。為了濟蒼生，他態度主動，作詩云：「潤色吾術唯恐後，扶持天下敢為先」[45]。楚材立儒志，行儒事，面對「斯民將喪儒風歇」的動亂年代，強調「行道澤民，亦僕之素志也」[46]，又作詩言志：「致主澤民元素志。」[47]他為實踐素志，以功業為先，有詩自白：「人生都幾何？半被功名役」[48]，雖時不與我，對於獵取功名之心，從未放棄，故云「時危何處取功名？」[49]有了功名，他可以「澤民濟世學英雄」[50]。不過，功名雖然可貴，仁義價更高，他直言「功名未立不為慊，仁義能行亦足榮」[51]。他的素志，源自「經書興我志，功業迫人忙」[52]。這兒的「經書」是指儒家的書。其志既已立，態度是堅定不移的，自言「大丈夫立志

43　〔元〕耶律楚材：《湛然居士文集》，收入《四部叢刊（集部）》（臺北市：臺灣商務印書館，1979 年），卷 4，〈和竹林一禪師韻〉，頁 1。

44　〔元〕耶律楚材：《湛然居士文集》，收入《四部叢刊（集部）》（臺北市：臺灣商務印書館，1979 年），卷 2，〈和移剌繼先韻〉，頁 17。

45　〔元〕耶律楚材：《湛然居士文集》，收入《四部叢刊（集部）》（臺北市：臺灣商務印書館，1979 年），卷 3，〈和移剌子春見寄〉，頁 27。

46　〔元〕耶律楚材：《湛然居士文集》，收入《四部叢刊（集部）》（臺北市：臺灣商務印書館，1979 年），卷 8，〈寄趙元帥書〉，頁 85。

47　〔元〕耶律楚材：《湛然居士文集》，收入《四部叢刊（集部）》（臺北市：臺灣商務印書館，1979 年），卷 5，〈感事四首〉其二，頁 50。

48　〔元〕耶律楚材：《湛然居士文集》，收入《四部叢刊（集部）》（臺北市：臺灣商務印書館，1979 年），卷 2，〈和裴子法見寄〉，頁 20。

49　〔元〕耶律楚材：《湛然居士文集》，收入《四部叢刊（集部）》（臺北市：臺灣商務印書館，1979 年），卷 3，〈過白登和李振之韻〉，頁 33。

50　〔元〕耶律楚材：《湛然居士文集》，收入《四部叢刊（集部）》（臺北市：臺灣商務印書館，1979 年），卷 2，〈用前韻感事二首〉其二，頁 20。

51　〔元〕耶律楚材：《湛然居士文集》，收入《四部叢刊（集部）》（臺北市：臺灣商務印書館，1979 年），卷 4，〈和武川嚴亞之見寄〉，頁 43。

52　〔元〕耶律楚材：《湛然居士文集》，收入《四部叢刊（集部）》（臺北市：臺灣商務印書館，1979 年），卷 12，〈再和世榮二十韻寄薛玄之〉，頁 122。

已決，若山岳之不可移也，安能隨時而俯仰，觸物而低昂哉！」[53]

耶律楚材譽孔子為「萬世帝王師」[54]一生奉行孔孟之道，以繼承儒家道統自居，匡扶仁義，有關他崇儒言志的資料，在其作品中，屢見不鮮，摘錄如下：

昔年學道宗夫子。[55]

吾夫子之道，以博施濟眾為治道之急。[56]

夫君子之學道也，非為己也，吾君堯舜之君，吾民堯舜之民，此其志也，使一夫一婦不被堯舜之澤者，君子恥諸。[57]

仁義且圖扶孔孟，縱橫安肯效秦儀。[58]

禮義不張真我恨，干戈未戢是吾慚。[59]

---

53 姚從吾：《姚從吾先生全集遼金元史論文》（下）（臺北市：正中書局，1982 年），〈西遊錄足本校注〉，頁 218。

54 〔元〕耶律楚材：《湛然居士文集》，收入《四部叢刊（集部）》（臺北市：臺灣商務印書館，1979 年），卷 13，〈邳州重修宣聖廟疏〉，頁 134。

55 〔元〕耶律楚材：《湛然居士文集》，收入《四部叢刊（集部）》（臺北市：臺灣商務印書館，1979 年），卷 2，〈用前韻感事二首〉，頁 19。

56 〔元〕耶律楚材：《湛然居士文集》，收入《四部叢刊（集部）》（臺北市：臺灣商務印書館，1979 年），卷 8，〈寄趙元帥書〉，頁 86。

57 〔元〕耶律楚材：《湛然居士文集》，收入《四部叢刊（集部）》（臺北市：臺灣商務印書館，1979 年），卷 8，〈貧樂庵記〉，頁 88。

58 〔元〕耶律楚材：《湛然居士文集》，收入《四部叢刊（集部）》（臺北市：臺灣商務印書館，1979 年），卷 2，〈和楊居敬韻二首〉其一，頁 23。

59 〔元〕耶律楚材：《湛然居士文集》，收入《四部叢刊（集部）》（臺北市：臺灣商務印書館，1979 年），卷 6，〈和薛正之韻〉，頁 64。

安得夔龍立廊廟,扶持堯舜濟斯民。[60]

用我則行宣尼之教,舍我則樂釋氏之真如。[61]

用我則行周孔教。[62]

殷周禮樂真餘事,唐宋規模本素心。[63]

國維張禮義,民生重食貨。[64]

衣冠異域真余志,禮樂中原乃我榮。[65]

楚材不但以儒家思想律己,對子孫亦作同樣要求,其教子詩句頗多,
如:「儒術勿疎廢,祖道宜薰炙」[66]、「遠襲周孔風,近追顏孟跡。優

---

60 〔元〕耶律楚材:《湛然居士文集》,收入《四部叢刊(集部)》(臺北市:臺灣商
  務印書館,1979 年),卷 4,〈和人韻二首〉,頁 43。

61 〔元〕耶律楚材:《湛然居士文集》,收入《四部叢刊(集部)》(臺北市:臺灣商
  務印書館,1979 年),卷 6,〈寄用之侍郎〉,頁 61。

62 〔元〕耶律楚材:《湛然居士文集》,收入《四部叢刊(集部)》(臺北市:臺灣商
  務印書館,1979 年),卷 6,〈寄用之侍郎〉,頁 61。》

63 〔元〕耶律楚材:《湛然居士文集》,收入《四部叢刊(集部)》(臺北市:臺灣商
  務印書館,1979 年),卷 10,〈李庭訓和予詩見寄復用元韻以謝之〉,頁 106。

64 〔元〕耶律楚材:《湛然居士文集》,收入《四部叢刊(集部)》(臺北市:臺灣商
  務印書館,1979 年),卷 9,〈和平陽張彥升見寄〉,頁 97。

65 〔元〕耶律楚材:《湛然居士文集》,收入《四部叢刊(集部)》(臺北市:臺灣商
  務印書館,1979 年),卷 4,〈和武川嚴亞之見寄〉,頁 43。

66 〔元〕耶律楚材:《湛然居士文集》,收入《四部叢刊(集部)》(臺北市:臺灣商
  務印書館,1979 年),卷 4,〈為子鑄作詩三十韻〉,頁 126。

游禮東方，造次仁義宅。繼夜誦詩書，廢時毋博奕」[67]、「而今正好行
仁義，勿學輕薄辱我門」[68]。

六　楚材之儒佛行誼

楚材為實踐其致君澤民，以儒治國，以佛治心的抱負，遇有挫折
好多時都要忍辱負重，留身有待，伺機而行，無論在顯或未顯的年
代，他都奉行儒佛思想去處事和應變，以下是其儒佛行誼表現：

（一）盡忠守義

西元一二一五年夏天，蒙軍犯境，燕京失守，楚材遁入空門，時
「太祖（成吉思汗）素有拼吞天下之心，嘗訪遼宗室近族」[69]。楚材乃
遼宗室之後，家族歷朝仕金，名宦輩出，其父耶律履（1131-1192），
進士出身，累官至中書右丞，其本人年十七已為官，頭角崢嶸，有聲
於時，除以詩文佛學鳴於世外，更通術數歧黃，故城破遂成為蒙主所
徵召的對象。楚材也明白其因由，自言「自天明下詔，知我素通
書」[70]。成吉思汗召見楚材時，「帝偉之，曰：『遼、金世仇，朕為汝
雪之。』對曰：『臣父祖嘗委質事之，既為之臣，敢仇君耶？』帝重其

---

67 〔元〕耶律楚材：《湛然居士文集》，收入《四部叢刊（集部）》（臺北市：臺灣商
　　務印書館，1979 年），卷 14，〈子鑄生朝潤之以詩為壽予因繼其韻以遣之〉，頁
　　144。

68 〔元〕耶律楚材：《湛然居士文集》，收入《四部叢刊（集部）》（臺北市：臺灣商
　　務印書館，1979 年），卷 11，〈送房孫重奴行〉，頁 115。

69 〔元〕蘇天爵：《元文類》（臺北市：世界書局，1988 年），宋子貞：〈中書令耶律
　　公神道碑〉，卷 57，頁 11。

70 〔元〕耶律楚材：《湛然居士文集》，收入《四部叢刊（集部）》（臺北市：臺灣商
　　務印書館，1979 年），卷 12，〈懷古一百韻寄張敏之〉，頁 121。

言，處之左右。」[71]楚材世代蒙受金恩，故有「敢仇君耶？」之語，以示對故主盡忠守義。

（二）以天下為己任

楚材獲成吉思汗徵召入伍，隨軍西征，早期做的工作是看術數、觀天像，處理一般文書工作，未獲重用。後得機緣，始獲蒙主成吉思汗賞識，賞識原因，據《元史》〈耶律楚材傳〉載：「夏人常八斤，以善造弓見知於帝，因每自矜曰：『國家方用武，耶律儒者何用？』楚材曰：『治弓需用弓匠，為天下者豈可不用治天下匠耶』帝聞之甚喜，日見親用」[72]。「天下匠」就是儒家的「天下士」，以救國救民為職志。楚材自始「日見親用」，又據《元史》〈耶律楚材傳〉載：

> 壬午八月，長星見西方，楚材曰：「女直將易主矣。」明年，金宣宗果死。帝每征討，必命楚材卜，帝亦自灼羊胛，以相符應。指楚材謂太宗曰：「此人天賜我家，爾後軍國庶政，當悉委之」。[73]

楚材觀天象，預言金主將亡，雖是應驗，但其實是楚材深懂軍情，瞭解蒙金兩國政治存亡形勢，明白金亡乃是早晚之事，這恐怕與觀天象知興亡無關。蒙主欣賞楚材預知能力強，故言「此人天賜我家，爾後

---

71 〔明〕宋濂：《元史》（北京市：中華書局，1976 年），第 11 冊，卷 146，列傳第 33〈耶律楚材傳〉，頁 3456。

72 〔明〕宋濂：《元史》（北京市：中華書局，1976 年），第 11 冊，卷 146，列傳第 33〈耶律楚材傳〉，頁 3456。

73 〔明〕宋濂：《元史》（北京市：中華書局，1976 年），第 11 冊，卷 146，列傳第 33〈耶律楚材傳〉，頁 3456。

軍國庶政，當悉委之」，如此讚許，給楚材帶來很大的鼓勵。此條史料另一意義，是楚材不愚忠於一家一姓，以天下蒼生利益為目的，金亡已是不易之勢，若頑強抗拒，只有更多生靈受塗炭，他直陳其事，好處是影響蒙主無需調動重兵攻伐金國城池，免使生靈遭受殺戮，另一好處是有機會向新主坦誠輸忠，盡早獲重用，以行其天下士之志。

（三）好生惡殺

楚材心地慈悲，為遏止戰事永無止境擴大，不忍見哀鴻遍野，故處處規勸蒙主止殺，例如：

> 甲申，帝至東印度，駐鐵門關，有一角獸，形如鹿而馬尾，其色綠，作人言，謂侍衛者曰：「汝主宜日還。」帝以問楚材，對曰：「此瑞獸也，其名角端，能言四方語，好生惡殺，此天降符以告陛下。陛下天之元子，天下之人，皆陛下之子，願承天心，以全民命。」帝即日班師。[74]

無論儒家或佛家都重視好生之德，楚材進言止戰，無數的生命得以存活，其所編織的瑞獸故事，旨在遏止戰爭，可謂功德無量。

（四）制定儒家禮儀制度

成吉思汗死，諸王野心勃勃，各懷鬼胎，窩闊臺雖被擁立，但前路障礙重重，登基大典之事遲遲未行，楚材把握時機，協助新主窩闊臺在登基大典中確立威勢，獻議推行儒家禮制：

---

[74] 〔明〕宋濂：《元史》（北京市：中華書局，1976 年），第 11 冊，卷 146，列傳第 33〈耶律楚材傳〉，頁 3456。

遂定策，立儀制，乃告親王察合台曰：「王雖兄，位側臣也，
禮當拜。王拜，則莫敢不拜。」王深然之。及即位，王率皇族
及臣僚拜帳下。既退，王撫楚材曰：「真社稷臣也。」國朝尊屬
有拜禮自此始。[75]

楚材確立儒家的君臣尊卑禮制，諸王悉依奉行，不敢越池，其他有異
議者及其附和者，也只得聽命遵行。耶律楚材為新主立下大功，成為
社稷功臣，從此，楚材踏上青雲之路。

（五）任用儒人

為了確立儒士的社會地位，及使他們有機會盡展所長，「乃奏立
燕京等十路征收課稅使，凡長貳悉用士人，如陳時可、趙昉等，皆寬
厚長者，極天下之選，參佐皆用省部舊人」[76]。這些士人，表現出色，
不負所託，為國家增加財政收入，除使「國用充足」外，還使蒙主一
新耳目，另眼相看對待士人。楚材處理賦稅事宜有功，拜為中書令，
有利於實踐抱負。

楚材獲重用，登上中書令領導層高位，積極推行「以儒治國，以
佛治心」的政治理念，新朝政府的典章制度及建國規模，也是在此理
念下產生的。他強調儒家的「三綱五常，聖人之名教，有國家者莫不
由之，如天之有日月也」[77]。楚材為使國家盡早確立制度，上陳時務十

---

75 〔明〕宋濂：《元史》（北京市：中華書局，1976 年），第 11 冊，卷 146，列傳第
   33〈耶律楚材傳〉，頁 3457。

76 〔明〕宋濂：《元史》（北京市：中華書局，1976 年），第 11 冊，卷 146，列傳第
   33〈耶律楚材傳〉，頁 3458。

77 〔明〕宋濂：《元史》（北京市：中華書局，1976 年），第 11 冊，卷 146，列傳第
   33〈耶律楚材傳〉，頁 3462。

策：「信賞罰，正名分，給俸祿，官功名，考殿最，均科差，選工匠，務農桑，定土貢，制漕運。皆切於時務，悉施行之。」[78]同時，楚材為處理地方官員濫權現象，嘗上奏「凡州郡宜令長吏專理民事，萬戶總軍政，凡所掌課稅，權貴不得侵之」，確立政治、軍事、財政三權分立制度，免老百姓處處受欺凌和壓迫。

以下史料，可以進一步瞭解楚材的政績表現：

（一）上奏拯生靈

楚材上奏拯救軍民的事蹟頗多，其著者如：

> 汴梁將下，大將速不台遣使來言：「金人抗拒持久，師多死傷，城下之日，宜屠之。」楚材馳入奏曰：「將士暴露數十年，所欲者土地人民耳。得地無民，將焉用之！」帝猶豫未決，楚材曰：「奇巧之工，厚藏之家，皆萃於此，若盡殺之，將無所獲。」帝然之，詔罪止完顏氏，餘皆勿問。時避兵居汴者得百四十七萬人。[79]

楚材上奏，遏止汴京免遭屠城之災，「詔罪止完顏氏」，存活了「百四十七萬人」性命，功德可謂無量。

（二）拯救孔子後人

楚材是儒教的忠實信徒，認為國亡文化不可亡，文化承傳人更不

---

78 〔明〕宋濂：《元史》（北京市：中華書局，1976 年），第 11 冊，卷 146，列傳第 33〈耶律楚材傳〉，頁 3462。

79 〔明〕宋濂：《元史》（北京市：中華書局，1976 年），第 11 冊，卷 146，列傳第 33〈耶律楚材傳〉，頁 3459。

可亡。孔子第五十一世孫孔元措於元兵圍汴時，被困於城內，乃「請遣人入城，求孔子後，得五十一代孫元措，奏襲封衍聖公，付以林廟地」[80]。「衍聖公」是儒教最具威望的人，地位等同教主。楚材的拯救行動，意義非常深遠，拯救了「衍聖公」，也就是保存了孔門文化的命脈。

（三）召用儒士釋經及置編修所

楚材召用儒士釋經，推行文教工作，並在燕京及平陽（山西）兩地置編修所，建立起文化堡壘，使儒家文化延綿發展，《元史》〈耶律楚材傳〉載：

> 命收太常禮樂生，及召名儒梁陟、王萬慶、趙著等，使直釋九經，講東宮。又率大臣子孫，執經解義，俾知聖人之道。置編修所於燕京、經籍所於平陽，由是文治興焉。[81]

《元史》〈太宗本紀〉亦載其事：「八年丙申……六月……耶律楚材請立編修所於北京，經籍所於平陽，編集經史，召儒士梁陟充長官，以王萬慶、趙著副之。」[82]楚材推行文教，成績是斐然的，「由是文治興焉」。

---

80 〔明〕宋濂：《元史》（北京市：中華書局，1976 年），第 11 冊，卷 146，列傳第 33〈耶律楚材傳〉，頁 3459。

81 〔明〕宋濂：《元史》（北京市：中華書局，1976 年），第 11 冊，卷 146，列傳第 33〈耶律楚材傳〉，頁 3459。

82 〔明〕宋濂：《元史》（北京市：中華書局，1976 年），第 1 冊，卷 2，〈太宗本紀〉，頁 37。

（四）開科取士

蒙古人入主中原，治國能士相當缺乏，楚材起用儒士以配合其
「以儒治國」理念，上奏曰：

> 制器者必用良工，守成者必用儒臣。儒臣之事業，非積數十
> 年，殆未易成也。帝曰：「果爾，可官其人。」楚材曰：「請校
> 試之。」乃命宣德州宣課使劉中隨郡考試，以經義、詞賦、論
> 分為三科，儒人被俘為奴者，亦令就試，其主匿弗遣者死。得
> 士凡四千三十人，免為奴者四之一。[83]

楚材推行考試制度選拔人才，不論身份，就算「儒人被俘為奴者，亦
令就試」，制度十分公平。

七　楚材「以儒治國，以佛治心」的批評

楚材學儒學佛，「以簡易之道，治一心；達則擴而充之，以仁義
之道治四海，實古今之通誼也」[84]。這個「道」是指佛，以佛治心，以
儒治四海，實古今之通誼。楚材治國理念是以儒治國，以佛治心，儒
佛並行，各司其職，總目標是平天下，故推行政治抱負時，「常謂以吾
夫子之道治天下，以吾佛之教治一心，天下之能事畢矣」[85]。楚材〈寄

---

83 〔明〕宋濂：《元史》（北京市：中華書局，1976 年），第 11 冊，卷 146，列傳第
　 33〈耶律楚材傳〉，頁 3461。

84 〔元〕耶律楚材：《湛然居士文集》，收入《四部叢刊（集部）》（臺北市：臺灣商
　 務印書館，1979 年），卷 1，〈和裴子法韻詩並序〉，頁 11。

85 姚從吾：《姚從吾先生全集遼金元史論文》（下）（臺北市：正中書局，1982 年），〈西
　 遊錄足本校注〉，頁 219。

用之侍郎序〉說:「窮理盡性莫尚佛法,濟世安民莫如孔教。」[86]不過,
楚材儒佛思想治國的理念,卻給他帶來很大的困擾,甚至受到師友質
疑。他任中書令時,制定治國策略:「以儒治國,以佛治心」,此策一
出,隨即受到尊佛者強烈批判,連他的恩師萬松老人也不留情面地譴
責他「屈佛道以徇儒情」[87],弄得他連忙作出書面辯解說:「治天下之
道為治心所兼」、「未有心正而天下治者也」,其〈寄萬松老人書〉載:

> 不足以治心,僅能治天下,則固為道之餘滓矣。載《經》云:
> 「欲治其國,必正其心;未有心正而天下治者也」是知治天下
> 之道為治心之所兼耳。……孔子稱夷之賢,求仁而得仁,死而
> 不怨,後世行者難之,又安知視死生如逆旅,坐脫立亡,乃衲
> 僧之餘事耳!且五善十戒,人天之淺教,父益慈,子益孝,不
> 殺之仁,不妄之信,不化自行於八荒之外,豈止有恥且格哉!
> 是知五常之道,已為佛教之淺者,兼而有之,弟子且讓之。[88]

楚材為緩和萬松老人之不滿情緒,迫得說「是知五常之道,已為佛教
之淺者」[89],又說:「此亦弟子之行權也。教不云乎,無小乘人而說大
乘法,弟子亦謂舉世皆黃能,任公之餌不足投也。故以是語餌東教之

---

86 〔元〕耶律楚材:《湛然居士文集》,收入《四部叢刊(集部)》(臺北市:臺灣商
　務印書館,1979 年),卷 6,〈寄用之侍郎〉,頁 61。

87 〔元〕耶律楚材:《湛然居士文集》,收入《四部叢刊(集部)》(臺北市:臺灣商
　務印書館,1979 年),卷 13,〈寄萬松老人書〉,頁 137。

88 〔元〕耶律楚材:《湛然居士文集》,收入《四部叢刊(集部)》(臺北市:臺灣商
　務印書館,1979 年),卷 13,〈寄萬松老人書〉,頁 137。

89 〔元〕耶律楚材:《湛然居士文集》,收入《四部叢刊(集部)》(臺北市:臺灣商
　務印書館,1979 年),卷 13,〈寄萬松老人書〉,頁 138。

庸儒，為信道之漸焉。」[90]他辯解自己顧存原則，變通形勢，只好「行權」，「故以是語餌東教之庸儒」。

楚材也受到尊孔者棒喝，罵他「叛道忘本」[91]，尤其是其他儒臣，指摘他行儒未夠專一，有輕儒重佛之嫌，在治國的理念上，無需把佛教拉下來坐鎮，也有同袍向他進言，告誡「無忘孔子之教」[92]。楚材面對儒佛人士的夾擊，只好表態「用我則行宣尼之教，舍我則樂釋氏之真如」[93]。

清人芳郭無名人力言楚材的言行及思想，都以儒為根，以佛為幹，故云：「觀居士之所為，述釋而心儒，名釋而實儒，言釋而行儒，術釋而治儒。被其所挾持者，蓋有道矣。」[94]近人王國維也認為楚材的政治理念是名釋而實儒，其〈耶律文正公年譜餘記〉載：

> 文正師事萬松老人，稱嗣法弟子從源。其於禪學，所得最深。
> 然其所用以佐蒙古安天下者，皆儒術也。公對儒者則唱以儒治
> 國，以儒治心之說。而寄萬松老人書，則又自謂此語為行權。
> 然於謂致萬松一書，亦未始非公之行權也。公雖洞達佛理，而
> 其性格則與儒家近，其毅然以天下生民為己任，古之士大夫學

---

90 〔元〕耶律楚材：《湛然居士文集》，收入《四部叢刊（集部）》（臺北市：臺灣商務印書館，1979 年），卷 13，〈寄萬松老人書〉，頁 137。

91 〔元〕耶律楚材：《湛然居士文集》，收入《四部叢刊（集部）》（臺北市：臺灣商務印書館，1979 年），卷 13，〈寄萬松老人書〉，頁 138。

92 〔元〕耶律楚材：《湛然居士文集》，收入《四部叢刊（集部）》（臺北市：臺灣商務印書館，1979 年），卷 6，〈寄用之侍郎〉，頁 61。

93 〔元〕耶律楚材：《湛然居士文集》，收入《四部叢刊（集部）》（臺北市：臺灣商務印書館，1979 年），卷 6，〈寄用之侍郎〉，頁 61。

94 〔元〕耶律楚材撰，謝方點校：《湛然居士文集》（北京市：中華書局出版社，1986），〈附錄〉，頁 378。

佛者，絕未見有此種氣象。古所謂墨名而儒行者，公之謂
歟？[95]

王國維指出楚材的治國策略是「以儒治國，以佛治心」，並予以高度評
價「毅然以天下生民為己任，古之士大夫學佛者，絕未見有此種氣
象」，可謂恰當之論。

其實，楚材除崇儒尊佛外，對道教也很推許的，強調「三教同源
本自同」[96]，嘗作詩〈題西庵歸一堂〉讚揚三教云：「三聖真元本自同，
隨時應物立宗風。道儒表裡明墳典，佛祖權宜透色空。曲士寡聞能異
議，達人大觀解相融。」[97]楚材的《西遊錄》指出「三聖人之教，鼎峙
於世，不相凌奪，各安攸居，斯可矣」，並認為「三聖之說，不謀而
同」[98]，而且「三聖人教皆有益於世者」[99]。楚材認同三教各有所長，
儒家能治天下，道家能養性，佛家能治心，故其〈寄趙元帥書〉指出：
「若夫吾夫子之道治天下，老氏之道養性，釋氏之道修心。此古今之
通議也。捨此以往，皆異端耳。」[100]楚材又認為三教有利於施政，其
《西遊錄》又指出：「以能仁不殺、不欺、不盜、不淫因果之誡化其

---

95 王國維：《王國維遺書》（上海市：上海書店出版社，1983 年），第 7 冊，〈耶律文
   正公年譜餘記〉，頁 199。

96 〔元〕耶律楚材：《湛然居士文集》，收入《四部叢刊（集部）》（臺北市：臺灣商
   務印書館，1979 年），卷 6，〈過太原南陽鎮題紫薇觀壁三首〉其三，頁 63。

97 〔元〕耶律楚材：《湛然居士文集》，收入《四部叢刊（集部）》（臺北市：臺灣商
   務印書館，1979 年），卷 2，頁 23。

98 〔元〕耶律楚材：《湛然居士文集》，收入《四部叢刊（集部）》（臺北市：臺灣商
   務印書館，1979 年），卷 8，〈辨邪論序〉，頁 84。

99 姚從吾：《姚從吾先生全集遼金元史論文》（下）（臺北市：正中書局，1982 年），〈西
   遊錄足本校注〉，頁 219。

100 〔元〕耶律楚材：《湛然居士文集》，收入《四部叢刊（集部）》（臺北市：臺灣商
    務印書館，1979 年），卷 8，〈寄趙元帥書〉，頁 85。

心；以老氏慈儉自然之道化其跡；以吾夫子君君、臣臣、父父、子子
之名教化其身。使三聖人之道若權衡然，仁之於世，則民歸化若草之
靡風，水之就下矣。」[101]楚材〈屏山居士鳴道集序〉又說：「鳴道諸儒，
力排釋老，拼陷韓歐之隘黨。孰知屏山尊孔聖，與釋老鼎峙耶。」[102]
總之，楚材認為「聖人設教立化，雖權實不同，會歸其極，莫不得
中」[103]，以中庸為常德。

　　楚材雖認同三教同源，但排名上，仍以佛為尊，其文集有引錄其
同門李純甫之語曰：「余以此求三聖人垂化之理，而後知吾佛之所以為
人天師，無上大法王者，非諸聖之所以能侔也。學至佛則無可學者，
乃知佛即聖人，聖人非佛。」[104]李氏推許佛為「無上大法王」，其他諸
聖例如儒道皆不能相比，而萬松老人也嘗為楚材《湛然居士文集》作
序云：「世謂佛法可以治心，不可以治國，證之於湛然正心、修身、家
肥、國治之明效。吾門顯訣，何愧于《大學》之篇哉！」[105]萬松乃佛
教大德，其言重佛而輕儒，其情可理解！楚材傳承萬松的佛法，其應
世之道，是先佛後儒，儒佛並行。至於其對道家的評價，亦是肯定
的，但僅限於老莊的傳統道家，嘗言也曾「讀道德二篇（上下篇），深
有起予之嘆。欲致吾君高蹈羲皇之跡，此所以贊成之也」[106]，而對於

---

101 姚從吾：《姚從吾先生全集遼金元史論文》（下）（臺北市：正中書局，1982 年），〈西
　　遊錄足本校注〉，頁 228。

102 〔元〕耶律楚材：《湛然居士文集》，收入《四部叢刊（集部）》（臺北市：臺灣商
　　務印書館，1979 年），卷 14，〈屏山居士鳴道集序〉，頁 146。

103 〔元〕耶律楚材：《湛然居士文集》，收入《四部叢刊（集部）》（臺北市：臺灣商
　　務印書館，1979 年），卷 8，〈辨邪論序〉，頁 84。

104 〔元〕耶律楚材：《湛然居士文集》，收入《四部叢刊（集部）》（臺北市：臺灣商
　　務印書館，1979 年），卷 13，〈愣嚴外解序〉，頁 128。

105 〔元〕耶律楚材：《湛然居士文集》，收入《四部叢刊（集部）》（臺北市：臺灣商
　　務印書館，1979 年），卷 13，〈萬松老人萬壽語錄序〉，頁 138。

106 姚從吾：《姚從吾先生全集遼金元史論文》（下）（臺北市：正中書局，1982 年），〈西
　　遊錄足本校注〉，頁 219。

新興道教，尤其是活躍於金末元初的新興全真教，則持保留的態度。

八　結語

　　耶律楚材為中國八大名相之一，一生出入儒佛，其人本屬金廷守城之將，搖身變為敵主近臣，且迭有升遷，十多年間，位居丞相，殊不簡單！但世事無常，西元一二四一年，蒙主窩闊臺駕崩，以乃馬真皇后掌朝，楚材日見被棄，並遭受排斥及論罪當誅。《元史》耶律楚材傳載：「老臣（楚材）事太祖、太宗三十餘年，無負於國，皇后豈能無罪殺臣也！」[107]後雖獲免罪，但已喪失權力。楚材壯志未酬，含鬱而終，死時才五十五歲。宋子貞總結其一生，感慨地說：

> 國家承大亂之後，天綱絕，人理滅，所謂更造夫婦、肇有父子者，信有之矣。加以南北之政，每每相戾，其出入用事者，又皆諸國之人，言語之不通，趣向之不同，當是之時，而公以一書生，孤立於廟堂之上，而欲行其所學，戞戞乎其難哉！[108]

宋子貞惋惜楚材於政壇上，勢孤力薄，面對派系林立的朝廷，「欲行其所學」，殊甚艱難！

　　總觀楚材一生，其政治生涯雖失意於晚年，但其一生功業，尤其是對儒佛文化的貢獻卻是千秋垂輝的！

---

107 〔明〕宋濂：《元史》（北京市：中華書局，1976 年），第 11 冊，卷 146，列傳第
　　 33〈耶律楚材傳〉，頁 3464。
108 〔元〕蘇天爵：《元文類》（臺北市：世界書局，1988 年），卷 57，宋子貞：〈中書
　　 令耶律公神道碑〉，頁 22。

耶律楚材指控邱處機十大罪狀之析論

一 前言

西元一二二九年，耶律楚材西征十年返國，付梓《西遊錄》[1]一書，該書上半部記述隨軍所見所聞，下半部以答客問形式猛烈抨擊邱處機及全真教，時邱處機（1148-1127）已歿二年。臺灣學者姚從吾認為楚材撰書真正目的是「斥責邱處機，攻擊全真教」[2]。在《西遊錄》中，耶律楚材力數邱處機十大罪狀，言辭十分苛厲，令人震驚。為使整件事件大白於世，本文跟據史實資料，鋪陳整件事件的前因後果，然後作出客觀分析，以明真相。

二 耶律楚材批評新興邪教

金世宗時，新興宗教頗多，教徒日眾，朝廷不安，詔令「禁糠禪、瓢禪，其停止之家抵罪」[3]。章宗時，禁令更為苛刻，凡僧道出家

---

1 姚從吾：《姚從吾先生全集遼金元史論文》（下）（臺北市：正中書局，1982 年），〈西遊錄足本校注〉。

2 姚從吾：《姚從吾先生全集遼金元史論文》（下）（臺北市：正中書局，1982 年），〈西遊錄足本校注〉，頁 210。

3 〔元〕脫脫等撰：《金史》（北京市：中華書局，1975 年），第 1 冊，卷 8，本紀第八〈世宗下〉，頁 201。

者，需要接受政府檢覈，先後頒佈政令「制禁自披剃為僧、道者」、
「勅僧、道三年一試」、又「以惑眾亂民，禁罷全真及五行、毗盧」[4]，
全真教首當其衝列為禁教之首。同時，朝廷為防止僧道勾結朝中有勢
力人士，更作出嚴格限制，「勅親王及三品官之家，毋許僧尼道士出
入」[5]，並「禁以太一、混元受籙私建庵室者」[6]。這個時期的宗教發展
形勢，可說是處於黑暗時代。

　　金末，新興的宗教，往往打著儒釋道的旗幟，招搖過市，汲納不
少信徒，影響了原屬正統儒釋道三教的地位及發展。在當時，以苦行
見稱的糠禪教（頭陀教），披上佛教外衣去迷惑信眾，嚴重污染佛教名
聲，引致佛門中人大為不滿。耶律楚材有見及此，撰文予以筆伐，指
出糠禪教乃「釋教之外道，此曹毀像謗法，斥僧滅教，棄佈施之方，
杜懺悔之路，不救疾苦，敗壞孝風，實傷教化之甚者也」[7]。楚材視糠
禪教為「異端」，乃佛教之大患，其〈辨邪論序〉說：「吾儒獨知楊墨
為儒者患，辨之不已，而不知糠孽為佛教之患，甚矣。」[8]他還語重心
長告誡受糠禪教迷惑的趙君瑞元帥說：「糠孽異端也。君既薄釋教，則
儒、道斷可知已。……君之於釋教重糠孽，於儒道則必歸楊墨矣。」[9]

4　〔元〕脫脫等撰：《金史》（北京市：中華書局，1975 年），第 1 冊，卷 9，本紀第
　　九〈章宗一〉，頁 216。

5　〔元〕脫脫等撰：《金史》（北京市：中華書局，1975 年），第 1 冊，卷 9，本紀第
　　九〈章宗一〉，頁 217。

6　〔元〕脫脫等撰：《金史》（北京市：中華書局，1975 年），第 1 冊，卷 9，本紀第
　　九〈章宗一〉，頁 219。

7　〔元〕耶律楚材：《湛然居士文集》，收入《四部叢刊（集部）》（臺北市：臺灣商
　　務印書館，1979 年），卷 8，〈寄趙元帥書〉，頁 85。

8　〔元〕耶律楚材：《湛然居士文集》，收入《四部叢刊（集部）》（臺北市：臺灣商
　　務印書館，1979 年），卷 8（辨邪論序），頁 84。

9　〔元〕耶律楚材：《湛然居士文集》，收入《四部叢刊（集部）》（臺北市：臺灣商
　　務印書館，1979 年），卷 8，〈寄趙元帥書〉，頁 85。

楚材又有〈糠蘖教民十無益論序〉之作，批判糠禪教說：「予不辨則成市虎矣。不獨成市虎，抑恐崔浩、李德裕之徒，一唱一和撼搖佛教，為患不淺。」[10]楚材恩師萬松老人也嘗作〈糠禪賦〉予以撻伐糠禪教，此賦由楚材作序，結果招來謗禍，但「謗歸於萬松」一人，楚材事後「甚悔之」[11]。萬松不但招謗於糠禪教，還因開罪「異端」外道，招來牢獄之災。李全撰〈萬松舍利塔塔銘〉指出：「燕有豪族挾勢，異端並起，師數面折之，楊墨氣奪，然終為不喜者所擠，至於坐獄。」後因「主者察獄得雪，避仇海上」[12]，萬松始得逃過大難。

最初，楚材所批判的邪教外道，不涉及全真教，但其後諸邪教過盛，終與全真教反目，其〈西遊錄序〉狠批說：「夫楊朱、墨翟、田駢、許行之術，孔氏之邪也。西域九十六種，此方毗盧、糠瓢、白蓮、香會之徒，釋氏之邪也。全真、大道、混元、太一、三張左道之術，老氏之邪也。」[13]楚材除抨擊儒教外道及釋教外道外，也把全真教列為道教外道之罪魁禍首。

三　邱處機雪山講道成果

金末元初，全真教在第二代長門人邱處機掌管下，道務迅速發展，門徒滿天下，在社會上形成一股潛在力量。當時中國境內，金、南宋及蒙古三個政府，鑑於邱處機的宗教力量龐大，都有意向他招

10 〔元〕耶律楚材：《湛然居士文集》，收入《四部叢刊（集部）》（臺北市：臺灣商務印書館，1979 年），卷 13，〈糠蘖教民十無益論序〉，頁 129。

11 〔元〕耶律楚材：《湛然居士文集》，收入《四部叢刊（集部）》（臺北市：臺灣商務印書館，1979 年），卷 8，〈辨邪論序〉，頁 84。

12 李全：〈萬松舍利塔塔銘〉，收入《（嘉慶）邢臺縣志》，卷 7，〈仙釋〉。

13 〔元〕耶律楚材：《湛然居士文集》，收入《四部叢刊（集部）》（臺北市：臺灣商務印書館，1979 年），卷 8，〈西遊錄序〉，頁 84。

撫，藉其宗教力量統戰人心。最後，邱處機選擇國力如日方中的蒙古
國，其呈送成吉思汗之〈陳情表〉云：「前者南京（金政府）及宋國（南
宋政府），屢召不從。今者龍庭（成吉思汗政府）一呼即至。」[14]金宋
兩政府「屢召不從」的原因，是他洞悉金宋兩國時日無多，已無政治
前景，遲早覆亡是可預見的事實。而蒙古國力日益強盛，軍隊縱橫歐
亞，所向披靡，入主中原已是大勢所趨。

有關邱處機獲成吉思汗徵召的原因，耶律楚材著《西遊錄》透露：
「昔劉姓而名溫者，以醫進。渠謂邱公行年三百，有保養長生之秘術；
乃奏舉之。」初時，邱處機託辭自己「形容枯槁，竊恐中途不達，願
且於德興（今河北涿鹿）盤桓」。不過，朝廷命耶律楚材草擬詔書令邱
公速至，《西遊錄》載：「朝廷以邱公憚於北行，命僕（楚材）草詔溫
言答之，欲其速至也。」[15]在詔書中，楚材以「溫言」動之以情，嘉許
邱處機西行之志，有如「達摩東邁，元印法以傳心。老氏西行，或化
胡而成道」[16]，又陳辭懇切，紆尊降貴說：「朕側身齋戒沐浴，選差近
侍官劉仲祿，備輕騎素車，不遠千里，謹邀先生（邱處機）暫屈仙步，
不以沙漠悠遠為念。……朕親侍仙座。……」[17]所以，當邱處機收到成
吉思汗的詔書，馬上「一呼即至」。西元一二二一年，邱處機帶同十八
弟子遠赴西域雪山（興都庫什山南麓，今阿富汗境內）觀見成吉思汗
於行在。邱處機有一隨行弟子李志常（1193-1256），著有《西遊記》

---

14 姚從吾：《姚從吾先生全集遼金元史論文》（下）（臺北市：正中書局，1982 年），〈西
　　遊錄足本校注〉，頁 258。

15 姚從吾：《姚從吾先生全集遼金元史論文》（下）（臺北市：正中書局，1982 年），〈西
　　遊錄足本校注〉，頁 219-220。

16 姚從吾：《姚從吾先生全集遼金元史論文》（下）（臺北市：正中書局，1982 年），〈西
　　遊錄足本校注〉，頁 259。

17 姚從吾：《姚從吾先生全集遼金元史論文》（下）（臺北市：正中書局，1982 年），〈西
　　遊錄足本校注〉，頁 257。

一書，記錄了是次西遊的歷程見聞。是書內容，在若干記事的情節上，有別於耶律楚材的《西遊錄》，具歷史參考價值。

邱處機觀見成吉思汗後，載譽返國，此行可謂大豐收，獲「賜之虎符，副以璽書，不有其名，惟曰神仙」[18]，恩准全真教弟子豁免「差發稅賦」[19]，更獲「傳旨改北宮仙島為萬安宮，長春觀為長春宮，詔天下出家善人皆隸焉，且賜以金虎牌，道家事一仰神仙處置」[20]。此道聖旨，傳達四個命令：一、把「觀」改「宮」，地位提升為皇室建築物；二、全真教掌管天下出家人事務；三、「賜以金虎牌」，其意義是把全真教列為皇室認可宗教；四、道教政令，聽命邱處機安排。全真教經此道聖旨頒令後，地位飛升，聲價十倍，爭相入教者眾，信徒遍佈全國州縣，並且迅速倍增，其勢力壓倒諸教派中一向居首位的佛教，於是揭開了一場佛道文鬥的序幕。

在《西遊錄》中，楚材撰文批判邱處機之目的，是攻訐全真教，個中原委相當複雜，有需要理順澄清，還原歷史真相。耶邱事件，得先從二人交誼說起。

四　耶邱交誼

在西域時，耶律楚材及邱處機相逢之初，交誼不錯，也互相尊

18　〔明〕宋濂：《元史》（北京市：中華書局，1976 年），卷 220，〈釋老列傳：邱處機〉，頁 4525。

19　姚從吾：《姚從吾先生全集遼金元史論文》（下）（臺北市：正中書局，1982 年），〈西遊錄足本校注〉頁 276。

20　姚從吾：《姚從吾先生全集遼金元史論文》（下）（臺北市：正中書局，1982 年），〈西遊錄足本校注〉，頁 270。

重。楚材待邱「以賓主之禮」[21]，邱亦坦白雙方宗教立場說：「久聞湛然尊崇釋教；夫釋、道二教素相攻嫉，政恐湛然不相契合。」[22]二人經溝通後，邱感謝「厚待」及讚揚楚材「真通方士之士也」[23]。楚材予以回應儒釋道三教地位宜平等看待，並言「三聖人教行於中國，歲遠日深矣。其教門施設，尊卑之分，漢唐以來，固有定論；豈待庸人俗士，強為其高下乎？」[24]及後，耶邱二人經常「聯句和詩，焚香煮茗，春遊邃圃，夜話寒齋，此其常也。爾後，時復書簡往來」[25]。在《湛然居士集》中，記載了十四首耶邱二人的唱和詩，論交之句如「異域逢拈本不期，湛然深恨識君遲」[26]、「屈指知音今有幾，與誰同享瓮頭春」[27]、「四海從來皆弟兄，西行誰復歎行程，既蒙傾蓋心相許，得遇知音眼便明」[28]，從上錄詩句中，可以看出耶邱二人交誼深厚，互許知音，相逢恨晚。

　　不過，上述耶邱的濃厚情誼，後來卻一百八十度轉變，據《西遊

---

21 姚從吾：《姚從吾先生全集遼金元史論文》（下）（臺北市：正中書局，1982 年），〈西遊錄足本校注〉，頁 220。

22 姚從吾：《姚從吾先生全集遼金元史論文》（下）（臺北市：正中書局，1982 年），〈西遊錄足本校注〉，頁 220。

23 姚從吾：《姚從吾先生全集遼金元史論文》（下）（臺北市：正中書局，1982 年），〈西遊錄足本校注〉，頁 220。

24 姚從吾：《姚從吾先生全集遼金元史論文》（下）（臺北市：正中書局，1982 年），〈西遊錄足本校注〉，頁 220。

25 姚從吾：《姚從吾先生全集遼金元史論文》（下）（臺北市：正中書局，1982 年），〈西遊錄足本校注〉，頁 220。

26 〔元〕耶律楚材：《湛然居士文集》，收入《四部叢刊（集部）》（臺北市：臺灣商務印書館，1979 年），卷 5，〈遊河中西園和王君玉韻四首〉其二，頁 48。

27 〔元〕耶律楚材：《湛然居士文集》，收入《四部叢刊（集部）》（臺北市：臺灣商務印書館，1979 年），卷 5，〈河中游西園四首〉其三，頁 49。

28 〔元〕耶律楚材：《湛然居士文集》，收入《四部叢刊（集部）》（臺北市：臺灣商務印書館，1979 年），卷 5，〈壬午西域河中游春十首〉其七，頁 47。

錄》一書,揭露楚材屢次不滿邱處機,嘗言「上召邱公,問以長生之道,所對皆平平之語」[29];「予自此面待而心輕之」[30];「予不許邱公之事,凡有十焉」[31]。楚材的翻臉行為,難怪受到質詢,「君胡為面許而心非也?」[32]並且受到責難,「何譽之於生前,毀之於死後世?」[33]楚材的回應是「友其身(人),不友其心也;許其詩,非許其理也」[34]。就此言論,觀微知著,楚材論交之道,頗為莫測。

五 邱處機十大罪狀之辨析

西元一二二四年,邱處機返回中原,三年後,即西元一二二七年駕鶴西歸,卒年七十七。又二年後,即西元一二二九年,楚材返燕,撰《西遊錄》[35]一書,狠批邱處機及全真教,譴責邱處機十大罪狀。由於這十大罪狀,犯駁之處頗多,逐條辨析如下:

初進見,詔詢其甲子,偽云「不知」。安有明哲之士,不知己

---

29 姚從吾:《姚從吾先生全集遼金元史論文》(下)(臺北市:正中書局,1982年),〈西遊錄足本校注〉,頁220。

30 姚從吾:《姚從吾先生全集遼金元史論文》(下)(臺北市:正中書局,1982年),〈西遊錄足本校注〉,頁221。

31 姚從吾:《姚從吾先生全集遼金元史論文》(下)(臺北市:正中書局,1982年),〈西遊錄足本校注〉,頁221。

32 姚從吾:《姚從吾先生全集遼金元史論文》(下)(臺北市:正中書局,1982年),〈西遊錄足本校注〉,頁222。

33 姚從吾:《姚從吾先生全集遼金元史論文》(下)(臺北市:正中書局,1982年),〈西遊錄足本校注〉,頁222。

34 姚從吾:《姚從吾先生全集遼金元史論文》(下)(臺北市:正中書局,1982年),〈西遊錄足本校注〉,頁223。

35 姚從吾:《姚從吾先生全集遼金元史論文》(下)(臺北市:正中書局,1982年),〈西遊錄足本校注〉,頁221-222。

　　　之甲子者乎？此其一也。

辨析：第一條罪狀指控邱處機罪犯欺君。成吉思汗早傳聞邱老年齡三
百餘歲，故詔令進謁，以聽取長生之術。西元一二二二年，邱處機觀
見成吉思汗於行在，「既見，太祖（成吉思汗）大悅」[36]，尊稱邱處機
為「神仙」，以示尊重及羨慕，場面氣氛開心融洽。故此，當成吉思汗
詢問邱老年歲時，邱老笑答「不知」，輕輕帶過問題，並無犯上之意。
如果犯上，邱老不會獲蒙主「賜座就食，設二帳於御幄之東以居
之」[37]。故此，楚材以邱老「偽云不知」歲數而指控其欺君，乃是砌詞
入罪之舉。

　　當年邱處機觀見成吉思汗時，已是七十四歲老翁，成吉思汗則時
年六十三，而耶律楚材則三十三歲。成邱之會，邱處機獲待如上賓，
而耶律楚材則是蒙主身旁一名隨從，在酬會場合，無發言權，否則楚
材必會申述自己的名言警句。

　　　對上以徽宗夢遊神霄之事，此其二也。

辨析：第二條罪狀是控訴邱處機向成吉思汗述說神仙故事，企圖誘惑
聖主。內容是講述有一神仙名叫林靈素，挈帶宋徽宗之魂魄，夢遊天
上神霄宮，該處「不饑不渴，不寒不暑，快樂自在」[38]。此故事乃聊談
之資，別無深意寄託，若是有，最多是勸諫成吉思汗勿過度粗勞，終

---

36 〔明〕宋濂：《元史》（北京市：中華書局，1976 年），第 15 冊，卷 220，〈釋老列
　　傳：邱處機〉，頁 4525。

37 〔明〕焦竑：《元明史料筆記叢刊》（北京市：中華書局，1980 年），頁 122。

38 姚從吾：《姚從吾先生全集遼金元史論文》（下）（臺北市：正中書局，1982 年），〈西
　　遊錄足本校注〉，頁 221-268。

日營役於軍國大事，宜脫離世務，尋找逍遙之所以度餘生。這故事根本上談不上有欺君之嫌。

> 自謂出神入夢，為彼宗之極理，此其三也。

辨析：第三條罪狀是指控邱處機吹噓其宗教力量可「出神入夢」。邱處機作為一個宗教領袖，其教理念跟其他宗教一樣，最高境界就是通神。若談到人死後都希望自己成仙、成佛、成道，純屬一種願景，並無欺詐成份在內，談不上罪狀。

> 又云：「聖賢提真性，遨遊異域，自愛夢境。」此其四也。

辨析：第四條罪狀是指控邱老迷惑蒙主，自詡具「遨遊異域，自愛夢境」的能力。楚材的《玄風慶會錄》也載：「余（邱處機）平生學道，心主無思無慮，夢中天意若曰：『功行未滿，當待時升化耳。幻身假物，若逆旅蛻居耳。』」[39]如此看來，這純屬宗教信仰問題，不涉欺上，該不是罪狀。

以上第一至第四條罪都是批評邱處機其人言語不實，罪犯欺君。

> 不識魯直贊意，此其五也。

辨析：第五條罪狀指控邱老學識淺薄，「不識魯直贊意」。近人姚從吾先生考證「魯直贊意」，應作〈沙彌文信大悲頌〉，全文如下：「『通身

---

39 姚從吾：《姚從吾先生全集遼金元史論文》（下）（臺北市：正中書局，1982年），〈西遊錄足本校注〉，頁221-268。

是眼,不見自己;欲見自己,頻製驢耳。通身是手,不解著鞭;白牛
懶惰,空打車轅。通身是佛,頂戴彌陀,頭上安頭,笑殺涪皤。」此
十二句,語意相關,各有所指,實不易了解」[40],學問浩瀚,若以知識
高低來論罪,實屬牽強。此罪是針對邱處機學識淺薄。

> 西窮昧谷,梵僧或修善之士,皆免賦役。邱公之燕,獨請躪道
> 人差役,言不及僧。上雖許免,仍令詔出之後,不得再度,渠
> 輒違詔,廣度從眾。此其六也。

辨析:第六條罪狀指控邱處機弄權違旨。楚材不滿邱處機「獨請躪道
人差役,言不及僧」。傳真教弟子免獲免役賦,是邱處機向蒙主爭取
回來的。站在教派立場,邱老為自己教派爭取利益,已是一件艱巨工
作,何有餘力顧及他教。若邱老擅作主張,一併爭取其他教派利益,
相信也會受到猛烈指摘,被視為干涉他教內政。有關成吉思汗賞賜給
全真弟子的御寵,《西遊錄》載:

> 上賜牛馬等物,師皆不受。上問通事阿里鮮曰:「漢地神仙弟
> 子多少?」對曰:「甚眾。神仙來時,德興府(今涿鹿縣)龍
> 陽觀,中嘗見官司催督『差發』。」上曰:「應於門下悉道免!
> 仍賜聖旨文字一道,且用御寶。」[41]

神仙弟子獲蒙主御批免差役,乃蒙主恩賜,誰都不可予以增刪。至於

---

40 姚從吾:《姚從吾先生全集遼金元史論文》(下)(臺北市:正中書局,1982年),〈西
遊錄足本校注〉,頁221-268。

41 姚從吾:《姚從吾先生全集遼金元史論文》(下)(臺北市:正中書局,1982年),〈西
遊錄足本校注〉,頁275。

楚材指摘邱老違詔「廣度從眾」，濫收弟子，其實另有內情，據《西遊記》載：

> 宣差阿里鮮欲往山東招諭，懇求與門弟子尹志平（同）行。師曰：「天意未許，雖往何益！」阿里鮮再拜曰：「若國王臨以大軍，生靈必遭殺戮，願父師一言，垂慈！」師良久曰：「雖救之不得，猶愈於坐視其死也！」乃令清和（尹志平）同往，即付招諭書二副。[42]

邱老奉朝庭之命招撫眾生，並非濫收弟子，何罪之有？

> 又進表乞符印，自出師號，私給觀額；古昔未有之事，輒欲施行。此其七也。

辨析：第七條罪狀指邱老「進表乞符印，自出師號，私給觀額」。邱老為弘揚道務，上奏乞表成功，已是合法行為。《西遊記》有這樣的記載：「行省及宣差箚八相公，以北宮園池並其近地數十頃為獻，且請為道院；師不受。請至於再，始受之。後具表以聞，上可其奏。」[43]邱老「具表以聞，上可其奏」，依詔辦事，並無不妥。

以上第六、七條罪，是批評邱處機行事弄權，徇私枉法。

> 又，道徒以馳驛故，告給牌符。王道人者騶從數十人，懸牌馳

---

42 姚從吾：《姚從吾先生全集遼金元史論文》（下）（臺北市：正中書局，1982年），〈西遊錄足本校注〉，頁269。

43 姚從吾：《姚從吾先生全集遼金元史論文》（下）（臺北市：正中書局，1982年），〈西遊錄足本校注〉，頁269。

聘於諸州，欲通管僧尼。邱公又欲追躡海山玄老，妄加毀拆，
此其八也。

辨析：第八條罪狀的指控，共有二個問題，一是「欲通管僧尼」、二是
「欲追躡海山玄老，妄加毀拆」。關於「欲通管僧尼」一事，《西游記》
載：

> 五月二十有五日，道人王志明至自秦州（甘肅清水縣），傳旨：
> 「改北宮仙鳥為萬民宮，天長館為長春宮」；詔天下修家善人皆
> 隸焉。且賜以金虎牌，道家事，一仰神仙處置！ [44]

「詔天下修家善人皆隸」[45]，這是政府宗教政策問題，並非一人一教的
事。蒙主表面上將宗教事務交由邱處機統一管理，其主要之目的是利
用正當如日中天的全真教，去監控各教派的活動情況，這件任務，並
非個人力量可以反對。

至於「欲追躡海山玄老，妄加毀拆」，語意含糊，「追躡」即追蹤，
為何要追蹤海山玄老，楚材並無具體說明。此外，句首「欲」字，含
有未成事實之意；「妄加毀拆」，是指「毀拆」何物，楚材並沒有交待
清楚，元釋祥邁《至元辨偽錄》卷四，卻有這樣的記載：

> 初盤山，中盤法興寺，亥子年間（1215-1216）（即金宣宗南遷
> 的第二年到第三年），天兵始過，罕有僧人。海山本無老師之

---

44 姚從吾：《姚從吾先生全集遼金元史論文》（下）（臺北市：正中書局，1982 年），〈西
　遊錄足本校注〉，頁 270。

45 姚從吾：《姚從吾先生全集遼金元史論文》（下）（臺北市：正中書局，1982 年），〈西
　遊錄足本校注〉，頁 270。

嗣振公長老，首居上方；橡粟充糧，以度朝夕。全真之徒挾邱
公之力，謀占中盤，乃就振公，假言借住。振公以為道人棲
宿，猶勝荒涼，且令權止（居也）。占居既久，遂規永定。王
道政、陳知觀、吳先生等，乃改拆殿宇，打毀佛像。又冒奏國
母太后娘娘，立碑改額為棲雲觀。院內古佛舍利，寶塔二百
尺，又復平蕩。影堂正殿、三門、雲堂，悉皆拆壞。[46]

文中有「冒奏國母太后娘娘，立碑改額為棲雲觀」，冒奏者是誰？耶律
楚材掌政後有否徹查事件真相，暫未見文獻透露。按：《至元辨偽錄》
一書，其內容可信性不高，「旨在批評全真教的行事及其思想，以焚毀
偽經為快事。該書所記部份或為實情，然強辯之處甚多，且有不實
處。」[47]

又天城毀夫子廟為道觀，及毀拆佛像，奪種田圃，改寺院為庵
觀者甚多。以景州毀像奪寺之事，致書於從樂居士，文（原誤
為聞，辨偽錄四引作文）過飾非，天地所不容。此其九也。

辨析：第九條罪狀指控全真教毀孔廟、毀佛像、奪田產、改寺院為庵
觀，《至元辨偽錄》卷四載：「強佔種佃欺侮僧尼。如此等例，略有數
百。」這一條指控屬地區性事件，但相信亦有其他背景因素促使而成
的。在兵荒馬亂時代中，正是天綱絕，人理滅的時刻，全真教大行其
道，入教者絡驛於途，其中品流複雜，持權橫行，仗勢凌弱該是意料

---

46 姚從吾：《姚從吾先生全集遼金元史論文》（下）（臺北市：正中書局，1982 年），〈西
遊錄足本校注〉，頁 270。

47 王民信等撰：《中國歷代思想家（31）：邱處機》（臺北市：臺灣商務印書館，1979
年），頁 65。

中事。至於說到「景州毀像奪寺之事，致書於從樂居士文過飾非」，雖未點名指出誰是「致書」者，但《至元辨偽錄》卷四載：「景州（河北景縣）奪龍角山，改為沖虛觀。後僧欲爭，邱公致書從樂居士，文過飾非。」[48]關於邱處機致從樂居士的信，耶律楚材曾說：「又去歲（1227）致書於從樂居士云：『近有景州（河北景縣）佛寺，村民施與道士居止。今已建立道像，舊僧構會，有司欲為改正。今後再有此事，請為約束。』予見收此書，會將勒石永垂後世，庶使明眼人鑑其是非耳！」[49]這段話有三點要說明：一、從樂居士其人其事，暫未見有文獻提及；二、佛寺為何由「村民施與道士居止」，產權屬誰？內情如何？無法稽考；三、楚材「勒石永垂後世」一事，有否執行？《湛然居士文集》中，未有相關資料。

以上第八、九條罪是批判邱處機及其道徒破壞佛教及毀寺奪產事。

又順世之際，據側（廁）而終；其徒飾辭，以為祈福。此其十也。

辨析：第十條罪狀指控邱處機門徒「飾辭」做作。邱處機年老有疾，死於茅廁，死時屎尿失禁，臭氣薰天，門徒記其實況，於追悼儀式中公佈，有「異香滿室」之語，事見《西遊記》（下）：「師（邱處機）既示疾於寶玄（堂名），一日數如匽（廁所）中，弟子止之。師曰：『吾不欲勞人，且匽，寢奚異哉！』……九日留頌云：『生死朝昏事一般，

48 姚從吾：《姚從吾先生全集遼金元史論文》（下）（臺北市：正中書局，1982 年），〈西遊錄足本校注〉，頁 272。

49 姚從吾：《姚從吾先生全集遼金元史論文》（下）（臺北市：正中書局，1982 年），《西遊錄足本校注》，頁 224。

幻出泡沒水長閒。微光見處跳烏兔，玄量開時納海山。揮斥八（即天之八維）如咫尺，吹噓萬有似機關。狂辭落筆成塵垢，寄在時人妄聽閒。』遂登葆（與寶通）玄（元）堂歸真焉，異香滿室。」[50]

耶律楚材借此條罪文，譏諷邱處機於順世之時，未得好死，「據廁而終」。有關邱處機命終時的死況，佛書《至元辯偽錄》卷四更譏諷說：

> 後毒痢發作，臥於廁中，經停七日，弟子移之，而不肯動。疲困羸極，乃詐之曰：「且匽之與寢何異哉？」又經二日，竟據廁而卒。而門人外訛人云：「即日登葆元而異化，香滿室。」此皆人人具知，尚變其說，餘者例皆如此！故時為之語曰：「一把形骸瘦骨頭，長春一旦變為秋。和灘（息遺切）帶屎亡圓廁，一道流來兩道流。」

老人死時，二便失禁是司空見慣的事，並非「毒痢」，門人把糞味滿室「飾辭」為「香滿室」來表達其死況，除對死者以示尊重外，同時也是一種禮貌。上述引文的末四句詩句，文辭粗鄙惡毒，乃文痞之語，斯文者不為也。

總觀上述十條論罪中，只有第九條產權案較為具體，故此耶律楚材在《西遊錄》中反複申述此事，資料引述如下：

> 食言偏黨，毀像奪田，改寺為觀；改宣聖廟為道庵；有擯斥二教（儒佛）之志。雖曰：君子掩惡揚善，此非予所能掩也。予

---

50 姚從吾：《姚從吾先生全集遼金元史論文》（下）（臺北市：正中書局，1982 年），〈西遊錄足本校注〉，頁 272。

見此，安得不嫉之乎？[51]

既號出家人，反為小人事，改寺毀像，所以君子責備賢者也。
此曹始居無像之院，後毀有像之寺；初奪山林之精舍，豈無覬
覦城郭之伽藍乎？[52]

既為道人，忍作豪奪之事呼？[53]

此曹以修葺寺舍，救護聖像為辭，居既久，漸毀尊像，尋改額
名，大有磨滅佛教之意。其修護寺舍「為不廢其名，不毀其
像，真謂舉墮修廢也。若或革名改像，所以毀之者，所以廢之
乎」果欲弘揚本教，固當選地結緣，創建宮觀，不為道門之光
乎？[54]

大丈夫竊人之宇舍，毀人之祖宗以為己能，何異鼠竊狗盜
乎？[55]

兵火之事，代代有之，自漢歷唐，降及遼宋代謝之際，干戈繼

---

[51] 姚從吾：《姚從吾先生全集遼金元史論文》（下）（臺北市：正中書局，1982 年），〈西
遊錄足本校注〉，頁 223。

[52] 姚從吾：《姚從吾先生全集遼金元史論文》（下）（臺北市：正中書局，1982 年），〈西
遊錄足本校注〉，頁 225。

[53] 姚從吾：《姚從吾先生全集遼金元史論文》（下）（臺北市：正中書局，1982 年），〈西
遊錄足本校注〉，頁 225。

[54] 姚從吾：《姚從吾先生全集遼金元史論文》（下）（臺北市：正中書局，1982 年），〈西
遊錄足本校注〉，頁 225。

[55] 姚從吾：《姚從吾先生全集遼金元史論文》（下）（臺北市：正中書局，1982 年），〈西
遊錄足本校注〉，頁 225。

作，未嘗有改寺為觀之事。[56]

從上述引文來看，楚材義憤填膺，連番力陳儒佛二教備受欺侮，譴責全真教的奪產行為，對於邱處機，「常欲面折其非，職守所拘，不獲一見。今被命而來，渠已棄世，安得不毀之於死後乎？」[57]昔日，楚材曾許邱處機為知音、知己，今則反目成仇，其人雖已死也要撰文譴責，其痛恨之情，於此可見。

六　楚材之尊嚴受損

　　檢視《西遊錄》一書，有二句話是耶律楚材最聽不進耳的，一句是「自沮其志」，另一句是「諷予奉道名於邱公者」。這兩句話都重重地打擊了楚材的尊嚴，前者諷刺來自其儒佛之友，後者來自邱處機的門徒。據耶律楚材《西遊錄》載：「君（指楚材）幼而學儒，晚而學佛，嘗謂：『以吾夫子之道，治天下，以吾佛之教治一心，天下之能事畢矣。』盟猶在耳，皎如星日。昔邱公之北行也，子贊成之。獨吾夫子之教，吾佛之道，置而不問，子其非自沮其志夫？」[58]楚材受到儒佛中人質詢，諷他忽視儒釋之士，冷待儒佛，指摘他「自沮其志」。楚材予以辯釋說：「國朝開創之際，庶政方殷，而又用兵西域，未暇修文崇

56　姚從吾：《姚從吾先生全集遼金元史論文》（下）（臺北市：正中書局，1982 年），〈西遊錄足本校注〉，頁 225。

57　姚從吾：《姚從吾先生全集遼金元史論文》（下）（臺北市：正中書局，1982 年），〈西遊錄足本校注〉，頁 223。

58　姚從吾：《姚從吾先生全集遼金元史論文》（下）（臺北市：正中書局，1982 年），〈西遊錄足本校注〉，頁 219。

善。……亦將使為儒佛之先容耳,非志沮而忘本也。」[59]其實,由於邱處機以千呼萬喚的姿態到訪西域,獲蒙主成吉思汗另眼相看,視為「神仙」,儒佛中人從未有此禮遇,楚材未經深思,公開跟他結納,許為知音知己,所以被儒佛中人譏諷為「自沮其志」。

此外,在邱處機的十八弟子中,有人曾諷刺耶律楚材假借奉道,阿諛邱處機以博歡心,故楚材有「諷予奉道名於邱公者」之羞。楚材亦嘗回應說:「予幼而習儒,長而奉釋,安有降於喬木,而入於幽谷者乎?」[60]末二句以「喬木」及「幽谷」為喻,言自降身價。其句意是耶律楚材崇儒佛,不會下降身份屈事全真。

當日邱處機於西域覲見成吉思汗時,年紀已七十多,是一教之主,名滿天下,信徒滿天下,蒙、金、宋三國政府都要招撫他。邱老跟蒙主相見時,被呼為神仙,言談間無需顧及君臣禮節,並可不拘禮。邱老雖然持老賣老,高談闊論,話題毫無限制,但甚獲成吉思汗寵信,臨別時又獲厚賜,《西遊錄》載:「上賜牛馬等物,師皆不受。上問通事阿里鮮曰:『漢地神仙弟子多少?』對曰:『甚眾』。神仙來時,德興府(今涿鹿縣)龍陽觀中,嘗見官司催督『差發』。上曰:『應於門下悉令道免!』仍賜聖旨文字一通,且用御寶。」[61]成吉思汗親用御寶批核豁免道徒差發,可見邱處機是非常受尊重的。相對耶律楚材當日時年三十三,隨軍西征十年,時時刻刻都找機會向蒙主表現自己,以圖上進,結果仍是文書人員,充當隨從而已。在外交或宴請場

---

59 姚從吾:《姚從吾先生全集遼金元史論文》(下)(臺北市:正中書局,1982年),〈西遊錄足本校注〉,頁219。

60 姚從吾:《姚從吾先生全集遼金元史論文》(下)(臺北市:正中書局,1982年),〈西遊錄足本校注〉,頁220。

61 姚從吾:《姚從吾先生全集遼金元史論文》(下)(臺北市:正中書局,1982年),〈西遊錄足本校注〉,頁275。

合，他身份低微，只可站立一旁，毫無發言權。初時他與邱處機交好，恐未料到會遭受邱老門徒的冷嘲熱諷。

耶律楚材痛恨全真教，從其詩作中可見一斑，其〈和劉子中韻〉有序云：「蓬山散人劉謔子，中頗通儒，幼依全真出家，今已還俗，故有擇術不可不慎之句。」[62]其詩中有「君子慎擇術，痛恨陪全真……一日錯下腳，萬劫含酸辛……。」[63]等句，又〈過太原南陽鎮題紫薇觀壁三首〉其三言：「三教根源本自同，愚人迷執強西東，南陽笑倒知音士，反改蓮宮作道宮。」[64]上詩成於西元一二三一年，邱處機已死後四年，時全真教勢力橫行，可改「蓮宮作道宮」。

最後要指出的，耶律楚材雖然痛恨邱處機及全真教，但並非針對傳統的道教。

七 結語

耶律楚材本來跟邱處機是忘年之交，許為知己，但耶律楚材於邱處機死後二年，著《西遊錄》一書，狠批邱處機十大罪狀，並在書中反復地指控全真教毀孔廟、毀佛像、奪田產、改寺院為庵觀。十大指控中，除第九條較具體外，其餘九條指控，實有商榷餘地，後世也自有公論。邱處機遠赴西域觀見蒙主成吉思汗，寵愛有加，獲尊為神仙，並豁免全真教弟子「差發稅賦」。邱氏歸國後，「傳旨改北宮仙島

---

62 〔元〕耶律楚材：《湛然居士文集》，收入《四部叢刊（集部）》（臺北市：臺灣商務印書館，1979 年），卷 10，〈和劉子中韻序〉，頁 105-106。

63 〔元〕耶律楚材：《湛然居士文集》，收入《四部叢刊（集部）》（臺北市：臺灣商務印書館，1979 年），卷 10，〈和劉子中韻〉，頁 106。

64 〔元〕耶律楚材：《湛然居士文集》，收入《四部叢刊（集部）》（臺北市：臺灣商務印書館，1979 年），卷 6，〈過太原南陽鎮題紫薇觀壁三首〉，頁 63。

為萬安宮，長春觀為長春宮，詔天下出家善人皆隸焉，且賜以金虎牌，道家事一仰神仙處置」，其中「天下出家善人皆隸焉」一項，最為僧徒痛心及汗顏。所以，楚材跟邱處機突然反目成仇，除涉及教派利益外，另外原因，是楚材過度接近邱處機，引起儒佛衛道者諷他「志喪而忘本」，而全真弟子亦譏諷他「奉道名於邱公」。所以，耶律楚材痛恨邱處機及全真教是有其因由。

——此文曾發表於二〇一三年十月由中國遼金文學學會
　主辦、山西大學文學院承辦之「遼夏金元文學研討
　會暨中國遼金文學學會第七屆年會」。

附錄

讀伍百年先生《逸盧詩詞文集鈔》手稿

一 引言

伍百年先生工詩詞，善文章，其詩憂國傷時，情同杜甫、陸游；其詞豪放雄渾，有如辛稼軒；其文得新民體之精髓，不脫梁任公本色，甚或可以亂真。其社論文章，除立論公正不阿外，更以駢散筆法撰寫，行文揮灑流暢，有如行雲流水。其述史記實之文，亦駢散兼行，筆錄史實，如《義士殲倭記》（香港中文大學圖書館有藏）即其例也。是書由新亞書院前董事長趙冰博士口述，伍百年先生筆錄，其弁言云：「倭寇侵邊，肇釁于東北；蘆溝變起，毒痛乎西南；……迪有義士，起自民間，竭愛國之赤誠，伸民族之大義，挺身攘臂，糾集義民，餉械自酬，不耗公幣，……救人不取酬，建功不受賞，立巖牆而色不變，履虎穴而智脫危……。」[1]

此外，百年先生雖非小說家，亦能以明清小說家之筆調，撰寫詩文詞曲融匯而一之小說，其才情之高，直逼古人。五十年代，百年先生以吟秋客筆名，聯同名畫家潘峭風，摘取粵劇名伶白駒榮首本名曲《客途秋恨》之曲詞，演繹成圖文並茂之抒情小說，逐日刊於《自然日報》副刊，轟動香江文壇，時人譽「《客途秋恨》之白歌、伍文、潘

---

[1] 趙冰博士口述，伍百年筆記：《義士殲倭記》（香港：德成印刷，1968 年），頁 5。

畫，堪稱三絕」[2]。香港文人作品中，似尚未見以一首歌詞演繹為一篇小說者，百年先生之《客途秋恨》，實屬創舉。

百年先生才氣縱橫，文學成就何止數端？囿於篇幅，僅述其人其詩，以資紀念。

二　伍百年先生生平概略

伍百年先生（1896-1974）廣東新會白沙里人，出身書香世家，其父伍月垣先生乃清季「國子監太學生，習儒術而不慕名，通法理而尊崇人道，精申韓之學，而不以名法炫世，以醫濟世」[3]。時值革命軍興，清帝遜位，國體變更，月垣先生召百年先生而曉諭之曰：「國體雖更，亂離未遏，有志之士，應以國家中興之責，引為己任，治國之道，聖賢已詳言之矣，經世之學，今人研之少矣，神而明之，存乎其人，爾小子宜勉之！」[4]百年先生敬謹受教，由是萃其力於經邦治國之道，從名師，求益友，舉凡古今中外治亂得失之端，無不夜以繼日，求得其當，蓋得父之教也。

據《伍氏家譜》載百年先生「生於清光緒二十二年，少歧嶷，記憶力特強，有神童之譽，六歲進校三年，八歲而通五經，十三而成文章，從名師陳芙意學文、林仲肩學史兼書法、梁任公學政治文章，集各師之大成，弱冠考廣東高等法政專門學堂，監督夏同龢狀元嘆為奇才，每試輒冠全曹」[5]。問世後，從律從政，其家譜述其「繼父志而主

---

2 伍百年撰文，潘峭風畫，方滿錦編：《客途秋恨》（臺北市：天工書局，1998年），頁1。

3 《伍氏家譜》手稿，頁31。

4 《伍氏家譜》手稿，頁32。

5 《伍氏家譜》手稿，頁39。

鄉政，為民團團長，旋執律師業，嗣充廣州警察總局警審所承審官，調升所長，粵軍討逆之役，任職東路討賊軍總司令部上校秘書，……靖亂後，考任第一集團軍總司令部祕書」。[6]有關其生平事蹟，從其〈致林毅南學長書〉可知梗概：

> 僕也，宦遊羊石，干祿金陵，佐幕府於元戎，未嫻軍旅，擁書城以立法，無補民權，雖志欲濟夫蒼生，而澤未及赤子，撫躬循省，慚疚殊常，正動退思，遽遭國難，倚劍灑傷時之淚，走筆成討賊之文，及至傀儡登場，木屐採縱於三島，蠻夷問鼎，鐵蹄踐踏於兩京，迫而彙筆南還，藉收文化抗戰之後勤，以俟揮戈北指，願為武力之前驅。[7]

百年先生嘗以子房之才，為當軸之客卿，為國奔勞，時南時北，時顯時隱，亦曾避亂濠江。一九四九年百年先生流寓香江，應《自然日報》之請，主持筆政，撰寫社論，並於副刊撰寫俠義言情長篇小說《客途秋恨》。晚年懸壺濟世，設醫務所於中環李寶椿大廈，嘗應泰國客屬公立醫院之請，作醫學演講。六十年代，講課於經緯書院。一九七四年夏，百年先生歿於港，享世七十有九。其著述頗豐，已出版者有《芝蘭室隨筆》、《客途秋恨》、《義士殲倭記》、《內分泌與糖尿病》，另遺世手稿《逸廬詩詞文集鈔》及《傷寒撮微》，尚待付梓。

百年先生志士仁人也，遭逢亂世，飽歷滄桑，觀其一生，經歷國體更易，內亂外侵，政權易手，流寓海外，其身世情懷及抱負，《芝蘭室隨筆》〈自序〉云：

6　《伍氏家譜》手稿，頁 40。

7　伍百年：《逸廬詩詞文集鈔》手稿本，頁 152。

江湖浪跡，覽百態之紛呈；滄海歸來，傷萬方之多難！觸於目
者可憶，攖於心者難忘，深於情者足傳，悖於義者當貶，摘其
事之足述，言之無傷者，不論古今中外，蒐羅筆底，其紀之也
固宜。祇以疏懶成性，清狂猶昔，孤蹤落落，影儗寒梅；傲骨
嶙嶙，趣同澹菊，覘生亂世，難覓桃源，侷處湫居，愧對蘭
室！舉目有河山之異，焉得閒情？騁懷無泉石之娛，更牽俗
慮！進不得中原逐鹿，退不獲航海潛龍，用武無從，臨文有
恨！祇贏得清風兩袖，殘卷一囊，煮字難療，吟懷愈惡！讀庾
子山之賦，哀盡江南！登王仲宣之樓，望迷冀北！文物湮沒，
人境全非！薆是流離，至於暮齒。下帷蘇子，重讀陰符，解組
張侯，又著金匱。問百世之絕學，誰是繼人？藏萬卷之遺廬，
都付劫火！輒灑新亭之淚，常懷故國之思！茹苦訓兒，望王師
之北定；抱殘結侶，守吾道以南行；不遇知音，寧安緘默。如
斯心境，本無意於操觚；舊雨忽來，竟促余以握管。才非倚
馬，技等雕蟲，急就成章，蕪瑕難免，所望攻錯剔疵，固有賴
於通人！祇求立論持正，可告諸於讀者。[8]

上引序文，雖屬駢體，然揮灑自如，流暢明快，文筆宏肆，擲地有
聲，而未見堆砌之弊，才情之高，於此可見。百年先生乃亂世才人，
慨歎「江湖浪跡，覽百態之紛呈；滄海歸來，傷萬方之多難」！其議
事態度，具董狐風範，公正不阿，「深於情者足傳，悖於義者當貶」。
由於遭逢國難，感觸殊深，「舉目有河山之異」，「讀庾子山之賦，哀
盡江南！登王仲宣之樓，望迷冀北！文物湮沒，人境全非」，「輒灑新
亭之淚，常懷故國之思！茹苦訓兒，望王師之北定」；其人抱負，志在

---

8 伍百年：《芝蘭室隨筆》（臺北市：天工書局，1998 年），頁 1。

霖雨蒼生，奈何「進不得中原逐鹿，退不獲航海潛龍」；其人天生「傲骨嶙嶙」，不與俗世同流，「不遇知音，寧安緘默」。

三　伍百年先生之詩

　　伍百年先生《逸廬詩詞文集鈔》手稿，存詩逾三百首，眾體悉備，並有創體，題材多傷時憂國，反映現實為主，無論何種題材，如詠懷、寄贈、遊歷、唱和、思鄉、退隱、悼亡、懷古、題詠等，都洋溢著愛國情懷，有杜甫及陸游之風。近人章士釗評其詩文云：「詩是宗唐，文是桐城派作風，而繼任公之後，從事革新，好用排筆，而駢散兼行，這是錢牧齋的格調。」[9]並有贈詩云：

　　　　一代文光光映雪，百年妙筆筆如鐵！聲搖五嶽作龍吟，力掃千軍夷虎穴；書法董狐正不阿，詞宗司馬曾何別？雄奇抗手李青蓮，雅逸前身陶靖節。[10]

而百年先生亦曾回贈章氏詩，於此可見互相推許之情：

　　　　夢回聽徹玉笙寒，閒臥滄江強自寬！漱玉醉花詞掇藻，鬱金香草氣如蘭！琴樽北海容多士，絲竹東山薄一官。烈士壯心知未已！蒼生誰為挽狂瀾。[11]

9　伍百年：《芝蘭室隨筆》（臺北市：天工書局，1998 年），頁 15。

10　伍百年：《芝蘭室隨筆》（臺北市：天工書局，1998 年），頁 15。

11　伍百年：《芝蘭室隨筆》（臺北市：天工書局，1998 年），頁 16。

百年先生詩以記實為主，尤其縷述戰亂慘況，有杜甫之風，而情懷又與放翁同，愛國熱忱，躍現紙上，茲引下列數詩為証：

敵機轟炸羊城感賦（民廿七、六、六）
烽火連天掩穗城，蓬門大廈一時傾。
人禽木石悲同盡，猿鶴沙蟲劫未平。
梟獍為心夷較毒，瘡痍滿目鬼猶驚。
外僑醫士曾逼害，人道胡為任獸行。[12]

戰爭使「蓬門大廈」、「人禽木石」、「猿鶴沙蟲」同遭淪亡厄運，詩中除譴責日寇外，並譏諷國際未能制裁侵略者。

〈哀粵民〉五古（紀事詩）
鐵鳥蔽空來，彈落如雨屑，廣廈與蓬門，摧崩柱又折，仕宦至庶人，肢殘同命絕，血染五羊城，骨聚千堆雪。覆巢變山坵，陷處成窟穴。大道不通行，薄棺紛陳列。死者永冤沉，生者痛離別。傷者徒呻吟，醫者救難徹。四野腥氣熏，午夜悲慘冽。習習陰風吹，沉沉魂魄結。雲山景寂寥，珠海流鳴咽。人道既淪亡，國際空饒舌。黃種自相殘，白人誰不悅。唇亡齒亦寒，藩籬忍自撤。鷸蚌久相持，漁人笑我拙。獻機復獻金，都是民膏血。仰首觀青天，我機嘗一瞥。防弛口悠悠，望救心切切。呼天天不聞，空負人心熱。民命等蜉蝣，哀哉我遺子！[13]

---

12 伍百年：《逸廬詩詞文集鈔》手稿本，頁84。百年先生自註：敵機自五月十八日起，至六月十二日，連天轟炸羊石，尤以六月六日至十日為烈，中法韜美醫院亦被波及，法醫悚受池魚之殃，國際仍無實施制裁之決心，人道云乎哉？

13 伍百年：《逸廬詩詞文集鈔》手稿本，頁29。

此詩上半部記述戰爭慘狀，活現眼前，令人寒慄，「血染五羊城，骨聚千堆雪」，「大道不通行，薄棺紛陳列」，「傷者徒呻吟，醫者救難徹」；下半部則為蒼生抱不平，痛斥渾水摸魚者之醜行，何等可怕，「國際空饒舌」，「漁人笑我拙」，「獻機復獻金，都是民膏血」，末二句「民命等蜉蝣，哀哉我遺子」，再為民命哀歎。全詩用仄韻，語促而厲，益見沉痛。

百年先生除崇杜甫詩外，亦酷愛陸游詩，有集陸游〈感時〉七絕二首：

〈感時〉二首　其一
風雨何曾敗月明，國家圖錄合中興。
王師北定中原日，笙鶴飄然過洛城。

其二
一笭他年下百城，山如翠浪盡東傾。
蒼天可恃何曾老，再到蓬萊路欲平。[14]

百年先生之詩，悲壯雄豪，洋溢愛國情懷，深得陸游詩神髓，下列諸詩可見一斑：

〈挽師長趙登禹〉丁丑（1937）秋作
膽豪不愧常山趙，節烈更同信國文。
果也見危能授命，勇哉負創建奇勳。
北平遽壞長城石，南苑翻成壯士墳。

---

14 伍百年：《逸盧詩詞文集鈔》手稿本，頁67。

遙望燕雲歌薤露，鼓鼙聲急倍思君。[15]

趙登禹（1890-1937），抗日名將，七七事變後，日軍入侵，趙登禹率部死守北京城外的南苑，孤軍作戰，奮勇抗敵，壯烈殉國，死年三十九，舉國哀悼。詩中譽趙登禹為趙子龍及文天祥，末句「遙望燕雲歌薤露，鼓鼙聲急倍思君」，尤為沉痛。

〈勉守四行倉庫諸將士〉

孤軍獨峙守危樓，一息猶存誓不休。

勁節足寒胡虜膽，霜鋒待削敵人頭。

丈夫豈有偷生去，寸地還思為國留。

與日偕亡真大勇，拚將熱血灑神州。[16]

一九三七年，七七蘆溝橋事變，日寇侵華，八月攻上海，我軍抗日名將謝晉元（1905-1941）率八百壯士死守戰略要點四行倉庫。四行倉庫乃當年四大銀行：大陸銀行、金城銀行、鹽業銀行、中南銀行之儲備倉庫。倉庫位於蘇州河北岸西藏路，樓高七層，為鋼筋水泥建造之七層大樓，樓身堅固，易守難攻，具戰略價值。敵軍動員強大兵力，配備精良，強行攻城。死守四行倉庫之八百壯士，雖以寡敵眾，惟士氣高昂，以不死精神，前仆後繼，英勇抗敵，屢重創日軍。捷報傳遍中國，國人振奮，百年先生賦詩勉之，句句振奮士氣，如「勁節足寒胡虜膽，霜鋒待削敵人頭」，「與日偕亡真大勇，拚將熱血灑神州」，是詩豪放悲壯，風格如陸游詩。

---

15 伍百年：《逸廬詩詞文集鈔》手稿本，頁 32。

16 伍百年：《逸廬詩詞文集鈔》手稿本，頁 36。

〈濠江客邸過清明〉

風聲遙把角聲傳，一念危巢便惘然。人哭清明流血淚，我悲寒食起烽煙。四郊多壘塋生棘，千隴無禾草蔓田。賦罷登樓心亦碎，烏啼月夜不成眠。[17]

抗日期間，百年先生嘗避亂澳門，適逢清明，感慨不已，詩中「人哭清明流血淚，我悲寒食起烽煙」，可見其心情非常沉痛悽愴。彼以杜甫之筆調，述錄戰爭災害，「四郊多壘塋生棘，千隴無禾草蔓田」，斯時，遊子心態焉能不「賦罷登樓心亦碎」！

〈贈李任潮將軍〉

叱咤當年萬里馳，清風兩袖一囊詩。運籌足儗蕭相國，鑄像甯忘范蠡祠。獻策賈生無黍節，還家蘇子有誰知。丹心恥作封侯想，蒿目蒼生欲濟時。[18]

李濟深（1885-1959）字任潮，原籍江蘇，生於廣西蒼梧，出身行伍，著有《李濟深詞鈔》及《李濟深詩文選》，有儒將之稱。李濟深返國前，嘗寓港，百年先生賞其文才、武才及抱負清廉，故贈詩中有「清風兩袖一囊詩」及「丹心恥作封侯想」等語。

〈贈湯恩伯將軍〉

大任從來匪異人，西平風範靄相親。八年奮武馳南北，百戰餘威泣鬼神。蒿目山河猶破碎，攖心國土懼沉淪。艱虞賴有忠良

---

17 伍百年：《逸廬詩詞文集鈔》手稿本，頁52。

18 伍百年：《逸廬詩詞文集鈔》手稿本，頁58。

在，砥柱狂流罔惜身。[19]

湯恩伯（1900-1954）原名湯克勤，浙江武義人，日本陸軍士官學校畢業，中國國民革命軍高級將領，抗日時期，血戰南口，聲名大噪，為臺兒莊大捷之名將，於華北戰場上，多次重創日軍，故百年先生譽之云：「八年奮武馳南北，百戰餘威泣鬼神」。抗日戰爭後，「蒿目山河猶破碎，攖心國土懼沉淪」，令人惋惜。

〈國運重光喜極而賦此以誌慶也〉

　　東夷北襲復南侵，荼毒生靈恨已深。叛黨詞人更媚敵，殘民奸吏競淘金。覆巢猶望全完卵，報國常懷策反心。歷險含辛棲虎穴，八年苦旱遇甘霖。[20]

上詩雖云為國運重光喜極而賦，然喜意不多，反而借詩回顧日寇侵華、漢奸賣國、奸吏斂財之史實及個人經歷。詩中控訴日寇「東夷北襲復南侵，荼毒生靈恨已深」，又諷汪精衛為「叛黨詞人更媚敵」，亦斥發國難財之「殘民奸吏競淘金」，自己則「報國常懷策反心」，「歷險含辛棲虎穴」，戰事結束，國運重光，末句「八年苦旱遇甘霖」，聊以點題而已。

　　百年先生詩才橫溢，眾體悉備，如疊字詩、騷體詩、創體新樂府、五古、七古、諷刺詩等均可窺其愛國熱情，茲引錄如下：

---

19 伍百年：《逸盧詩詞文集鈔》手稿本，頁58。
20 伍百年：《逸盧詩詞文集鈔》手稿本，頁85。

（一）疊字詩

　　疊字詩，源出《詩經》，難寫難妙，百年先生之疊字詩嗚咽淒斷，感人肺腑，例如：

〈哀戰詞（一九三七年）〉二首　其一
神州莽莽亂紛紛，鼙鼓冬冬日日聞，
擾擾干戈驚陣陣，憧憧鬼影動群群；
纍纍白骨堆堆積，隊隊紅顏處處云，
口口聲聲尋弟弟，嗚嗚咽咽哭君君。[21]

上詩八句，疊字十八，七律之中，實屬罕見。詩中以寫實手法，除指出戰爭殘酷外，「纍纍白骨堆堆積」，亦縷述民間慘劇：亂世時代，婦女為生活所迫，「隊隊紅顏處處云」；家人失散，「口口聲聲尋弟弟，嗚嗚咽咽哭君君」，呼天搶地尋親，聞者心酸。

其二
茫茫塵海禍滔滔，滾滾狂潮夜夜號；
是是非非終混混，生生死死亂糟糟。
悠悠史跡斑斑血，浩浩災場點點膏；
暮暮朝朝長恨恨，風風雨雨鬼嘈嘈。[22]

此詩疊字凡二十，其難度更高。上詩哀悼戰爭殘酷，塗炭生靈。亂世時代，「是是非非終混混」，人性無是非可言；「生生死死亂糟糟」，生

---

21 伍百年：《逸廬詩詞文集鈔》手稿本，頁46。
22 伍百年：《逸廬詩詞文集鈔》手稿本，頁46。

命無保障可言；戰事無情，空餘長恨，「暮暮朝朝長恨恨，風風雨雨鬼
嘈嘈」，誠可悲也。

上引二詩，疊字連連，復而不厭，頤而不亂，益增悲愴哀痛，「正
是嗚咽淒斷說不出處」，乃一首血淚之作，動人肺腑。

（二）騷體詩

〈惜逝（端午悼故友亦自傷）〉

惜往逝兮逝者已往乎西遊，賦歸來兮來者復歸於南陬，西遊一
去兮不復返，南陬三遷曷勝憂。昔嘗共棲止，相濟切同舟。寢
且成永訣，長此恨悠悠。

吁嗟乎，歎逝者其已矣兮，等人生於蜉蝣，豈因世之溷濁兮，
曾不願以少留。傷羽翮之摧折兮，值滄海之橫流。茞蘭萎于空
谷兮，剩野卉之盈疇。懷孤憤以嫉俗兮，實曲高而寡儔。思隱
遯以高蹈兮，將踵武乎巢由。但舉世之泯棼兮，烽煙已漫乎神
州。去吾土其夷狄兮，儼南冠之楚囚。矧先民之多艱兮，忍恝
然而乘桴。鄙肉食者之貪婪兮，恥屠狗之封侯。懼與儈夫為伍
兮，貽吾黨之奇羞。懷大道其將絕兮，守殘闕而罔休。凌絕頂
以縱目兮，怵壯志之莫酬。不隨駑馬之跡兮，必欲駕乎驊騮。
乘騏驥以馳騁兮，尋遺則于孔孟。倘世與我而相遺兮，弔屈子
于江頭。登西臺而慟哭兮，傾餘蘊之煩憂。苟靈爽其不昧兮，
魂來饗于斯樓。[23]

上首詩乃騷體，筆勢縱肆，起伏迴蕩，一唱三嘆，情感真切，除悼友
及自傷「壯志莫酬」外，亦有傷時之語，如「但舉世之泯棼兮，烽煙

---

23 伍百年：《逸廬詩詞文集鈔》手稿本，頁99。

已漫乎神州，去吾土其夷狄兮，儼南冠之楚囚」。詩中對權貴小人予以鄙屑，如「鄙肉食者之貪婪兮，恥屠狗之封侯，懼與儈夫為伍兮，贈吾黨之奇羞」，最後表達其願望「乘騏驥以馳騁兮，尋遺則于孔孟」，若事願違，則「弔屈子于江頭，登西臺而慟哭兮」，其情懷沉痛非常。

（三）創體新樂府二首　步雲點睛格

步雲點睛格乃百年先生新樂府詩之創格，由三言至六言均偶句，從三言起至七言單句，從三言起至七言，遞加直上，謂之「步雲」（取腳踏青雲步步高之義），用題目五言為收句，謂之「點睛」，而偶句均對仗。

〈徒悵秣陵秋〉

> 雲中鶴，海上鷗，飛翔閬苑，嬉逐江頭，恥與雞群立，不為世網囚，哂彼貪夫殉利，任他屠狗封侯，一朝勢落成春夢，徒悵秣陵秋。

百年先生潔身自愛，「恥與雞群立」，諷刺南京當國者，若不為群眾造福，徒事黨爭，縱使如何富貴，轉眼成空，其不自由處，為世網所羈，枉用心機，曾鷗鶴之不如！結果落得惆悵京華，一場春夢而已，足為主政者當頭一棒！

世人每為名韁利鎖所縛，世網俗累所因，何有自由？宜乎為鶴鷗所笑。所謂名利權威，一旦勢落，便成陳跡，徒供後人憑弔，何爭逐為？此詩之意也。

〈醉眼看橫流〉

煙波動，月影浮，興亡史蹟，湧上心頭，盛事稱三代，霸圖懾
五州，忠佞恩讎瞬汰，賢愚善惡全休，空餘後浪推前浪，醉眼
看橫流。[24]

每於煙波蕩漾月影浮沉之際，使人乍起今古興亡滄桑變幻之感，如中
國之盛治，輒稱三代（三代指唐、虞、夏），列強之霸圖，威懾五州
（暗指拿破崙、威廉二世、希特勒、史太林之輩），惟轉瞬之間，煙消
雲散，不論忠佞恩讎，賢愚善惡，俱為時代所淘汰，則野心家亦可以
休矣！

　　此詩旨在諷刺世界黷武主義之侵略者，不應違反時代潮流，妄爭
霸權，遺害人類，凡事宜從達觀，莫再蹈列強霸主之覆轍，否則亦不
免為洪流所淘汰。

　　上二詩，由首句三言至六言，凡偶句均含對仗，詞意典雅，聲韻
鏗鏘，洵妙文也。其寓意誠能針對現實，蘊寓深意，豈僅情詞並茂而
已也。而於世道人心，亦有裨益焉。蓋百年先生為愛國詩人，生逢亂
世，懷才不遇，與杜甫陸游身世略同，而其感慨更不離時代及現實，
與無病呻吟者迥異，能不令人欽佩之餘，一掬灑同情之淚哉！

（四）新樂府

〈木屐兒歌〉錄舊作紀念八一三

木屐兒，木屐兒，橫挑戰禍欲胡為？本屬同文復同種，自煎同
根撤藩籬，鬩牆招侮殊非計，舉目誰親漫恃勢，既襲南滿掠遼
陽，侵擾臺灣與高麗，滿則招損之禍何？利之所在必有弊！必

---

24 伍百年：《逸廬詩詞文集鈔》手稿本，頁68。

有弊！君不見威廉之二世，窮兵失國走天涯，又不見法之拿破崙，稱雄踏破歐羅巴，辛阨於俄遭慘敗，五州雖大難為家，須知謙者方受益，驕貪必敗奚足誇，勿謂天下莫予毒，或者天命在中華，一舉蕩平爾三島，直搗東京碎櫻花，櫻花碎，倭人悔，爾時雖悔亦已遲，嗟爾東夷何憒憒。[25]

日寇侵華，血痕未乾，每誦至「或者天命在中華，一舉蕩平爾三島，直搗東京碎櫻花，櫻花碎」，不禁令人熱血沸騰，義憤填膺！

（五）五古

〈門人方滿錦購得先師所著《飲冰室全集》呈閱予雒誦師書有感而作〉（長五古）

遺著重雒誦，不禁淚雙垂，四十五年來，念師無已時，思成與思永，吾師跨灶兒，學成獻祖國，成永留西岐。我師及其子，所學兼華夷，文化界巨人，師當之無疑。哲人有哲嗣，小人固嫉之，巢覆卵難全，心為成永危，祈天祐成永，安全如所蘄，更禱師之靈，護之以靈旗，幸獲償所願，天道果無私，永任教清華，成作工程師，塤篪蒙麻祐，吉人災難離，衣食兩無缺，所學克施為，緣師及父祖，積善由好施，廉隅向所守，真理闡無遺，遺書贈世人，人皆以為奇。我昔列門牆，杖履常追隨，訓我以八德，範我以四維，勉我成通才，勗我為良醫，天下為己任，窮達志不移，餘力以學文，旁及詩賦詞，治學貴有恆，從政職無虧，愛民如赤子，宅心本仁慈，溫故更知新，博學尤

慎思，舉凡師所傳，篤行罔敢欺，弱冠任法曹，廉貞克自持，
壯歲佐元戎，運籌適機宜，宦遊京滬間，群黎口留碑，逆知廈
將傾，苦口進良規，忠言每逆耳，國士徒愴悲，縱敵寇勢熾，
長安任賊馳，百萬師卷甲，千里失城池，豪門遁異域，全局剩
殘棋，元首也蒙塵，正統侷邊陲，醜類天誅稽，生靈地獄羈，
佞臣事新莽，遺老望王師，文士投炎荒，武夫拊肉髀，避秦居
海澨，思漢哭天涯，白梅凋北郭，黃菊冷東籬。冬暖兒號寒，
年豐妻啼飢，長才無所用，大節未曾靡。廿年懷故國，一朝望
新曦，未悖師門訓，徒辜師厚期。憶昔難忘昔，念茲永在茲，對
書長太息，掩卷欲語誰。（師昔有句云：舉國猶狂欲語誰。）[26]

七十六歲白首門生朝柱伍百年

全詩九十二句，一韻到底，氣魄恢宏，跌宕抑揚，內容豐富，清沈德
潛《說詩晬語》卷上第四十八則載：「五言古，長篇難於鋪敍，鋪敍中
有峰巒起伏，則長而不漫；……，又長篇必倫次整齊，起結完備，方
為合格。」此詩亦具上述優點。是詩為紀念師恩而作，並愛屋及烏，
憂心師嗣思成、思永，顯見師徒之情何等深厚真摯。詩中透露百年先
生行誼「弱冠任法曹，廉貞克自持，壯歲佐元戎，運籌適機宜，宦遊
京滬間，群黎口留碑，逆知廈將傾，苦口進良規，忠言每逆耳，國士
徒愴悲」，並對政局之逆轉，人事之境況，國運之艱難，故舊之凋
零，表示深切哀痛，慨歎「元首也蒙塵」，「佞臣事新莽，遺老望王
師，文士投炎荒，武夫拊肉髀，避秦居海澨，思漢哭天涯，白梅凋北
郭，黃菊冷東籬」，句句寫實，「遺老望王師」，更情同放翁。

---

26 伍百年：《逸廬詩詞文集鈔》手稿本，頁113。

（六）七古

〈維民國六十一年正月二十六日為 梁任公先師百周年紀念日夢
寐見之以詩述懷〉

我師生異常兒幼岐嶷，天才天授非人力，韶齡鄉黨稱神童，賦
性剛強如矢直，四歲能讀四子書，五歲毛詩已稔識，六至七齡
通五經，八歲學文抒胸臆，九歲能綴千字文，十二游泮初奮
翼，十七己丑舉孝廉，斯時文名動京國，主考鄉試李尚書（端
棻），心驚師才重師德，以妹許字成姻親，抵掌論政深相得，
弱冠問學康師門，耳目一新開茅塞，（以上見師三十自述一文
中）清政不修弱且窳，外侮紛乘蹙疆域，帖括取士錮儒林，敗
壞人才心腐蝕[27]，公車上書格帝心[28]。百日維新遭鬼殛[29]，袁賊
辜恩泄機謀，賣主媚后違帝敕[30]，西后凶頑過呂雉，忍將六君子
戕賊，幽囚清帝於瀛台，更任權監肆淩迫[31]，禍不旋踵清亦
亡，終見銅駝生荊棘。漢族重光政共和，袁氏陰懷心叵測，乙

---

[27] 伍百年自註：清之錮才腐心政策，顧亭林云：「八股取士，敗壞人才，甚於焚書坑
儒。」見《日知錄》。

[28] 伍百年自註：德宗光緒帝甚感動。

[29] 伍百年自註：新政為頑固群臣環攻，西太后破壞。

[30] 伍百年自註：袁世凱奉德宗密諭，敕令袁率兵圍頤和園，迫西太后同意新政，袁竟
將機謀泄于西太后之心腹佞臣榮祿，西太后遂興大獄，殺六君子譚嗣同等於柴市，
康梁避禍，遠適異國。

[31] 伍百年自註：西太后囚德宗於瀛台，以寵監李蓮英監視之，對德宗百般凌虐，迨西
后病革時：更鴆弒德宗，此為光緒三十四年之秘辛也。

卯帝制竟自為[32]，風悲日昏天地黑，我　師討賊草雄文[33]，國民
皆有所矜式，雲南義師動地來，帝制毒焰於焉熄，再造共和舉
世崇，不朽之功同禹稷，師昔避禍涉重洋，遊蹤所歷遍南北[34]，
等身著述貽世人，革新文化盡天職，欲使世界臻大同，浩氣長
存永無極，紀念吾師百周年[35]，至今夢寐恒追憶。於戲世界機運
屢推移，大野玄黃變顏色，劣者敗兮優者勝，弱者之肉強者
食，國際已無正氣存，邪說紛呶肆讒慝，吾將奮筆醒黃魂，醒
我黃魂解困惑。[36]

是詩雖為七古，但起句突兀不平，不為格律所羈，故超二字，並押仄
韻，益增氣勢磅礴，頓挫抑揚，一氣呵成，兼而有之。詩中彰述任公
一生，可謂無遺，宜作史詩看。師歿百年，「至今夢寐恒追憶」，崇師
之情，於此可見。詩末有「國際已無正氣存，邪說紛呶肆讒慝，吾將
奮筆醒黃魂，醒我黃魂解困惑」等句，關心國運國魂，乃百年先生一

---

32 伍百年自註：西元一九一五年民國四年乙卯，袁世凱洪憲稱帝。

33 伍百年自註：民國四年乙卯袁氏洪憲稱帝，先師草檄討袁，全國回應，中外震動，
師更命門人蔡松坡返滇策動雲南省都督唐繼堯、貴州省都督劉顯世、四川省長戴戡，
師復親詣南京，說長江三省巡閱使馮國璋，曉以大義，馮本屬袁之心腹大將，但馮
自接納師長建議，即按兵不動，拒袁出兵之請，師見長江流域已定，乃遄返廣東，
與廣西都督陸榮廷及前兩廣總督岑春煊合組兩廣討袁司令部於肇慶，師任都參謀
長，章士釗副之，余兄朝樞任政務廳長，由是各省討袁之義師紛起，袁知大勢已
去，一氣之下，吐血身亡，帝制之禍遂息。

34 伍百年自註：師昔避禍遠涉東西洋、南北美，及德法義各國，遊蹤遍歷寰宇，宣揚
大同理論，著作等身，以貽世人，革新中華文化，迎合世界新思潮，以促進化，厥
功甚偉。

35 伍百年自註：民國六十一年歲次壬子，正月二十六日為先師誕辰百周年紀念日，余
此時夢寐見之，爰作此詩，以示不忘云爾。

36 伍百年：《逸廬詩詞文集鈔》手稿本，頁115。

生志業，蓋受師訓所影響也。

（七）諷刺詩

　　百年先生為無黨派人士，對各黨派無主從關係，更不牽涉利害衝突，故交遊滿天下，並受到尊重，其對人處事公正不阿，正氣凜然，不畏權勢，以天下蒼生利益為福祉，章士釗先生譽為「書法董孤正不阿」，誠非虛語。其論黨國要人之詩如下為証：

〈諷精衛〉[37]

當國詞人輕去國，那堪回首錦江春[38]。
誰憐桃李曾僵代[39]，自比楊花亦美新[40]。
為借東風資近衛[41]，飄零南越悵前塵[42]。
護林心事隨流水[43]，負此冤禽劫後身[44]。

百年先生後嫌此詩明寫太露，再以王三娘子失節被棄為題，續詠一律，以寓諷刺之意，仍用真韻：

---

37 伍百年：《逸盧詩詞文集鈔》手稿本，頁 52。

38 伍百年自註：錦江，即川水。

39 伍百年自註：曾仲鳴是汪門桃李，以其師事汪也，而卒李代桃僵，以身殉私，汪宜悼也，倩誰憐之。

40 伍百年自註：時人因汪反覆，目為水性楊花，謔而虐矣，余謂揚雄美新遂貽詞人敗德之譏，汪之響應近衛，得無類是。（按：新為王莽國號，莽篡漢，揚為大夫，作劇秦美新，論秦之劇，稱美之新，時論譏之敗德。）

41 伍百年自註：楊花欲借東風以資近衛。

42 伍百年自註：孰知反飄零南越，始悟東風之無力，徒飄零而悵前塵，亦可哀也。

43 伍百年自註：汪詞云：嘆護林心事，付與東流，……荂空根老，同訴飄零。

44 伍百年自註：冤禽名精衛，而之為黨歷史亦因此而負矣。

〈王三娘子失節被棄〉

國色如何不自珍，那堪回首錦江春。

心傷桃李曾僵代，貌似楊花亦美新。

午夜夢殘恩欲絕，東風力薄露難均。

根寒枝老飄零甚，恨比冤禽總未伸。[45]

王三娘子，即名劇《珍珠衫》主角王三巧。詩題的「王三娘子」隱含「汪」意。抗日戰爭期間，汪精衛（1883-1944）組織南京國民政府，百年先生不值其所為，作詩諷其親日失節，謂其「自比楊花亦美新」，「為借東風資近衛」，最後落得下場「根寒枝老飄零甚，恨比冤禽總未伸」。

〈寄草山元首〉[46]四首錄其一（失大陸）

無限江山誤手中，一身成敗亦英雄。

潮流後浪推前浪，時代新風淹古風。

得失先機爭一著，詐誠異處隔千叢。[47]

當年龍虎風雲會，歷史無情總是空。[48]

草山行館位於臺灣北投，乃蔣介石之官邸，故蔣有草山老人之號。草山元首一詞或語帶相關，微含諷意，如此稱呼，可謂罕見。百年先生責其失去江山，敗於「潮流後浪推前浪」，「得失先機爭一著，詐誠異處隔千叢」，註文中謂蔣「不以誠讓治國乃失敗之一因」，「誠讓治

---

45 伍百年：《逸盧詩詞文集鈔》手稿本，頁53。

46 伍百年：《逸盧詩詞文集鈔》手稿本，頁89。

47 「詐誠」一語，伍百年先生自註：不以誠讓治國乃失敗之一因。

48 「歷史無情」一語，伍百年自註：不早功成身退，終受潮流歷史所汰。

國」，其意義頗堪玩味，末句「歷史無情總是空」，指蔣「不早功成身退，終受潮流歷史所汰」，時至今日，已有定論。

四　結語

詩之為用，伍百年先生於其《逸廬詩詞文集鈔》自序云：「夷考詩三百篇，大抵古聖賢發奮之所為作也，以風雅頌為經，以賦比興為緯，經序四始，紀家邦風俗，政教得失，以明興廢之由，緯列五際，推卯酉午亥，革政革命，以窮治亂循環之理，其道宏矣。」[49]詩風之流變，百年先生自序云：「生當盛治，有風和日麗之吟，遭遇亂離，則多憂國傷時之感，其否泰苦樂之境雖殊，而其所以為詩一也。」[50]

百年先生乃亂世才人，又為愛國志士，無奈遭逢亂世，為國奔馳，時南時北，嘗避亂濠江，最後客寓香江終老，一生無論由幼及壯，由壯及老，在何時，居何位，處何方，其志常繫霖雨蒼生，其詩每在憂國傷民，情同杜甫、陸游，堪稱愛國詩人。

————本文發表於二〇〇七年八月由香港大學中文系、香港中文大學聯合書院、香港中文大學逸夫書院、香港中國語文學會聯合主辦之「第二屆香港舊體文學國際研討會」，並刊載於《香港舊體文學論集》（香港：香港中國語文學會，2008 年），第一輯，頁 43-52。

---

49 伍百年：《逸廬詩詞文集鈔》手稿本，頁 2。
50 伍百年：《逸廬詩詞文集鈔》手稿本，頁 2。

文學研究叢書·古典文學叢刊 0803010

金元文學研究論集

作　　者	方滿錦
責任編輯	邱詩倫
特約校稿	陳漢傑
發 行 人	陳滿銘
總 經 理	梁錦興
總 編 輯	陳滿銘
副總編輯	張晏瑞
編 輯 所	萬卷樓圖書股份有限公司
排　　版	菩薩蠻數位文化有限公司
印　　刷	百通科技股份有限公司
封面設計	斐類設計工作室

發　　行　萬卷樓圖書股份有限公司
　　　臺北市羅斯福路二段 41 號 6 樓之 3
　　　電話　(02)23216565
　　　傳真　(02)23218698
　　　電郵　SERVICE@WANJUAN.COM.TW
大陸經銷　廈門外圖臺灣書店有限公司
　　　電郵　JKB188@188.COM

ISBN 978-957-739-899-4

2015 年 3 月初版

定價：新臺幣 380 元

如何購買本書：

1. 劃撥購書，請透過以下郵政劃撥帳號：
　　帳號：15624015
　　戶名：萬卷樓圖書股份有限公司
2. 轉帳購書，請透過以下帳戶
　　合作金庫銀行　古亭分行
　　戶名：萬卷樓圖書股份有限公司
　　帳號：0877717092596
3. 網路購書，請透過萬卷樓網站
　　網址 WWW.WANJUAN.COM.TW
大量購書，請直接聯繫我們，將有專人為
您服務。客服：(02)23216565 分機 10

如有缺頁、破損或裝訂錯誤，請寄回更換
版權所有·翻印必究
Copyright©2014 by WanJuanLou Books CO., Ltd.
All Right Reserved　　　　　　　Printed in Taiwan

國家圖書館出版品預行編目資料

金元文學研究論集 / 方滿錦著.
　-- 初版. -- 臺北市：萬卷樓, 2015.03
　　面；　　公分. -- (文學研究叢書；0803010)

ISBN 978-957-739-899-4(平裝)

1.金代文學　2.元代　3.文學評論　4.文集

820.9056　　　　　　　　　　103023853